지니어스 게임 2

지니어스 게임 2 -속임수-

1판 1쇄 펴낸날 2021년 5월 20일
1판 2쇄 펴낸날 2022년 6월 30일

지은이 레오폴도 가우트 **옮긴이** 박우정 **펴낸이** 김민지 **펴낸곳** 미래M&B
등록 1993년 1월 8일(제10-772호) **주소** 서울시 마포구 동교로 134(서교동 464-41) 미진빌딩 2층
전화 02-562-1800(대표) **팩스** 02-562-1885(대표) **전자우편** mirae@miraemnb.com
홈페이지 www.miraeinbooks.com **블로그** blog.naver.com/miraeibooks **인스타그램** @mirae_inbooks
ISBN 978-89-8394-913-4 03840

＊잘못 만들어진 책은 구입처에서 바꾸어 드립니다.
＊미래인은 미래M&B가 만든 단행본 브랜드입니다.

찌니어스 게임 2

──속임수──

레오폴도 가우트 지음 · 박우정 옮김

미래인

8월 8일, 발신 : FBI 보스턴 지국, 수신 : 뉴욕 경찰청

우선순위 : 최고 등급

사건번호 : 281M-TF-164629(미결)

제 목 : 미 법원—피해자; 컴퓨터 해킹—기타; 데이터 도난—은행,

정부; 탈주—기타; 신원 미상의 범인(들)

8월 1일부터 8월 8일까지, 첨부한 목록의 정부기관 및 민간기관 스물네 곳에 도난당한 로그인 정보를 이용한 접근이 이루어짐. 과학수사팀이 침입 범위를 분석 중이지만 약 560테라바이트의 정보가 도난당한 것으로 추정됨. 여기에는 개인정보(암호, 식별자), 기밀문서가 포함되어 있음. 도난당한 데이터가 딥 웹 사이트들을 통해 암시장에 등장함.

FBI는 이 해킹 사건과 세 사람이 직접적 관련이 있음을 확인함. 렉스 우에르타—16세, 캘리포니아 주 산타크루스 출신의 컴퓨터 영재. 툰데 오나—14세, 독학한 나이지리아 엔지니어. 페인티드 울프로만 알려진 신원 미상의 범인—16세 추정, 중국 상하이 출신.

위의 3명은 로지라는 '화이트햇' 해킹 조직과 관련되어 있고, 최근 온드스캔의 CEO이자 창립자 키란 비스와스가 개최한 '지니어스 게임'에 참가함. 비스와스는 렉스 우에르타가 실험용 양자컴퓨터를 이용하여 한 프로그램(경찰에 따르면 '워크어바웃'이라는 프로그램으로 확인됨)을 돌렸다고 주장함. 지니어스 게임이 끝난 뒤 보스턴 경찰청이 우에르타를 구속함. 이후 우에르타는 그의 변호사라고 주장하는 확인되지 않은 범인(페인티드 울프가 강력한 용의자)의 보호 아래 풀려나 보스턴에서 도주함.

우에르타는 오니, 페인티드 울프와 함께 움직이고 있는 것으로 추정되며, 뉴욕으로 가는 남행 열차에 탑승하는 모습이 마지막으로 포착됨. 모든 부서가 만반의 준비를 갖추고 뉴욕 경찰청과 공조 수사 중임. 지역 공항들이 경계 태세에 돌입했고 우에르타, 오니, 페인티드 울프의 최근 사진들로 얼굴 인식 소프트웨어를 업데이트함.

렉스 우에르타, 툰데 오니, 신원 미상의 범인에 대해 복수의 컴퓨터 해킹 및 데이터 도난 사건과 관련하여 수배가 내려짐에 따라 FBI 보스턴 지국은 뉴욕 경찰청이 이들을 찾아 억류할 것을 요청함.

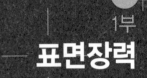

1부

표면장력

1. 튼데

친구들, 제발 내 충고를 들어. 달리는 기차에서 뛰어내리는 짓은 절대 하지 마.

기차에서 뛰어내리면 낙하와 착지, 구르기와 관련된 물리학적 현상 외에도 극복해야 할 황당한 장애물이 많다. 기차의 운행 속도, 착지할 땅, 몸이 떨어지는 각도 따위는 그중 몇 가지일 뿐이다. 목숨을 걸고 기차에서 뛰어내리는 사람들이 생각할 겨를도 없이 당장 실행에 옮기는 건 그 때문이다. 기차에서 몸을 날리는 건 살면서 뇌의 구조를 바꿔야만 할 수 있는 몇 안 되는 일들 중 하나다.

깊게 생각하면 도저히 실행에 옮기지 못한다.

쉽지 않은 일이야, 친구들.

그래서 나를 아는 모든 사람에게 내가 하는 조언은 항상 머리를 쓰라는 거다.

FBI에 붙잡혀 있던 내 절친 렉스 우에르타를 구출한 뒤 페인티드 울프와 나, 렉스는 기차를 타고 보스턴을 벗어나 뉴욕으로 향했다. 사정을 말하자면, 나는 몹시 불안했다. 말 그대로 내 미래가 달린 일이니까.

내 가족들과 사랑하는 아키카 마을을 구해줄 GPS 전파 교란기는 내 좌석 바로 밑에 있었다. 내가 어릴 때 아빠는 소중한 물건을 잃지 않으려면 손에서 그걸 절대 놓으면 안 된다고 말씀하셨다. 그래서 나는 계속 교란기에 한 손을 대고 있었다.

하지만 기차가 모퉁이를 돌며 시속 25킬로미터로 속도를 늦췄을 때, 우리는 유압식 문 개폐기의 비상 밸브를 잡아당긴 뒤 아침의 냉기 속으로 몸을 던졌다.

물리학에서 내가 가장 좋아하는 개념 중 하나는 아이작 뉴턴이 착안한 제1법칙이다. 이 법칙은 굉장히 단순해서 이해하기 쉬운데, 그게 바로 이 법칙이 훌륭한 이유다.

제1법칙이란, 다른 힘이 작용하지 않으면 운동하는 물체는 계속 같은 속도와 같은 방향으로 운동하려고 한다는 것이다.

우리의 경우, 다른 힘은 땅이었다.

발이 땅에 닿았을 때 교란기가 내 등에 세게 부딪쳤다. 울프의 착지가 가장 우아했다. 렉스는 철로 바로 너머의 자갈밭에 거꾸로 처박혔다. 우리는 아픈 줄도 모르고 일어나서 달렸다.

우리가 타이밍은 기막히게 잡았다. 불과 800미터 떨어진 곳에 이젠 익숙해진 경찰차의 파란색, 빨간색 경광등이 보였다. 경찰차들은 다음 역에서 우리를 기다리고 있었다. 그 차들을 보니 우리가 뭘 해야 할지 명확해졌다.

뛰어!

친구들, 나는 평생 법을 어겨본 적이 없다. 자신 있게 말한다. 내가 살던 곳에서 나는 정직한 사람이었고 올곧은 주민이었다. 법을 어기는 건 내 모든 믿음을 거스르는 짓이다. 하지만 나는 여기까지 왔다. 우리가 했던 일은 우리가 당한 나쁜 짓에 비하면 아무것도 아니다.

과장이 아니다! 내 가족들, 우리 마을 전체가 한 미친 인간의 표적이 되었다. 렉스는 자기 이름이 21세기 최대의 사이버 범죄와 동의어가 되어버렸다. 울프는 가족 전체의 안녕을 걱정하고 있다. 카드 패가 우리한테 불리하게 조작되었고 딜러는 속임수를 썼다.

우리가 필사적으로 뛰고 있는 건 그 때문이다.

우리는 울프를 따라 기찻길을 벗어나 택시들이 엄청난 속도로 쌩쌩 달리고 있는 복잡한 교차로를 향해 뛰었다. 나는 우리가 택시를 잡을 수 있을 줄 알았다. 하지만 그건 불가능했다.

"저기 타자." 울프가 통근자들이 빽빽이 들어찬 역 앞의 버스를 가리켰다.

"농담이지?" 렉스가 내뱉었다. "뉴욕까진 아직 70킬로미터나 남았어!"

"경찰들은 뛰거나 걸어가고 있는 우릴 찾을 거야. 거리의 모든 택시에 경보가 울렸을 거고, 라디오에서도 계속 우리 얘기를 할 테니까. 하지만 우리가 버스에 타고 있을 거라곤 아무도 생각 못 할 거야."

1.1

성공적인 탈출 계획의 첫 단계는 추적자들에게 혼란을 주는 것이다.

우리는 경찰과 FBI의 눈을 피해 달아날 방법이 없다는 걸 알고 있었다.

그들은 기동력이 뛰어날 뿐 아니라 모든 대중교통 수단에 접근할 수 있다. 우리가 버스에 타면 그들은 운전석에 설치된 카메라로 우리를 볼 수 있다. 지하철로 숨어들면 얼굴 인식 소프트웨어에 우리가 포착될 것이다. 거리를 걷는 것도 위험하다. 당국이 감시용 드론을 띄우는 아주 이례적인 조치를 취했기 때문이다.

하지만 우리에게 믿는 구석이 없는 건 아니었다.

바로 페인티드 울프!

역을 향해 뛰어가면서 울프가 휴대폰을 꺼내 뭔가를 입력하기 시작했다. 렉스와 내가 발각될까 봐 불안에 떨고 있을 때 울프는 세 도시의 이름을 입력했다.

"뭐 해?"

렉스가 묻자, 울프가 미소를 지었다.

"가자."

우리는 키 큰 풀들 사이를 기어가는 독사처럼 역을 빙 둘러 주차된 차들 사이를 이리저리 헤치고 나아갔다. 경찰 대부분은 기차가 도착하길 기다리며 역 안에 있었고(고작 몇 분 뒤면 우리의 탈출 소식이 알려질 게 분명했다!) 밖에 있던 경찰들은 딴 데 정신이 팔려 역 뒤쪽을 지나가는 우리를 놓쳤다. 다행히 그곳에는 경

14

찰이 보이지 않았다.

아, 하지만 그럴 만한 이유가 있었다.

"조심해!"

울프가 하늘을 가리켰을 때 주차된 자동차 뒤에서 렉스가 나를 떠밀었다. 내가 왜 그러냐고 묻기도 전에 렉스가 하늘을 가리켰다. 한 블록 떨어진 곳에 커다란 접시 크기의 드론 세 대가 맴돌고 있었다. 녀석들이 우리를 찾고 있는 게 분명했지만 나는 감명을 받았다. 디자인이 얼마나 멋지던지! 한창 달리는 와중에도 나는 그 첨단 기술의 결정체에 넌지시 경의를 표했다.

"놈들이 우릴 봤을까?" 울프가 속삭였다.

"아직 못 봤다면 곧 보겠지." 렉스가 대답했다.

드론들이 흩어지더니 두 대는 주차장 가장자리 약 16미터 위, 나머지 한 대는 20미터 위에서 맴돌기 시작했다. 드론의 배 부분에 설치된 둥글납작한 360도 카메라를 힐끗 쳐다보기만 해도 우리를 쉽게 발견할 것이다. 그것도 즉시.

"놈들의 방향을 돌려야 해. 내가 할게."

나는 렉스를 말렸다.

"아니, 놈들을 떨어뜨려야 해."

"어떻게?"

"당연히 교란기를 켜야지."

내 말에 렉스가 비장한 미소를 지었다.

반 블록 떨어져 맴돌던 드론이 씽 소리를 내며 아래로 내려왔다. 놈은 순식간에 우리 머리 바로 위로 들이닥칠 것이다. 나는 교란기의 잠금장치를 풀었다. 교란기는 왱 하고 전원이 켜지다가

점점 소리가 잦아들면서 조용해진다. 인간의 귀는 교란기가 보내
는 신호를 포착하지 못한다.

우리를 뒤쫓고 있는 드론들

하지만 드론은 포착할 수 있다.

주차장의 우리 쪽에 있던 드론 한 대가 불과 6미터 떨어진 곳
에서 갑자기 곤두박질치더니 보도에 쿵 떨어졌다. 곧 두 번째와

세 번째 드론도 돌멩이처럼 떨어졌다. 하나는 산산조각 났고 다른 하나는 플라스틱이 와장창 깨지면서 프로펠러가 떨어져나갔다. 그렇게 정교한 기계가 보도에서 작살나는 꼴을 보는 건 슬픈 일이었다.

"쓰레기가 됐네."

내가 드론에 다가가려 하자 렉스가 나를 붙잡았다.

"너무 일러. GPS 시스템이 교란됐다 해도 카메라는 아직 작동할 수 있어."

"내가 처리할게." 울프가 말했다.

울프가 렉스한테 눈을 찡긋하며 가방에서 레이저포인터를 꺼내더니 주차된 차의 보닛에 몸을 기대고 가장 가까운 드론의 카메라를 겨냥했다. 너무 멀리 떨어져 있어서 이 방법이 먹혔는지는 알 수 없었지만 울프는 다른 드론들에도 레이저를 쐈다.

하지만 내 친구 렉스는 요행을 바라지 않았다.

렉스가 벌떡 일어서더니 땅에 떨어진 가장 가까운 드론으로 달려가 발로 밟아 작살냈다. 그런 다음 두 번째, 세 번째 드론으로 달려들어 똑같이 처리했다. 나는 파괴를 싫어하지만 드론들이 와장창 깨지는 걸 보니 믿을 수 없을 정도로 통쾌했다.

1.2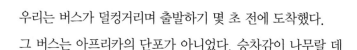

우리는 버스가 덜컹거리며 출발하기 몇 초 전에 도착했다.

그 버스는 아프리카의 단포가 아니었다. 승차감이 나무랄 데

없이 부드러울 뿐 아니라 내부도 고속버스가 아니라 비행기에 더 가까웠다. 페인티드 울프가 운전기사한테 요금을 내는 동안 렉스와 나는 뒤쪽 좌석에 털썩 주저앉았다.

대부분의 승객들은 신경 쓰지 않았지만, 한 젊은 여자가 휴대폰을 보다가 우리를 힐끗 돌아봤다. 뉴스를 보고 우리가 경찰이 찾고 있는 사람들인지 확인하려는 걸까? 여자가 휴대폰 화면과 우리 얼굴을 번갈아 보는 걸 보니 빨리 뭔가를 해야 할 것 같았다.

나는 렉스와 울프한테 휴대폰을 끄라고 말한 뒤 다시 교란기를 켰다. 버스는 곧바로 GPS 연결이 끊겨 세상과 단절된 채 움직이는 거품 같은 공간이 되었다. 그뿐만이 아니었다. 지니어스 게임에서처럼 교란기는 전자 신호를 수신하고 생성하는 모든 기기에 대혼란을 일으켰다. 우리를 힐끔거리던 젊은 여자는 당황스러운지 휴대폰을 껐다가 켜서 마구 두드리더니 결국 휴대폰을 치워 버렸다.

몇 분 뒤 나는 교란기를 껐다. 사고를 일으키고 싶지 않았다. 내 생각엔 몇 분에 한 번씩 교란기를 켜서 아주 낮은 방해 신호를 내보내는 게 교란기를 가장 효과적으로 활용하는 방법이다. 번거롭겠지만 그렇게 하면 우리는 적어도 두 마리 토끼를 잡는 셈이다. 이 움직이는 거품 안에서 휴대폰과 기기들이 망가졌다는 흔적이 남지 않을 테니까. 이렇게 하면 휴대폰은 작동하지만 메시지를 받거나 보내지는 못할 것이다.

버스가 차들 사이를 지나 고속도로 진입 차선에 들어섰다. 승객들이 통신 서비스가 안 된다며 불평하자 운전기사는 아무 잘못이 없는데도 고개를 돌려 사과했다. 운전기사는 좋은 사람이었고 나는 이 상황에 양심의 가책을 느꼈다.

하지만 죄책감은 그리 오래가지 않았다.

휴대폰과 태블릿 컴퓨터가 잠깐씩 먹통이 되자 승객들은 어쩔 수 없이 생각지도 못했던 일을 해야 했다. 그들은 서로 대화를 나누거나 우리를 둘러싼 창밖의 아름다운 풍경을 물끄러미 내다봤다.

사실 눈에 보이는 대부분의 풍경이 산업적이었다. 창고, 제련소, 공장. 하지만 친구들, 나는 인간의 모든 창의적 산물은 아름답다고 생각한다.

2. 카이

버스에 탄 시간이 그렇게 빨리 흘러간 적은 없었다.

머리가 팽팽 돌아갔다.

하트퍼드까지 가는 동안에는 우리가 갈 경로를 머릿속으로 계획했다. 버스에 타는 데는 성공했지만 무사히 내려서 발각되지 않고 테오의 아파트까지 가야 한다. 뉴욕에 대해서는 지도로 공부한 정도밖에 모르기 때문에 대부분 어림짐작으로 움직여야 하는데, 예전에 상하이에서 효과를 본 방법들이 있었다.

모든 대도시의 거리는 격자무늬로 뻗어 있다. 요령은 가장 빠른 길을 찾는 것이다.

그다음에는 테오의 아파트에 도착한 다음 뭘 할지 생각하며 시간을 보냈다. 테오가 그곳에 있는 경우와 없는 경우 접근 방식이 근본적으로 다를 수밖에 없다. 어느 쪽이든 우리는 비행기를 타야 한다. 공항까지 가는 방법은 많이 떠올랐지만 비행기에 타는 게 가장 어려운 부분이었다.

뛰는 것으로는 한계가 있다.

성공하려면 도움이 필요하다.

툰데가 창밖의 흐릿한 풍경에 몰입해 우리가 지금 어디를 지나고 있는지 알려주는 동안("저 정유소 봤어? 아니, 그걸 못 보다니! 굉장했는데!") 렉스는 골똘히 생각에 빠져 있었다. 그리고 가끔 휴대폰의 코딩 앱을 열어 수학 공식 몇 개를 입력했다.

"렉스, 네 뇌는 쉬는 법이 없구나."

"집중하게 도와줘. 공항에 도착했을 때 사용해야 할 수도 있는 프로그램을 작성하고 있거든. 신호 차단 프로그램과 은폐 기술 같은 것들 말이야. UHF와 VHF 채널용 경찰 무전 스캐너 앱은 이미 구했어. 우린 어쨌든 수배 중인 범죄자잖아."

나는 고속도로 뒤쪽을 돌아봤다.

"지금 우릴 따라오는 사람들은 통근자들뿐이야."

"난 경찰 추적을 피해 도망치는 게 전혀 익숙하지 않아. 미치겠어. 지난 이틀 동안 평생 합친 것보다 더 많은 법을 어겼잖아."

"아직 정오도 안 됐어. 장담하는데 우린 더 많은 법을 어기게 될 거야."

내가 농담을 던졌지만 렉스는 웃지 않았다.

"지금 막 떠오른 생각인데, 테오 형만 찾으면 다 해결될 것 같아. 형이 확실히 도와줄 거야."

지금 렉스에겐 힘이 되는 말이 필요한 것 같았다.

"우린 강해. 그 어느 때보다도 강해. 전부 네가 열심히 노력한 덕분이지. 네가 우릴 여기까지 데려왔고 우린 네 형을 찾을 거야. 어찌 됐건 우린 이 상황을 스스로 해결할 수 있어. 형은 항상 네 곁에 없을 수도 있지만 우린 언제나 함께할 거야."

"너 같은 친구가 있어서 다행이야, 울프."

렉스가 긴장을 풀고 다시 코딩 작업을 하는 동안, 나는 우리가 해야 할 일을 깨달았다. 들키지 않고 테오의 아파트에 도착할 방법.

"얘들아, 집중해봐. 이제 다리 하나만 건너면 시내에 도착해." 나는 렉스와 툰데를 돌아보며 말을 이었다. "좋은 소식은, 테오의 아파트까지 들키지 않고 갈 방법에 대한 계획이 떠올랐단 거야. 나쁜 소식은, 교란기를 잠깐 꺼야 한다는 거야."

"잠깐." 렉스가 말했다. "그건 너무 위험한 짓이야."

"우린 큰 위험을 무릅쓰고 여기까지 왔어, 안 그래? 버튼을 눌러, 툰데."

툰데가 렉스와 나를 차례로 보더니 고개를 끄덕이고 교란기를 껐다. 곧바로 그동안 차단되었던 메시지와 이메일이 도착하면서 버스 안의 휴대폰들이 여기저기서 삑삑거리고 윙윙거렸다.

나는 렉스의 휴대폰을 빌려서 문자메시지를 보낸 뒤 삭제했다.

"엄청난 뭔가를 계획했구나?" 렉스가 말했다.

"네 맘에 들 거야."

2.1

몇 분 뒤 버스가 뉴욕 시내의 포트 오소리티 터미널로 들어갔다. 주변의 일부 풍경밖에 보이지 않았지만 나는 사방에서 이 도시의 무게를 느낄 수 있었다. 높이 치솟은 건물들과 사람들. 길을 잃고 싶은 사람이라면 이곳이 안성맞춤일 것이다.

버스 밖으로 발을 내딛자마자 렉스가 휴대폰을 보며 테오의 아파트로 가는 길을 찾았다.

"지하철로 30분이나 걸려." 렉스가 말했다. "너무 멀어."

"차를 탈 수도 있지." 툰데가 늘어선 택시들을 보며 말했다. "거리를 걸어 다니는 건 안 돼. 여기만 해도 감시 카메라가 다섯 대나 보여. 건물 꼭대기에도 있고 가로등에도 있어."

"택시나 지하철은 곤란해." 내가 말했다. "가자."

우리는 지나가는 여행자들 속에 섞여들어 따라갔다. 렉스는 몸을 수그리고 키 큰 사내들 뒤에 숨었다. 툰데는 뭐든 할 태세로 눈을 부릅뜨고 앞장섰다. 별다른 이상한 낌새는 없었지만 우리 머리 위로 헬리콥터가 지나갈 때는 약간 긴장이 되었다.

"울프, 다 왔어?" 렉스가 다시 뛸 준비를 하며 물었다.

"저기야." 나는 모퉁이의 한 가게를 가리켰다. "우리 티켓이 저기에 있어."

그곳은 후난 팰리스라는 이름의 중국식당이었다.

식당 안은 점심을 먹으러 온 손님들로 꽉 차 있었다. 대부분 중국인들이었는데, 최근에 이민 온 사람들과 자녀들 같았다.

"정확히 어떻게 시내를 가로지를 거야?" 툰데가 물었다.

"쉬워. 우린 파티를 열 거야."

렉스와 툰데가 서로를 쳐다봤다.

"누굴 초대할 건데?" 렉스가 물었다.

나는 싱긋 웃었다.

"모든 사람."

나는 핑크색으로 머리를 염색한 젊은 웨이터를 불러 그의 삼촌이 내 메시지를 받았는지 만다린어로 물었다. 그가 고개를 끄덕이고는 주방으로 따라오라는 시늉을 했다.

주방에 들어서니 곧바로 배가 꼬르륵거렸다. 후난 요리는 매운맛으로 유명하다. 진한 맛의 매운 음식들. 우리는 두부와 깐쿼지, 칠리소스를 얹은 훈제 생선 요리를 준비하고 있는 부주방장을 지나 안으로 들어갔다. 집 생각이 간절해졌다. 내게 힘을 주는 음식은 마오쩌둥이 좋아했던 돼지고기찜 요리인 홍소육이다.

하지만 추억에 잠기거나 한 입 먹어볼 시간은 없었다.

핑크색 머리의 웨이터가 활짝 웃고 있는 통통한 주방장한테 우리를 데려갔다. 주방장의 이름은 탄이었다. 그는 엘리먼트 B가 관리하는, 난징에 사는 한 마이크로블로거의 지인이다. 1년 전에 나는 엘리먼트 B와 인터넷상으로 함께 일한 적이 있는데, 그녀는 나한테 무슨 부탁을 해도 된다고 말했다. 탄 씨가 중국의 마이크로블로그 사회에 훤하고 우리가 하고 있는 모험을 알고 있으며 나의 '열혈 팬'이라고 했다.

탄 씨가 악수를 청하며 고개를 숙였다.

"환영해요, 페인티드 울프."

"정말 큰 도움을 주셨어요."

"도울 수 있어 기쁩니다. 부탁하신 물건 여기 있어요."

탄 씨가 부주방장들 중 한 명에게 손짓하자 그가 캐비닛에서 검은색 더플백을 꺼내 왔다. 속이 꽉 찬 커다란 가방이었다.

나는 더플백을 받고 머리 숙여 다시 감사를 표했다. 그런 뒤 툰데를 보며 말했다.

"탄 씨가 부탁이 있대."

탄 씨가 툰데와 힘차게 악수한 뒤 연장통을 건넸다. 툰데가 어안이 벙벙해서 나를 바라봤다.

"탄 씨한테 네가 저 뒤의 에어컨을 고쳐줄 거라고 했어. 심각한 문제가 생겼나 봐."

"우리가 지금 도망 중인 건 알고 있지?"

"물론이지. 1분도 안 걸릴 것 같은데?"

탄 씨가 주방 바로 밖의 보일러실을 가리켰다.

"좋아." 툰데가 말했다. "하지만 무슨 일이 벌어지고 있는지 먼저 말해줘."

"우린 소셜 네트워크를 이용해 이 상황을 모면할 거야. 3시간 37분 전, 엘리먼트 B한테 메시지를 발송하라고 했어. '로지'의 모든 팔로워, 우리가 아는 모든 사람한테 메시지가 발송됐지. 솔직히 말할게. 전에도 한 번 이 방법을 쓴 적이 있지만 그땐 나 혼자였고 완전히 궁지에 몰렸을 때 몇 분 동안만 썼어."

"지금 완전히 궁지에 몰려 있긴 하지." 렉스가 말했다.

"우리 친구들과 팔로워들한테 정확히 뭘 부탁했는지 말해줄 수 있어?" 툰데가 물었다.

"함께 해달라고 했어. 여기서."

그때 멀리서 지나가는 사이렌 소리가 우리의 주의를 끌었다.

"그 방법이 어떻게 도움이 될지 아직 잘 모르겠어." 렉스가 말했다. "우리 편이 잔뜩 있다 해도 경찰이 그들을 제압할 텐데."

"중요한 건 사람들의 수가 아니라 그 사람들이 하는 일이야."

"그게 정확히 뭔데?" 툰데가 물었다.

"여기 뉴욕에 사는 사람들이 거리에 쫙 깔려서 우리를 감춰줄 거야. 여기 없는 사람들도 뭐든 도움 되는 일을 해줄 거고. 거리의 감시 카메라를 해킹하거나 교통 흐름을 바꾸거나."

툰데가 활짝 웃었다.

"그런 일이 어떻게 일어날진 모르겠지만 맘에 들어. 자, 그럼 이제 가방에 뭐가 들어 있는지 말해줘."

나는 가까운 조리대 위에 더플백을 끌어올린 뒤 지퍼를 열었다. 그 안에는 옷이 들어 있었다. 셔츠, 치마, 바지, 양말, 신발, 가발과 장신구까지.

"기증받은 거야. 다 몸에 맞을 거야."

"대박!" 툰데가 말했다. "우린 정말 대단한 친구들을 뒀구나."

"이제 상황이 훨씬 나아질 거야."

나는 더플백 바닥에서 마닐라지로 만든 봉투를 꺼내 렉스한테 건넸다. 봉투 안에 든 것을 보고 렉스가 깜짝 놀랐다. 그 안에는 여권 3개가 들어 있었다. 하나는 중국, 하나는 나이지리아, 나머지 하나는 미국. 각각 우리 사진(소셜 미디어에서 찾아 완벽하게 뽀샵질을 한)이 붙어 있었는데 이름과 신상 정보는 가짜였다. 하지만 믿을 수 없을 정도로 진짜처럼 보였다.

툰데가 자기 여권을 펼쳐보더니 웃음을 터뜨렸다.

"내 이름이 모보 오예칸이래! 이 이름은 우리말로 자유라는 뜻이야. 딱 안성맞춤이야, 울프."

"음, 내 이름보다 백배 낫네. 난 다미안 퀸타닐라." 렉스가 얼굴을 찌푸렸다.

26

"맘에 안 들어?" 내가 말했다. "근사한데."

"느끼한 팝 스타 이름 같아."

"내가 보기에 넌 항상 스타야, 다미안." 툰데가 싱글거렸다.

"울프, 네 이름은 뭐야?" 렉스가 물었다.

나는 중국 여권을 펼쳐서 보여줬다. 사진 속의 나는 최대한 화장을 많이 하고 페인티드 울프 복장을 완전히 갖춰 입은 모습이었다.

"첸 장." 툰데가 큰 소리로 읽었다. "아름다운 이름이야."

"어떻게 이걸 만들게 한 거야?" 렉스가 물었다. "끝내준다."

"우리 팔로워들이 딱히 뛰어나진 않아. 하지만 시간이 촉박했던 걸 생각하면 쓸 만한 것 같아."

"이건 쓸 만한 수준 이상이야." 렉스가 나한테 미소를 던졌다. "우리 울프가 또 성공했어."

2.2

툰데가 에어컨을 수리하고 렉스가 휴대폰으로 코딩을 하는 동안, 나는 2차로 도와줄 사람들한테 이메일과 메시지 몇 통을 보냈다.

잘 알지는 못하지만 예전에 함께 일한 사람들이었다.

도와줄 사람이 최대한 많이 필요했다.

테오의 아파트를 찾아간 결과가 어떻게 될지 모르지만, 나는 우리가 비행기를 타야 한다는 걸 염두에 두고 있었다. 공항까지

가기도 힘들겠지만 보안 검색을 뚫고 비행기에 타는 일에 비하면 사소한 문제였다.

우리는 변장을 했다. 여권도 있었다.

하지만 그건 일부분일 뿐이다. 대충 추정해봐도 작전이 잘못될 수 있는 부분이 엄청나게 많았다. 나는 그 각각에 대해 수습할 방법을 생각해내야 했다.

그러려면 떠올릴 수 있는 모든 도움을 끌어와야 한다.

20분 뒤, 우리는 떠날 준비를 마쳤다.

툰데가 에어컨을 다 고치자 곧 시원한 공기가 식당 안을 가득 채웠다. 탄 씨는 몹시 고마워하며 훈제 소고기와 말린 고추가 든 통을 툰데의 손에 쥐여줬다.

그때 렉스가 식당 앞쪽에서 소리쳤다.

"여기 좀 봐."

종업원들과 함께 달려가 보니 40명도 넘는 사람들이 있었다.

어린애부터 나이 든 사람까지 다양했다. 스케이트보드를 탄 남자애, 아기가 탄 유모차를 밀고 있는 여자, 수염을 길게 기른 노인, 눈썹에 피어싱을 하고 타투를 한 여자.

이 모든 사람들이 우리를 도우러 왔다니, 믿기지 않았다.

가장 눈에 띄는 건 렉스와 툰데, 나처럼 보이는 10대들이었다. 그들은 우리와 똑같은 옷을 입고 비슷한 헤어스타일을 하고 있었다. 마치 거울에 비친 나 자신을 보는 기분이었다.

툰데가 참지 못하고 사람들 속으로 달려가 하이파이브를 했다. 그런 뒤 활짝 웃으며 우리한테 오라고 손을 흔들었다.

거리로 나가며 렉스가 말했다.

"우린 도망자들이잖아. 왜 이 사람들이…."

나는 선글라스를 내려 렉스의 강렬한 눈빛을 마주 봤다.

"이 사람들이 우릴 위해 위험을 무릅쓰는 건 미안한 일이지만, 그들 입장에서는 이게 실험의 일부야. 그들은 그냥 재밌다고 생각할 거야. 제정신이 아닌 것처럼 보일 수도 있겠지만…."

"그럼 어떻게 하는 거야?" 렉스가 우리 클론들을 둘러보며 물었다.

"우린 달릴 거야. 이 사람들도 달릴 거고. 아주 간단해."

툰데가 손뼉을 두 번 치더니 외쳤다.

"이제 가야 해!"

우리 클론들이 흥분에 들떠 거리를 달리기 시작했다. 행인들은 아마 우리를 보고 일종의 영상 놀이, 촬영용 플래시몹을 하고 있다고 생각하겠지만 어쨌든 대부분의 사람이 재빨리 비켜섰다. 만약 우리 머리 위에 드론이 있었다면 움직이는 사람들 전부를 쫓느라 디지털 심장마비가 왔을 것이다.

"서둘러."

나는 렉스와 툰데를 클론들 속으로 끌어당긴 뒤 있는 힘을 다해 달렸다.

도로 끝에 이르자 무리 중 반은 왼쪽으로, 나머지는 오른쪽으로 방향을 틀었다. 툰데가 왼쪽으로 가려고 몸을 돌렸지만 내가 붙잡았다. 툰데가 가짜 렉스를 따라가고 있었기 때문이다.

우리는 인파를 헤치고 시내 쪽으로 달렸다. 그러다 내 신호를 받고 작은 공원의 나무 밑에서 다시 만났다. 렉스가 하늘과 옥상들을 살펴봤다. 렉스는 꼭 편집증 환자처럼 굴고 있었다. 툰데는 잔뜩 흥분해서 진땀을 흘리고 있었다. 심장이 밖으로 튀어나올 것만 같았다.

"좋아." 툰데가 물었다. "우린 여기까지 왔어. 이제 브루클린까지는 어떻게 가지?"

"차를 구했어."

"울프 넌 다 계획이 있구나." 툰데가 미소를 지었다.

그때 시끄러운 경적 소리가 끼어들었다. 돌아보니 배달용 밴한 대가 요란하게 달려왔다. 운전사가 밴에서 뛰어내리더니 뒷문을 열었다. 차 안에는 소포를 놓는 선반들이 쭉 설치돼 있었다. 운전사는 머리를 짧게 깎고 키가 큰 20대 초반의 남자였다.

"울프, 직접 만나다니 정말 기뻐."

그가 나를 껴안았다. 지켜보던 렉스가 묘한 표정을 지었다. 왠지 질투하는 것 같았다.

나는 운전사를 친구들한테 소개했다.

"여긴 나이젤이야."

나는 10개월 전에 그를 알게 되었다. 가상공간에서. 나이젤은 게임이론에 관한 딥 웹 포럼을 자주 드나들었는데, 체스에서 가장 오래된 첫 수들 중 하나인 킹스 갬빗을 잘 다루는 걸로 유명했다.

"타." 나이젤이 말했다. "시간이 별로 없어."

우리는 밴 뒷좌석에 올라탔다.

나이젤이 즉시 문을 닫았다.

"다들 꽉 잡아."

2.3

나는 우리 대역들에게 그런 것처럼 나이젤에게도 우리 목적을 숨기려 애썼다. 시합을 하고 있는데 시내를 비밀리에 빨리 가로질러야 한다고만 말했다. 하지만 나이젤이 그 말을 믿지 않을까 봐 걱정이 됐다.

내 생각이 맞았다.

"지금 도망치는 거 맞지? 멋지다." 나이젤이 차들 사이로 거칠게 밴을 몰며 말했다. "울프 네가 날 지켜주려 애쓰고 있다는 거 알아. 하지만 걱정 마. 감 잡았으니까. 사실 우리에겐 친구들이 있어. 소문이 퍼졌거든."

"어떤 친구들요?" 밴이 기우뚱거리며 코너를 돌 때 툰데가 물었다.

나이젤이 웃으며 우리를 돌아봤다. "상황을 바꾸는 데 관심 있는 사람들이지."

렉스가 걱정스러운 표정으로 나한테 몸을 기울였다. "저 사람을 어떻게 아는 거야?"

"나이젤은 우리 편이야."

"제발 그래야지." 렉스가 차 내부에 줄줄이 설치된 최첨단 추적 회피 장치들을 가리키며 말했다.

스피드건 탐지기, 열화상 카메라, 레이저 교란기, 그리고 추적자들의 목소리가 치직거리며 들려오는 CB(생활 무전) 시스템. 툰데는 그 많은 장비들을 훑어보며 행복감에 젖어 있었다.

"그것들 장만하는 데 돈이 꽤 들었어." 나이젤이 소리쳤다.

나이젤이 밴에 채워놓은 장비들을 보고 사실 나도 좀 충격을 받았다. 그를 처음 봤을 때 약간 음모꾼 같다는 느낌이 들었는데, 이 차 안은 그 생각을 분명히 굳혀줬다. 우리를 차에 태워준 건 감사한 일이지만, 나이젤한테 도와달라고 다시 전화를 거는 건 신중히 생각해야 할 것 같았다.

"이 차의 용도가 정확히 뭔가요?" 렉스가 물었다.

나이젤이 웃었다. "울프도 알다시피 가끔은 빨리 치고 빠져야 돼. 난 낮엔 소포들을 배달하고 밤엔 친구들을 도와. 우린 너희만큼 큰 관심을 받는 사람들은 아니지만 뭔가 일이 이뤄지게 하는 걸 좋아하거든."

렉스가 헛기침을 했다. "터미널이군요?"

"하하. 그 녀석들은 미치광이야. 난 녀석들이 어떤 수상한 기업의 꼭두각시일 뿐이라고 생각해. 그 얘기라면 꺼내지도 마. 밤새 떠들 수도 있으니까. 어쨌든 난 아냐. 그냥 친구의 친구일 뿐이지. 울프가 몇 달 전 내 친구들 중 한 명과 연결됐어. 그 친구는 베이징에 있었지. 잠깐, 이 얘기 해도 돼?"

나이젤이 나를 돌아봤다.

"나이젤의 친구는 소셜 미디어를 통해 메시지를 보내는 데 도움이 필요했어. 그는 중국에서 사업하는 재벌들의 치부를 폭로하는 해커 팀의 일원이었는데, 만리방화벽을 뚫어야 했거든. 그래서 나를 소개받은 거지."

"울프가 그것만 도와준 건 아냐." 나이젤이 소리쳤다.

렉스가 나를 보며 얼굴을 찌푸렸다.

"그들은 해독된 메시지를 보내려 했어. 그런 일은 처음 하는 것 같더라구."

"음, 그건 사실이야." 나이젤이 말했다.

"아무튼 난 그 메시지에 몇 가지 프로그램을 돌리고 조언도 좀 해줬어."

"울프가 내 친구를 구했어." 나이젤이 말했다. "정말 큰 힘이 돼줬지."

교차로에 이르자 밴이 급정거했다.

나이젤이 우리를 돌아봤다.

"거의 다 왔어."

급정거 때문에 울렁거리던 속이 막 진정되려는데 나이젤이 다시 액셀러레이터를 밟았다.

렉스가 휴대폰을 꺼내 창 하나를 띄웠다. 화면에 몇 킬로미터 떨어진 혼란스러운 현장이 나타났다. 우리 클론들이 경찰의 조사를 받고 있었다.

"지금까지 열다섯 명이 붙잡혔어." 렉스가 말했다. "진짜 미안하게 됐어."

"그래. 하지만 그 사람들은 괜찮을 거야."

"그걸 어떻게 확신하지? 모르는 사람들이 나 때문에 위험에 빠지는 건 싫어. 그건… 잘못된 것 같아."

"네가 잘못 생각하는 거야. 이 일은 네가 생각하는 것보다 더 중요해. 로지나 지니어스 게임이나 심지어 키란보다도 중요해. 지금 여기서 우릴 돕고 있는 사람들은 옳은 일을 원하기 때문에 그렇게 하는 거야. 그들은 정의를 원해. 우릴 아프리카로 데려가고 널 감옥에서 빼내고, 그런 게 옳은 일을 하는 거야."

렉스가 다시 휴대폰의 뉴스 창으로 시선을 돌리더니 곰곰이 생각에 잠겼다.

"다 왔나요?" 툰데가 나이젤한테 물었다.

"응. 하지만 남은 거리는 걸어가야 해. 여기서부터 길이 엄청 막히거든. 검문소가 있을 수도 있고. 아무튼 너희들이 찾는 곳은 여기서 남쪽으로 세 블록 떨어져 있어. 머리를 계속 숙이고 침착하게 조용히 가면 돼."

나이젤이 밴을 도로변에 세웠다.

"도울 수 있어서 영광이야. 빚은 갚은 거지, 울프?"

"그럼요."

"그래. 어쨌든 나중에 또 봐."

우리는 밴에서 내렸다. 다시 땅을 밟으니 살 것 같았다.

나이젤이 밴을 몰고 차들 속으로 사라졌다.

"좋은 사람이야." 더플백을 메며 툰데가 말했다.

그러자 렉스가 발끈했다. "내가 보기엔 좀 별난 사람 같아."

3. 렉스

아드레날린

산업

이제 시작이다.

몇 달에 걸친 코딩.

2년 동안의 탐색.

이제 형이 불과 백 미터 앞에 있다.

내게 아드레날린은 기운을 북돋아주는 호르몬이라기보다 연료다. 나는 뭐든 앞으로 일어날 일에 대한 각오를 다지며 페인티드 울프와 툰데를 앞질러 전속력으로 달렸다.

"서둘러. 한 블록만 가면 돼."

우리가 지금 있는 곳은 도시의 공장 지대였다.

몇 년 전까지 아무도 살지 않았을 것 같은 곳. 공장들과 넓은 거리, 그리고 나무 몇 그루밖에 없었다. 지평선에는 맨해튼의 고층건물들이 안개 속에서 어른거렸고, 우리 왼쪽 어딘가에서는 강물이 찰랑거리는 소리가 들려왔다.

테오 형이 산다고 양자컴퓨터가 확인해준 건물로 다가가면서 나는 속도를 늦췄다. 남부 캘리포니아에 있어도 어색하지 않을 3층짜리 아파트였다.

"렉스, 괜찮아?" 울프가 물었다.

"응. 근데 기분이 좀 이상해."

"좋은 쪽으로 이상한 거지?"

아파트로 점점 더 가까이 다가가면서 나는 이를 악물었다.

이제 시작이야. 네가 기다려왔던 모든 일이….

심장이 목구멍에서 뛰는 기분이었다. 귀에서 북소리가 들리는 것만 같았다.

진정해, 렉스. 집중해. 침착해.

사이렌이 울리지도 않고 경찰차들이 몰려오지도 않았다. 울프가 아파트 현관의 잠금장치를 푸는 동안 나는 그 뒤에 서 있었다. 울프의 동작은 엄청나게 자연스러웠다. 전에 많이 해본 게 분명했다. 그런 울프를 지켜보며 처음 떠오른 생각은 이거였다. 우리 엄마가 이 애를 보면 어떻게 생각할까?

우리는 좁은 계단을 따라 3층으로 조심스럽게 올라갔다.

그리고 함께 문 앞에 섰다. 크롬 손잡이가 달린 별 특징 없는 회색 문이었다.

내 손이 손잡이 위를 맴돌았다.

"잠겨 있겠지?" 툰데가 물었다.

"먼저 문을 두드려봐야 하지 않을까?" 울프가 말했다.

속이 울렁거렸다. 나는 조용히 문을 두드렸다.

문 반대편에서는 아무 반응이 없었다.

더 크게 두드렸다.

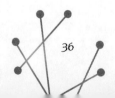

여전히 조용했다.

그래서 나는 손잡이를 잡고 돌렸다.

문은 잠겨 있었다.

울프가 손톱 다듬는 줄과 머리핀을 꺼냈다. 몇 초 지나지 않아 손잡이에서 찰칵 소리가 났다.

"됐어." 울프가 말했다.

나는 심호흡을 한 뒤 문을 열었다.

3.1

문이 열렸을 때 무슨 일이 일어나길 기대했는지 모르겠다. 스파이나 탐정이 수상한 문을 열면 갑자기 폭발이 일어나거나 무서운 뭔가가 튀어나와 덤벼드는 영화를 너무 많이 봤나 보다.

그런 일은 일어나지 않았다.

문이 활짝 열리자 빈 원룸이 나타났다. 구석에 켜져 있는 텔레비전 화면에서는 만화영화가 흘러나오고 있었다.

대학 기숙사 같았다. 중고 가구가 너덜너덜한 러그와 자리다툼을 하고 있는 방. 책과 DVD가 쌓인 책장이 있었고, 작은 냉장고가 불안하게 윙윙 소리를 냈다. 방에서는 오래된 피자와 세탁용 섬유유연제 냄새가 났다. 형은 막 밖으로 나간 것 같았다.

"계세요?"

아무 대답이 없었다.

"형!"

역시 아무 반응이 없었다.

그때 내 눈에 뭔가가 들어왔다. 커피테이블에 놓인 스케치북.

"여기가 맞아. 형은 방금 전까지 여기 있었어."

나는 스케치북을 집어 들었다. 아마추어치곤 꽤 솜씨 좋게 스쿠터가 그려져 있었다. 정확히 말하자면 2001년경에 나온 이글 스쿠터인데, 여섯 살 때 형과 내가 용의주도하게 속임수를 써서 얻어낸 것이었다. 사연이 기니까 이 얘기는 다음에 하겠다.

"여기가 테오 형의 집이야. 형이 이걸 그렸어. 하지만 형은 떠났어."

"단정할 순 없어." 툰데가 말했다. "아마 그냥 잠깐 나갔을 거야."

울프가 손을 뻗어 내 어깨를 짚었지만 나는 고개를 저으며 물러섰다. 머리 한구석을 괴롭히던 의심이 스멀스멀 기어 나왔다. 만약 워크어바웃이 내가 생각한 것처럼 제대로 작동하지 않았다면? 지니어스 게임이 시작하기도 전에 형이 이곳을 떠났다면? 의문이 빙빙 소용돌이치면서 가슴이 철렁했다.

울프가 내 손을 잡더니 나를 돌려세워 마주 봤다.

"우린 반드시 테오를 찾아낼 거야. 네가 말했잖아. 이건 형의 스케치북이라고. 여긴 형의 집이고. 대박이지. 넌 훨씬 더 가까이 왔어, 모르겠어?"

물론 울프의 말이 맞았다.

하지만 그렇게 느껴지지 않았다. 그 순간은 배를 걷어차인 기분이었다. 지금까지 일어났던 모든 일들, 이 아파트까지 나를 오게 한 모든 일들로 생각이 달음박질쳤다. 모든 두통, 모든 분노,

모든 코딩, 모든 뜀박질. 뭘 위해 그랬던 걸까? 스케치와 형이 버려두고 간 물건들을 위해?

쓰러질 것 같았다.

아니면 비명을 지르거나.

"많이 실망한 거 알아." 울프가 말을 이었다. "프로그램이 있어도 항상 가능성은 희박했어. 너도 그렇게 말했잖아. 하지만 생각해봐. 한 달 전만 해도 넌 어디서 시작해야 할지도 몰랐잖아."

훌륭한 격려였지만… 나는 테오 형을 만나야만 했다.

이렇게 가까이 왔지만 여전히 너무나 멀리 있는….

툰데가 방을 돌아다니며 책과 DVD를 살펴보다가 말했다.

"울프 말이 맞아. 우린 반드시 테오를 찾을 거야. 틀림없이 여기에 많은 단서가 남아 있을 거야."

나는 잠자코 스케치북 페이지들을 넘겨나갔다. 그림과 낙서가 가득했는데, 대부분 생물학적 과정에 관한 것들이었다. 세포 내부, 신경망. 탄소 골격. 나머지는 손이 자동으로 움직인 것 같은 작은 소용돌이 그림이었다. 중요한 건 스케치북이 그런 그림들이 있는 페이지에 펼쳐져 있지 않았다는 점이다. 스케치북은 이 페이지에 펼쳐져 있었다.

내가 바로 알아볼 페이지에.

"너희 말이 맞아. 둘 다 맞는 말이야."

"어디서부터 시작할까?" 툰데가 물었다.

나는 주머니에서 휴대폰을 꺼내 사진을 찍기 시작했다.

우리 중 누군가가 건드리기 전에, 방의 배치를 흩트리기 전에 나는 모든 각도에서 사진과 영상을 찍었다. 우리가 뭔가를 놓친

단서

워크어바웃

양자컴퓨터

속임수

다 해도 이제 기록이 남아 있었다.

"샅샅이 살펴봐야 해. 공책, 책. 이런 말 하긴 싫지만 시간이 얼마 없으니 막 헤집어봐야 할 거야."

툰데는 부엌을, 나는 잠자는 공간을 맡았고 울프는 책장을 처리했다. 툰데는 아주 조심스럽게 모든 물건을 깔끔히 옆으로 옮긴 반면, 울프가 맡은 곳은 쓰나미가 지나간 것 같았다.

우리는 곧 숨겨진 게 없다는 걸 알아차렸다.

비밀 도표도, 작업 중인 프로젝트가 가득 찬 바인더도 없었다. 이곳은 테오 형의 작업실이 아니었다. 어느 쪽인가 하면, 그냥 무료 숙박소였다. 발을 뻗고 누워 〈아서 C. 클라크의 신비한 세계〉 시리즈 같은 옛날 DVD를 보는 곳.

나는 이불 위에 앉았다. "우리가 뭔가를 놓치고 있어."

울프가 내 휴대폰을 들고 곁에 앉았다. 그리고 내가 버스에서 만든 스캐너 앱을 통해 경찰들이 무선으로 나누는 대화를 엿들었다.

"경찰들이 가까이에서 수색하고 있어. 얼마 동안은 경찰의 주의를 돌리기에 충분해. 하지만 안심할 순 없어."

툰데가 냉장고 문을 열고 안을 살피기 시작했다.

"이곳은 말이 안 돼." 내가 말했다. "테오 형은 일 중독자였어. 그래서 부모님을 미치게 만들었지. 꼬마일 때도 놀이터에 책을 들고 갈 정도였어. 쉰다는 생각만 해도 몸에 두드러기가 돋을 걸."

"그럼 여기가 테오 집이 아니란 거야?" 울프가 물었다. "하긴 너무 느긋한 공간이긴 해."

"여긴 위장이야."

나는 벌떡 일어서서 사방의 벽을 두드리며 그 뒤에 빈 공간, 숨겨진 공간이 있는지 귀를 기울였다. 잡아당기면 문이 열리는 레버가 있지 않은지 해서 책장도 뒤져봤다. 하지만 아무것도 없었다.

이곳에 어울리지 않는 물건은 냉장고뿐이었다.

냉장고는 겉으로는 특이한 게 없었다. 최신식 모델이 아니라 5년쯤 된 제품이었다. 하지만 뭔가가 어울리지 않았다. 이상한 소리를 냈다.

바보같이 들리겠지만 냉장고 소리를 들어보면 전부 비슷한 백색소음 같은 윙윙 소리가 난다. 그런데 이 냉장고는 꾸르륵 소리가 났다.

나는 냉장고를 열어봤다. 할라페뇨 병, 피클 병, 탄산수, 포장해 온 중국음식 말고는 없었다. 나는 상자를 열어 냄새를 맡고는 곧바로 후회했다. 일주일은 된 것 같은 볶음면이었다. 냉동실은 더 비어 있었다. 은박지로 싸서 두 겹으로 포장한 음식들만 있었다.

그때 나는 그걸 발견했다. 냉장고 실내등을 조절하는 버튼. 그 버튼이 특이했다.

나는 툰데한테 도움을 요청했다.

"뚜껑이네." 툰데가 말했다. "이게 뭘 덮고 있는지 보자."

툰데가 버튼을 떼어내니 그 아래에 스위치가 있었다.

툰데가 나를 올려다봤다. "뭘까?"

나는 대답하지 않았다.

스위치를 누르자 냉장고 뒷면이 스르르 열렸다.

3.2

냉장고 뒤는 마술사의 비밀 선반이었다. 마술사들이 테이블 뒤의 숨겨진 공간이라고 부르는 곳, 관객들에게 보이지 않도록 물건들을 몰래 집어넣는 곳.

아니나 다를까, 테오 형은 작업한 것들을 가로 120센티미터, 세로 90센티미터쯤 되는 움푹한 공간에 숨겨놓았다.

통로.

"이게 뭘까?" 내가 안쪽을 들여다보는데 툰데가 물었다.

"최대 10분밖에 시간이 없어." 울프가 말했다.

내가 먼저 들어갔다. 통로는 고작 1미터 정도로 끝나고 작은 금속 미닫이문이 나타났다. 문은 바퀴가 달려서 쉽게 열렸다. 나는 문을 지나서 어두운 방에 섰다. 수면 치료기에서 녹색과 흰색 빛이 깜빡일 뿐 칠흑같이 캄캄했다.

그때 깜빡거리며 불이 켜졌다.

동작을 감지해 작동한 게 분명했다. 나는 눈을 감았다가 빠르게 깜빡여 불빛에 적응했다.

툰데와 울프가 차례로 들어왔다.

"만일을 위해 냉장고 문은 닫아놨어…."

우리가 막 들어온 실험실의 경이로운 모습에 울프가 하려던 말을 멈췄다.

키란 비스와스의 실험실들 중 하나와 비슷했다. 온드스캔이 대학 캠퍼스나 사무실 지구에 숨겨놓았음 직한 실험실. 브루클린의 수수한 아파트에 숨겨놓았다는 점만 다를 뿐.

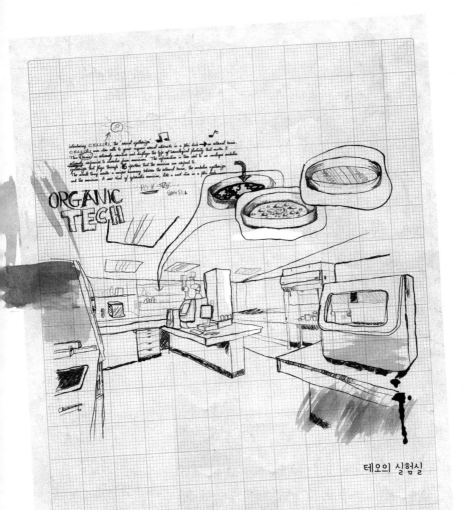

테오의 실험실

"말도 안 돼." 툰데가 말했다. "어떻게…."

아무 대답이 없었다.

테오 형이 이런 공간을 직접 만들었을 리는 없다. 형이 이곳을 우연히 발견해서 들어왔거나… 다른 누군가가 만들어줬을 것이다. 다른 방법은 떠오르지 않았다.

벽에 온갖 선반과 장비가 늘어서 있었는데, 이 실험실에서 가장 눈에 띄는 건 특색 없는 하얀 정육면체였다. 가로 120센티미터, 세로 120센티미터, 높이 120센티미터의 완벽한 정사각형 모양에 꼭 모더니즘 미술 작품 같았다. 처음 봤을 땐 뭔지 감이 안 왔지만 툰데와 함께 가까이 가서 보니 매끄러운 표면 안에서 윙윙거리는 기계 소리가 들렸다.

"디자인이 엄청 날렵해." 툰데가 말했다. "접합선이 거의 안 보여."

"접합선이 있긴 해?" 내가 물었다. "난 안 보이는데."

툰데가 무릎을 꿇어보라는 시늉을 해서 그렇게 했더니 정육면체 옆쪽의 접합선들이 눈에 들어왔다. 누군가가 접착제로 붙여놓은 퍼즐 같았다. 각 조각끼리 너무 꼭 맞아서 가장자리 선이 거의 안 보이는 퍼즐.

"뭔지 감이 와?" 내가 물었다.

"기억장치 같은 걸까?" 툰데가 정육면체 주위를 걸어 다니며 되물었다.

"양자컴퓨터처럼 생겼어." 울프가 덧붙였다.

나는 고개를 끄덕였다. "그래 보여. 하지만… 아닌 것 같아."

나는 휴대폰을 꺼내 정육면체 위에 몸을 기울이고 플래시를 켰다. 각도를 달리해 비추자 정육면체 표면에 얕게 새겨진 기호와 글자 몇 개가 밝은 빛에 드러났다. 손으로 쓸어봤을 땐 기호나 글자를 느끼지 못했던 걸로 봐서 레이저로 새긴 것이고 깊이가 몇 십 미크론밖에 안 되는 게 분명했다.

"이게 뭐지?" 툰데가 물었다.

알아보기 힘들었지만 눈물방울 또는 빗방울처럼 보였고, 한

가운데에 희미한 글씨로 'A G C T'라고 새겨져 있었다.

나는 울프한테 옷핀을 달라고 했다.

울프가 가죽 코트에 단 세련된 금색과 은색 핀 중 하나를 풀어서 나한테 건넸다.

나는 왼손 약지를 핀으로 찔렀다. 피가 솟아올랐다.

"렉스, 뭐 하는 거야?" 툰데가 물었다.

"봐봐."

통로

스위치

3.3

내가 손가락을 정육면체 위로 올리자 진홍색 핏방울이 한가운데로 떨어졌다.

정육면체의 아크릴 표면 아래로 빛이 한 바퀴 지나갔다.

퍼즐

복사기 내부의 빛처럼 지나치게 밝은 파란색 빛이었다.

"어떻게 알아낸 거야?" 툰데가 나한테 물었다.

"A, G, C, T. DNA의 구성 요소야."

"네 유전 암호로 풀린 거야? 기발하다."

"뒤로 물러나야 돼."

우리가 막 뒷걸음쳤을 때 정육면체가 열리기 시작했다. 전문가의 솜씨로 조정된 유압식 기계가 가동되면서 정육면체가 조용히 움직였고, 툰데는 숨이 턱 막힐 정도로 흥분했다.

어렸을 때 알레한드라 이모가 종이로 복잡한 형태의 동물들을 접어주곤 했었다. 테오 형의 기계는 이모의 종이접기 작품들과 비슷했다. 크기가 50배쯤 크고 첨단 합금과 정밀공학을 이용해 만들었다는 점만 빼고.

정육면체의 중앙 부분이 회전하며 마치 꽃봉오리가 펼쳐지듯 금속판들이 펼쳐지고 녹색 광선이 빛나는 빈 공간이 나타났다. 심장이 미친 듯이 쿵쾅쿵쾅 뛰었다.

"안에 뭐가 있어?" 울프가 물었다.

"테오 형이 나한테 여기가 특별한 곳이라고 알려주는 스케치북을 남겼어. 형은 내가 그걸 발견하길 바랐어. 냉장고, 실험실, 이 박스. 이 박스의 용도가 뭔지 모르겠지만 형이 여기에 낡은 운동복을 숨겨놓진 않았을 거잖아. 이 안에 뭐가 있든 중요한 걸 거야."

박스 안은 장비들, 문서들, 태블릿 컴퓨터, 다섯 가지 색깔의 젤 디스크 무더기로 가득 차 있었다.

"대박!" 툰데가 열광했다.

정육면체가 회전을 멈췄다. 안쪽에서 철컥 소리가 울렸다.

나는 손을 뻗어 공책 몇 권을 꺼냈다. 페이지를 휙휙 넘겨보니 연구논문들에 대한 주석부터 도면과 계산식까지 갖가지 메모들이 보였다. 낙서도 많았다. 지나치게 많았다. 하지만 모두가 강렬한 집중력과 창의성을 보여주고 있었다.

툰데가 투명한 포스트잇처럼 보이는 것들이 든 작은 플라스틱 상자를 꺼냈다. 포스트잇은 티슈처럼 얇았다.

"이걸 실제로 이용할 수 있는지 몰랐어!" 툰데가 기쁨에 들떠 소리쳤다.

"그게 뭔데?" 울프가 물었다.

"스티키 드라이브. 음, 정확히 말하면 플래시 드라이브지." 내가 대신 설명했다. "하지만 유연하고 극도로 얇아. 현재는 대형 기술업체들 말고는 이걸 가진 사람이 없어. 기술업체에서도 주로 연구용으로만 사용하는데, 디스크 용량이 최소 10기가바이트야."

툰데가 그중 몇 개를 주머니에 집어넣었다.

정육면체 안의 다른 물건들을 살펴보다가 바닥에서 줄이 돌돌 감겨 있는 이어폰을 발견했다. 나는 그 이어폰을 바로 알아봤다. 테오 형이 사라지기 전 해 크리스마스에 받은 것이었다. 형은 이 이어폰을 항상 귀에 꽂고 살았다. 심지어 잘 때도.

형이 내가 이걸 찾도록 남겨뒀다는 사실이 의미심장했다. 아마 이건 하나의 선물, "거의 다 왔어, 아우야. 계속해"라는 신호일 것이다. 혹은 또 다른 수수께끼 같은 단서이거나.

아무튼 나는 이어폰을 움켜쥐었다.

황야에서의 2년, 형은 미친 듯이 바빴던 거야….

"리소좀 운반에 관한 내용이네." 울프가 말했다.

울프는 공책 한 권을 집어 들고 휙휙 넘기고 있었다. 나는 울프 뒤에서 넘겨보다가 뭔가를 발견하고 깜짝 놀랐다.

"테오 형이 리소좀 운반의 수수께끼를 풀었어. 자세히는 모르지만 형이 나한테 세포생물학자들이 골지체가 어떻게 많은 기능을 수행하는지 파악하지 못했다는 말을 자주 했거든. 이 공책 전체에 골지체가 어떻게 일을 하는지 분석해놨어. 최소 80퍼센트가 그 내용인 것 같아. 형이 이걸 어떻게 알아냈는지는 모르겠어. 여긴 전자현미경도 안 보이는데. 어떻게 생각해?"

"우리가 테오의 머릿속을 들여다보고 있는 것 같아." 울프가 다른 공책을 넘겨보며 말했다.

"이걸 자세히 봐."

그러면서 툰데가 젤 디스크 하나를 불빛에 비췄다.

세균을 배양하는 실험실에서 흔히 볼 수 있는 페트리접시와
비슷해 보였다. 그런 디스크가 스무 개 이상이었고 각각 다른 색
의 젤로 채워져 있었다. 어린애들이 좋아하는 레인보우 젤리 같기
도 했다.

"그래서 테오가 뭔가를 배양했어?" 울프가 물었다.

"데이터." 나는 믿기지 않아 고개를 흔들며 말했다. "형이 데
이터를 배양했어."

테오, 이 미친 인간, 정말로 해냈구나….

"뭐라고?" 툰데가 다른 디스크를 집어 들고 불빛에 비췄다.

"이 모든 파일, 데이터를 형은 생물학적으로 저장했어. 컴퓨
터가 데이터를 아주 간단하게 저장한다는 건 다 알지? 무수한 0
과 1을 이용해서 말이야. 몇 테라바이트의 데이터도 단백질과 펩
티드를 이용해 생물학적 방식으로 저장할 수 있어. 각각의 분자
가 1이나 0이지. 젤을 코딩한 뒤 전사 과정을 이용해 다시 읽을
수 있어. 형이 떠나기 전에 집에서 공부하던 과학 분야야."

"기발하다." 울프가 말했다.

"미쳤어." 툰데가 고개를 저었다.

"그래. 하지만… 이 모든 비용을 누가 댔을까? 스티키 드라이
브는 형이 구할 수 있었다 해도, 데이터 배양은? 아마 형이 이 기
술 중 일부를 개발했을 거야. 하지만 구현할 순 없어. 이 비밀 실
험실에서 혼자서는."

시제품

리소좀 운반

골지체

울프가 잠깐 조용히 하라는 시늉을 하며 스캐너 앱에 귀를 기울였다. 경찰들 사이에 어떤 말이 오가는지는 들리지 않았지만 울프의 표정으로 볼 때 좋은 상황은 아니었다.

"일단 이 문제는 나중에 처리하자." 울프가 말했다. "지금 막 들었는데 경찰이 나이젤을 발견했대. 몇 분 뒤면 경찰이 여기에 들이닥칠 거야."

"아직은 못 가. 이건 형의 물건들이야. 지금은 여기 없지만 형은 여기서 지냈어. 죄다 살펴봐야 해. 단서가 있을 수 있으니까. 지금 당장은 못 가."

울프와 나는 동시에 툰데를 쳐다봤다.

툰데가 잠깐 생각하더니 이렇게 물었다.

"울프, 우리한테 정확히 시간이 얼마쯤 있을까?"

우리가 빠져 나온 냉장고를 돌아보며 울프가 한숨을 쉬었다. "5분?"

3.4

나는 5분 동안 테오 형의 공책들 중 한 권도 다 훑어보지 못했다.

실험실의 모든 물건을 살펴보고 판단하려면 몇 시간이 걸릴 것이다. 단서가 있다 해도 5분 안에 발견하는 건 무리다. 그렇다면 답은 한 가지뿐이었다.

"그럼 이걸 들고 가자. 최대한 많이. 최소한 젤 디스크와 공책들은 가져가고 싶어."

울프가 물건들을 담을 가방을 찾는 동안, 툰데와 나는 백색
정육면체에 들어 있는 것들을 계속 살펴봤다.

"이것 좀 봐."

툰데가 커다란 접이식 현미경처럼 보이는 걸 꺼냈다.

현미경은 지지 손잡이부터 렌즈까지 각 부분이 살짝 돌리기
만 해도 움직였다. 툰데는 몇 초 만에 현미경을 재조립해서 사용
할 수 있게 만들었다. 젤 디스크 해독기 시제품이 뚝딱 만들어진
것이다.

"대박." 툰데가 말했다. "꼭 SF 영화 같아."

접이식 현미경

내가 초록색 젤 디스크 하나를 건네자 툰데가 그걸 해독기에 밀어 넣고 현미경을 켰다.

현미경이 윙윙거리더니 진한 빨간색 불빛이 젤 디스크 앞쪽을 스캐닝했다. 작은 화면이 깜빡이며 켜지고 숫자들이 그 위를 흘러갔다.

"난 DNA 배열은 잘 몰라. 하지만 내 생각엔 이 기계 안에 작은 변형 센서가 있을 거야. 그래핀 나노포어처럼…."

울프가 손을 뻗어 현미경을 껐다.

"미안해, 렉스. 하지만 우린 지금 당장 가야 해."

울프의 말이 맞다. 경찰이 들이닥치면 지금까지의 성과는 말짱 도루묵이다. 젤 디스크와 공책들을 챙겨 가면 나중에 충분히 검토할 시간이 있다. 만약 테오 형이 자신의 행방에 대해 단서를 남겼다면 다행이고, 그렇지 않더라도 형이 남긴 물건들 중에서 단서를 찾을 수 있을 것이다.

"그래, 그래, 알고 있어."

나는 순순히 현미경을 접었다.

"이것 좀 봐."

울프가 등반가들이 에베레스트 산을 오를 때 메고 갈 것 같은 배낭을 발견했다. 배낭 안에는 갖가지 주머니들이 달려 있었고 일부 주머니의 안쪽은 배터리 구동 펌프로 조절되고 찬물이 채워진 유연한 관들로 둘러싸여 있었다. 냉각장치 같았다.

툰데와 울프가 공책들을 가방에 채우는 동안, 나는 마지막으로 실험실을 둘러봤다.

테오 형이 이곳에서 밤새 단백질 화학반응을 촉진하고 공책에 공식들을 끼적거리며 일하는 모습이 그려졌다. 여기가 형의 안식처, 진짜 집이었다.

우리는 가득 채운 배낭을 메고 다시 냉장고를 통과했다. 우리가 아파트로 들어서자마자 사이렌 소리가 들렸다. 거리를 수색하던 경찰이 가까이 와 있었다. 코앞까지.

나는 울프를 돌아봤다.

"이제 어디로 가?"

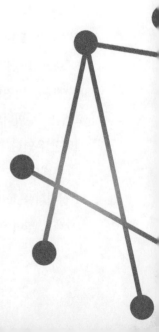

4. 툰데

실험실에서 달려 나올 때 심장이 터져버리는 줄 알았다.

경찰이 아파트에서 우리를 기다리고 있을 줄 알았는데 아니었다. 허둥지둥 계단을 내려와 거리로 나갈 때도 나는 경찰이 우리를 기다리고 있을 거라고 확신했다. 하지만 아니었다.

조심스럽게 거리를 달려가면서도 페인티드 울프는 스캐너 앱에 계속 귀를 기울였다. 모퉁이에 가까이 갔을 때 울프가 손을 들었다. 우리는 바로 멈춰 섰다. 울프가 가방에서 손거울을 꺼내 모퉁이 부근을 엿봤다. 시동을 켠 채 서 있는 경찰차 몇 대가 거울에 비쳤다.

"빨리 거리를 건너야 돼." 울프가 말했다.

우리는 모래폭풍 속에 뛰어들려는 것처럼 심호흡한 뒤 몸을 낮게 웅크리고 차들 사이로 달렸다. 렉스가 연석에 발을 헛디디긴 했지만 우리는 무사히 길을 건넜다. 법망을 피해 달아나자니 온몸의 신경이 곤두섰지만 울프는 아무렇지도 않은 것 같았다.

"두 블록 다음에 전철역이 있어." 울프가 말했다.

"위험할 것 같아. 전철에 사람들이 바글거리지 않을까?" 렉스가 물었다.

"우리가 운이 좋다면 그렇겠지."

울프가 늘어선 쓰레기통들을 지나 좁은 골목을 내려간 뒤, 따라오라고 신호를 보냈다. 그런 다음 다시 군인 같은 몸짓으로 멈추라고 신호했다.

울프가 스캐너 앱에서 나오는 경찰의 무전 내용에 귀 기울이는 동안, 우리는 쓰레기통 뒤에 쭈그리고 앉았다.

"여기서 잠깐 기다려야 해." 울프가 말했다.

1분 뒤 경찰차가 쌩하고 지나갔다.

"가자." 울프가 일어섰다.

우리는 좁은 거리를 달려 모퉁이를 돈 뒤 후텁지근한 전철역으로 들어갔다. 역 안은 엄청나게 시끄러웠고, 나는 완전히 얼이 빠져서 울프가 이끄는 대로 따라다니기만 했다. 울프가 몇 초 만에 안내판들을 살펴보더니 쭉 늘어선 회전식 개찰구로 우리를 데려갔다.

"툰데," 울프가 나를 돌아봤다. "요금은 나중에 낼 거야."

그 말과 함께 울프가 갑자기 개찰구를 뛰어넘었다. 개찰구를 뛰어넘으려니 끔찍한 기분이 들었지만 지금 우리한테 표를 살 여유 따윈 없었다.

다행히 쫓아오는 사람은 없었다.

승강장으로 내려가니 수많은 통근자들이 이 전철에서 저 전철로 몰려다니고 있었다.

"좋아. 이제 어떻게 해?"

렉스가 묻자, 울프가 안내판이 붙어 있는 맞은편 벽을 가리켰다.

"여긴 머틀 가야. 우린 공항으로 가는 전철을 타야 해. 그것도 빨리. 경찰이 여기서 몇 블록 떨어진 곳에서 나이젤을 발견했어. 전철역들을 수색할 팀도 보냈고. 솔직히 말하면 난 우리가 여기까지 온 게 놀라워."

울프가 주위를 둘러보더니 말을 이었다.

"여기도 카메라 여섯 대가 보여."

"저기 지도가 있어."

렉스가 쭉 늘어선 벤치들 뒤에 붙어 있는 전철 노선도를 가리켰다.

우리는 지도 앞으로 갔다. 울프가 노선도를 살펴보고 있는데 내 발에서 뭔가가 움직이는 게 느껴졌다. 움찔해서 내려다보니 비둘기 한 마리가 겁도 없이 내 신발 위에서 어정거리고 있었다. 전철이 굉음을 내며 승강장으로 들어오는데도 녀석은 꿈쩍하지 않았다.

"비둘기 씨, 상남자로군요."

"튠데," 울프가 내 팔을 잡으며 외쳤다. "가자."

우리는 수많은 인파를 비집고 승강장을 돌진해 전철로 뛰어들었다. 우리가 타자마자 문이 닫히고 전철이 휘청하며 앞으로 달려 나갔다.

유감스럽게도 전철 안은 그리 붐비지 않았다. 인파가 우리를 가려주길 바랐는데. 우리는 좌석 몇 개가 연달아 비어 있는 객차 뒤쪽으로 가서 자리에 앉았다. 훤히 노출돼 있었지만 잠시 숨을 고르니 기분이 좋았다.

"몇 정거장 남았어?"

"열 정거장쯤?" 렉스가 천장 근처의 전철 노선도를 살펴보며 대답했다. "더 가야 할 수도 있고. 우린 이 전철을 타고 종점인 자메이카 역까지 간 뒤 공항으로 직행하는 전철을 탈 거야. 시간이 좀 걸리겠다."

"얼추 한 시간 정도 걸릴 거야." 가까이에 있던 한 회사원이 말했다.

콧수염을 텁수룩하게 기른 그는 넥타이를 너무 꽉 조여 맨 것처럼 보였다. 솔직히 말해 그가 어떻게 숨을 쉬고 있는지 궁금했다.

렉스가 배낭에서 접이식 현미경을 꺼내 우리가 실험실에서 몰래 가져온 젤 디스크들을 검토하기 시작했다. 그리고 공책들을 휙휙 넘겨보며 여백에 뭔가를 휘갈겼다. 친구들, 렉스는 아무리 비좁은 곳이라도 어디든 작업 공간으로 만들 수 있는 사람이다. 몇몇 승객이 눈총을 주는데도 렉스는 아랑곳하지 않았다.

나는 창으로 고개를 돌려 칠흑같이 까만 터널을 내다봤다. 창에 비친 내 얼굴 너머로 이내 우리 가족과 아키카 마을 사람들의 얼굴이 나타났다. 나는 부모님을 모시고 뉴욕에 다시 와야겠다고 다짐했다.

엄마는 기차를 좋아했다. 어렸을 때 카두나에 있는 조부모님 댁에 간 적이 있었는데, 그때 기차를 타봤다고 한다. 기차 안의 다른 사람들은 모두 잡지를 읽거나 대화를 나누고 있는데 엄마는 창가에 붙어 앉아 풍경들이 휙휙 지나가는 바깥세상을 내다봤다. 땅 위로 쏜살같이 낮게 날아가는 새가 된 기분으로.

엄마는 휙휙 지나가는 세상을 바라보는 데 푹 빠져서 몇 날 며칠을 유리창에 꼭 붙어 있었다고 한다. 엄마는 삶의 순간순간을 즐기는 몽상가다. 한번은 엄마한테 인생에 정면으로 맞서서 기회를 붙잡지 않는 수동적인 사람들을 보면 숨이 막힌다고 우긴 적이 있었다. 그들은 무지를 불러오고 창의성을 질식시키는 사람들이라고.

나는 나중에야 그런 생각이 얼마나 그릇된 것인지 깨달았다. 내가 노인의 지혜를 가진 척하는 건 아니지만 내가 지금 알고 있는 것들을 보면 백 살은 먹은 것 같다. 이야보 장군처럼 코앞의 부를 찾기 위해서만 사는 사람들은 결국 실망하게 된다. 팔에는

귀금속을 한 아름 안고 있겠지만 가슴은 외로움만 가득 차 있을 뿐이다.

렉스가 내 심각한 표정을 보더니 하던 일을 멈췄다.

"네가 어디에 가건 넌 너일 뿐이야."

우스꽝스러운 말이었다. 나는 렉스가 농담하는 줄 알았다.

"당연하지."

"그렇지? 중국의 공자가 한 말이야."

"그래, 바보 같은….."

나는 입을 뗐다가 렉스의 말을 알아듣고 말꼬리를 흐렸다.

"어릴 때 책이던가, 텔레비전에서 봤던 말이야. 형이 떠나기 2년 전에. 난 형이 지금 너처럼 멍하니 꿈꾸는 듯한 눈빛을 할 때마다 이 말을 해주곤 했어. 왜 이 말이 맘에 들었는지 모르겠지만 아무튼 좋았어. 말이 되거든. 네가 세계를 여행하건, 가장 깊고 어두운 정글에서 하이킹을 하건, 도시 한복판의 카페에 가려고 택시를 잡건 실제로는 아무것도 변하지 않아. 여전히 넌 너야. 우리가 삶을 진짜로 바꿀 수 있는 유일한 방법은 우리 자신을 바꾸는 거야."

우리는 자신에게 만족하면서 동시에 고개를 끄덕였다.

"친구들, 책상머리 철학은 그만하시고," 울프가 끼어들었다. "공항에 도착해서 할 일들을 계획해야 해."

"그냥 당당하게 걸어 들어가면 어떻게 돼?" 렉스가 눈을 찡긋했다.

나는 울프가 머릿속으로는 이미 전철에서 내려 공항의 중앙 홀에 있다는 걸 알 수 있었다. 울프는 우리가 탄 비행기가 나이지리아 라고스에 착륙할 때까지 우리의 모든 발걸음, 모든 움직임을 머릿속으로 그리고 있을 것이다. 대부분의 사람들은 바닷가로 떠나는 여름휴가 계획도 간신히 세운다. 하지만 울프는 2단 변속 오토바이 엔진과 젤리 한 상자만 가지고도 화성으로 가는 계획을 세울 수 있는 사람이다.

"아직 영감이 안 떠올랐어?"

내가 묻자, 울프가 미소를 지었다.

그건 우리 앞에 파란만장한 시간이 펼쳐질 거라는 뜻이었다.

4.1

존 F. 케네디 국제공항으로 가는 전철은 이제 붐비는 고속도로 위를 달리고 있었다.

전철 안은 거의 비어 있었다. 울프가 국제 도망자인 우리가 공항에 어떻게 들어갈지 설명하고도 남을 만큼 한적했다.

"공항은 출입 통제를 할 거야." 울프가 설명을 시작했다. "지금 우리가 가진 유일한 패는 시간이야. 비행기가 출발하기까지 다섯 시간 남았어. 탑승수속대와 보안검색대에는 경찰들이 바글거릴 거야. 탐색견과 스캐너도 동원될 거고."

"쉽지 않을 거란 말이지?" 렉스가 물었다.

"지금까지 우리가 한 어떤 일보다도 어려울 거란 얘기지."

울프가 싱긋 웃었다. 울프는 이런 도전적인 일을 좋아하는 게 분명했다.

"그렇게 희망적이진 않네."

내가 투덜거리자, 울프가 단호하게 말했다.

"우리가 못 해낼 거란 말이 아니야."

"그래서 어떻게 할 생각이야?" 렉스가 다그쳤다.

"우리가 가진 모든 기술을 이용해야지. 난 내 실력을 발휘해서 탑승수속대와 보안검색대를 통과할 거야. 렉스 넌 그 모든 일을 결합시키는 접착제 역할을 할 거고."

"평소랑 똑같네."

"오버하지 마." 울프가 팔꿈치로 렉스를 쿡 찔렀다. "이번에 할 일은 말도 안 되게 불법적인 행동이거든. 내 말은, 우리가 세계에서 가장 붐비는 공항 중 하나를 장악할 거란 뜻이야…."

"잠깐, 장악한다고?"

"응. 내 생각엔, 우리가 공항을 무사통과해서 비행기에 타는 유일한 방법은 공항을 장악하는 거야. 렉스, 공항 시스템 전체를 장악해서 가동시킬 수 있어? 평소대로 돌아가는 것처럼 보이게 말이야. 그럼 우린 시스템에서 사라질 거야. 계획만 잘 세우면 우리가 비행기에 타도 없는 것처럼 보일 거야."

나는 얼굴이 하얗게 질렸다.

"렉스를 항상 감싸고 있는 광기가 울프 너한테 옮은 것 같아. 광기도 전염성이 있구나! 이건 비현실적인 계획이야!"

전철 맞은편의 여자가 고개 돌려 노려볼 때까지 내가 고함을 치고 있다는 사실도 깨닫지 못했다. 나는 그 여자한테 입 모양으로 '미안해요'라고 말하고 손을 흔들어줬다.

렉스가 고개를 저었다.

"튠데 말이 맞아. 이 전철에서, 게다가 한 시간도 안 남았는데 케네디 공항을 해킹할 방법은 없어. 난 뛰어난 해커지만 그 정도까지는 아냐. 다른 계획이 필요해."

"솔직히 말하면 지금 여기까지 오는 게 더 힘들었을걸. 난 오늘 식은땀 한 번밖에 안 흘렸어."

"한 번밖에?" 렉스가 놀리듯 말했다. "울프 너, 더 분발해야겠다."

울프가 선글라스를 내리고 렉스를 쏘아봤다. 렉스는 잠깐 외면했다가 울프와 눈을 맞췄다. 둘이 지금 막 만난 사이라면 서로 신경전을 벌이는 것으로 보일 수 있겠지만, 지금 둘 사이에는 다른 무언가가 진행되고 있었다. 이런 걸 썸탄다고 하는 건가?

"뭐지, 이 묘한 분위기는?"

내가 놀리듯 말하자, 울프가 선글라스를 올리고 가발을 뒤로 묶었다.

렉스는 목청을 가다듬더니 너무 뻔한 헛기침을 했다.

5. 카이

1년 반 전에 나는 쉬후이에서 한 부패한 여성 사업가를 급습했다.

쉬후이는 상하이에서 식당과 카페, 술집으로 가장 유명한 곳이다. 라우마토우 같은 힙스터들의 아지트는 아니지만 구경할 만한 곳이다.

여성 사업가 송 씨는 한 수상한 건축업자에게 은밀히 뇌물을 건네려고 네온 누아르 카페에 앉아 있었다. 그들은 구시가지에 아파트 단지를 짓고 있었는데, 송 씨는 공사 진행을 늦추는 번거로운 행정 절차를 못마땅해했다. 그녀는 이 공사에 막대한 돈을 투자했기 때문에, 유독성 화학물질을 배출하는 건식 벽체 같은 사소한 문제로 공사 진행이 틀어지게 놔두려 하지 않았다.

나는 송 씨가 뇌물을 건네는 영상을 찍고 또렷한 음성까지 녹음할 수 있었다. 이번에는 통풍구에 숨어 있거나 옥상에 매달려 있지 않고, 송 씨로부터 불과 1미터도 안 되는 곳에 숨어 있었기 때문이다.

송 씨는 악명 높은 페인티드 울프의 표적이 될 수 있으니 조심하라는 귀띔을 들었다. 그래서 사람들을 시켜 거리와 건물들을 샅샅이 살펴보게 했다. 그들이 나를 발견하지 못한 건 너무 샅샅이 찾았기 때문이다. 나는 웨이트리스인 척하며 카페로 걸어 들어가 송 씨한테 음료수와 영수증을 갖다 줬다. 송 씨는 내 얼굴을 한 번도 쳐다보지 않았고 내 옷깃에 달린 카메라나 커피 잔 밑에 붙여놓은 마이크도 보지 못했다.

우리는 케네디 공항에서도 똑같은 방법을 쓸 것이다. 툰데를 비행기에 태우기 위해 터널을 기어가거나 보안을 뚫을 필요는 없다. 우리가 사용할 방법은 간단하다.

우리는 그냥 공항에 걸어 들어갈 것이다. 왜냐하면 아무도 우리가 그럴 거라고 예상하지 못할 테니까.

렉스가 테오의 이어폰을 끼고 바쁘게 휴대폰에 뭔가를 입력하는 동안, 툰데와 나는 우리가 사용할 접근 방식에 대해 얘기를 나눴다. 나는 렉스가 우리 계획을 듣고 의견을 내주길 바랐지만 렉스는 평소보다 더 열심히 집중하고 있었다. 기차가 충돌 사고를 내도 못 알아챌 것 같았다.

"공항엔 감시 카메라가 널려 있어. 교란기를 쓸 수도 있지만 효과가 길지 않을 거야. 우리가 더 주목받을 위험도 높고. 우린 가장 단순하게 갈 거야. 가장 위험할 때는 가장 간단하고 직접적인 방식이 최고거든."

"보안 검색은 어떡하지?" 툰데가 물었다. "교란기를 통과시키는 데 문제가 없을까?"

"아마도. 무슨 지시 받은 게 있어? 그냥 비행기를 타러 가면 돼?"

"이야보 장군은 내가 꼭 돌아오길 원해. 그래서 공항에 나를 데려갈 사람을 보냈을 거야. 아마 게이트에 있겠지."

"그럼, 우리가 그걸 이용할 수 있어. 아니면 우리가 그런 사람을 만들어내면 돼. 가방에 갈아입을 옷이 두 벌 있으니까, 보안 검색을 통과한 뒤 또 옷을 갈아입자. 여권은 통과되겠지만 티켓 문제도 있거든."

"내 여권이 티켓과 일치하지 않는 문제도 있지." 툰데가 미소를 지었다.

"문제없어." 렉스가 휴대폰 화면에서 눈을 떼며 말했다. "좋은 소식과 더 좋은 소식이 있어."

"뭔데?" 툰데가 물었다.

"라고스로 가는 모보, 다미안, 그리고 첸의 편도 티켓을 마련했어."

"렉스 짱!" 툰데가 손뼉을 쳤다.

"더 좋은 소식은 뭔데?"

내가 묻자, 렉스가 휴대폰 화면을 들이대고 확인 이메일을 보여줬다.

"우리 모두, 그러니까 우리 도플갱어들이 TSA(교통안전청) 사전 보안 수속을 승인받았어. 너희가 미국 시민이 아니라 좀 어렵긴 했지만, 난 전문가니까."

"그건 할 수 있으면서 공항 시스템은 장악 못 한다고?"

"지금 장난해?"

내가 렉스를 쿡 찌르자 렉스가 웃었다.

"아무튼 이제 우린 비행기에 탈 수 있어." 렉스가 말했다. "그런데 교란기는 비행기에 어떻게 싣지?"

"우린 교란기를 숨기지 않을 거야. 당당히 앞세워 들고 갈 거야."

내 말을 듣고 렉스와 툰데 둘 다 말을 잇지 못했다.

그러다 툰데가 먼저 입을 뗐다.

"우리가 경찰 행세를 하는 건 아니라고 말해줘. 그건 미친 짓이야."

"물론 아냐. 그리고 수화물 담당자들은 교란기란 걸 알면 비행기에 싣지 않을 거야. 잽싸게 공항 밖으로 내보내겠지."

"그럼 국토안보부 공무원으로 변장하자." 렉스가 제안했다.

"그건 불가능해." 나는 렉스의 의견을 묵살했다. "우리한테 필요한 건 라고스로 가는 툰데의 비행기 탑승객 명부야. 구할 수 있겠어?"

렉스가 급히 휴대폰으로 달려들었다.

"탑승객 명부 뽑았어. 정확히 누굴 찾는 거야?"

"툰데한테 보여줘. 툰데가 알 거야."

렉스가 휴대폰을 내밀자 툰데가 스크롤을 하며 탑승객들의 이름을 살펴봤다.

"누굴 찾아야 하는지 잘 모르겠어." 툰데가 말했다. "하지만 그 사람 이름을 보면 알겠지."

"계속 살펴봐."

전철이 케네디 공항으로 다가가면서 점점 속도를 늦추고 있었다. 탑승객 명단을 살피는 툰데를 다그치고 싶지 않았지만 우리에겐 시간이 없었다. 기차가 플랫폼에 도착하는 순간 뛰어내려야 하니까.

"뭔가 있어?"

"응. 여기 마지막에."

우리가 화면을 볼 수 있도록 툰데가 렉스의 휴대폰을 들어올렸다.

하킴 아바차 중장.

"이 사람이 틀림없어." 툰데가 휴대폰을 렉스한테 건네며 말했다. "장군과 함께 일하는 사람인데, 전에 이름을 들어본 적이 있어. 분명 나를 데리러 온 사람일 거야."

"이렇게 하자." 내가 설명했다. "툰데, 네 비행기 편은 오늘 저녁 여덟 시야. 아바차 중장이 널 기다리고 있겠지만 넌 혼자 가지 않을 거야. 두 명의 사업 파트너가 널 바래다줄 거야. 네가 지니어스 게임에서 만난 젊은 투자자들인데, 놀라운 미래 계획을 가진 나이지리아 천재한테 투자를 하려는 거지. 어때?"

"안 통할 것 같아." 렉스가 말했다. "그냥 솔직히 말하자."

"내 생각도 그래." 툰데가 맞장구쳤다. "아바차 중장이 안 속아넘어갈 거야."

"내 친구 희존이 그 사람한테 확신을 줄 거야. 희존은 배우인데 놀라운 목소리를 가졌거든. 아바차 중장을 만나면 희존한테 전화를 걸 거야."

"희존이 누구야?" 툰데가 물었다.

"어? 희존이라고? 그 잘난 나이젤은 왜 못 도와주는데?" 렉

66

스가 히죽거렸다.

—"내 친구야." 나는 렉스의 질투 타임이 시작되지 않게 재빨리 말했다. "탄 씨의 식당에 있을 때 희존한테 문자를 보냈어. 믿기 힘들겠지만 이야보 장군의 연설 영상이 온라인에 꽤 많이 있어. 그걸 보고 준비하라고 했지."

"그럼 보안 카메라는 어떡해?" 툰데가 다시 물었다. "공항은 미국에서 가장 감시가 심한 곳이잖아. 틀림없이 안면 인식 소프트웨어도 돌아가고 있을 거야. 변장을 해도 우린 발각될 거야."

"기계는 우리가 속일 수 있어. 그것도 간단히 속일 수 있지."

"에이, 그건 아니지." 렉스가 바로 반박했다.

나는 렉스의 성질을 건드렸다. 렉스의 화를 돋우어야 했다. 렉스는 궁지에 몰렸을 때 머리가 더 잘 돌아가니까. 지니어스 게임에서도 렉스는 싸워야 할 때 최고의 성과를 냈다. 케네디 공항을 무사통과해 비행기에 타려면 우리 능력의 최고치를 발휘해야 한다.

나는 더플백을 열고 선글라스와 야구 모자를 꺼내 렉스와 툰데한테 하나씩 건넨 뒤 나도 모자를 썼다.

"잠시 동안만 쓰는 거야. 날 따라와."

전철이 역 플랫폼에 도착했다.

문이 쉬익 하고 열렸다.

나는 친구들을 이끌고 공항 위층으로 갔다. 사람들 사이에 끼어들었다가 나왔다 하면서 지나가는 경찰들을 피했다.

"왼쪽, 화장실."

나는 렉스와 툰데가 남자화장실에 들어가기 전에 가족 탈의

실로 따라오라는 신호를 했다. 나를 페인티드 울프로 변신시키는 데는 약간의 기술이 필요하지만 툰데를 모보로, 렉스를 다미안으로 바꾸는 데는 기적이 필요했다.

5.1

탈의실은 꽤 비좁았다. 나는 더플백을 열고 렉스가 입을 양복을 꺼냈다.

몹시 사무적인 회색 양복이었다. 솔직히 말해 밋밋한 옷이지만 우리가 하려는 일에는 적당했다.

나는 렉스한테 옅은 파란색 버튼업 셔츠, 은색 넥타이와 함께 양복을 건넸다.

"얼간이처럼 차려입는 할로윈 복장 같아." 렉스가 말했다.

"쉿, 그냥 입어."

그다음에는 툰데의 옷을 꺼냈다. 티셔츠, 니트 스웨터와 청바지에 하이탑 스니커즈도 있었다.

"멋지다." 렉스가 말했다. "모보는 패션 감각이 있는 녀석이구나."

"당연하지." 툰데가 활짝 웃었다.

옷을 갈아입으려고 준비하면서 렉스가 나를 돌려세웠다.

"훔쳐보기 없기."

방이 작은 데다 거울이 있어서 나는 선글라스를 쓰고 있는데도 눈을 감았다. 그런데 왠지 가슴이 두근거렸다. 렉스가 바로 뒤에서 셔츠를 갈아입고 있었기 때문이다.

렉스와 툰데가 웃음을 터트리며 옷을 갈아입는 동안, 나는 눈을 꼭 감고 우리가 지금 법을 어기고 있으며 몇 분 뒤면 미국에서 가장 번잡한 공항 중 하나를 뚫고 나가야 한다는 사실을 떠올렸다. 그래도 기다리는 25초가 25년처럼 느껴졌다.

"어때?" 마침내 렉스가 나를 다시 돌려세우며 물었다.

"시골뜨기 같아."

거짓말이었다. 렉스는 멋졌다. 교복처럼 입고 다니는 티셔츠와 청바지 차림의 렉스에 익숙해져 있다가 어른스럽게 입은 렉스를 보니 잠깐 얼이 빠졌다. 양복이 렉스한테 너무 잘 어울려서 우리가 이 일을 성공시킬 수 있겠다는 확신이 들었다.

"난?" 툰데가 물었다. "모보는 어때?"

"끝내줘."

"이제 뭘 하면 돼?" 렉스가 물었다.

"가발."

나는 더플백에서 가발 두 개를 꺼냈다. 반들거리는 렉스의 가발은 꼭대기는 길고 아랫부분은 짧은 스타일이었다. 렉스가 가발을 쓰더니 앞머리를 뒤로 넘기려고 애썼다.

"아니, 앞머리가 중요한 포인트야. 앞머리가 좀 긴데, 그걸 얼굴에 계속 늘어뜨리고 있어야 돼. 바보 같아 보이는 거 알아. 하지만 안면 인식 소프트웨어는 눈, 코, 입 사이의 간격을 측정해. 머리카락으로 가리면 카메라를 속일 수 있어. 보안 검색을 통과하는 동안만 그러고 있으면 돼."

렉스의 가발을 머리에 잘 맞추고 단단히 붙어 있게 하는 데 2

분이나 걸렸다. 렉스가 꿈틀거리며 어린애처럼 불평했지만, 작업을 끝내고 보니 상당히 근사한 모습이 되었다. 아니, 엄청나게 근사했다.

렉스가 몇 초 동안 거울을 뚫어지게 보더니 천천히 고개를 끄덕였다.

"울프 넌 기적을 일으키는 사람이야. 내가 멋쟁이처럼 보여."

"이제부턴 진짜 멋쟁이처럼 행동해야 돼."

다음은 툰데 차례였다. 두 번째 가발은 길고 빽빽한 레게 머리였다. 내가 가발을 씌워주자 툰데 역시 딴사람이 되었다.

툰데가 거울을 보며 자세를 취하더니 얼빠진 표정을 지었다.

"거짓말 아니고, 정말 맘에 들어."

"울프 넌 어쩔 거야?" 렉스가 물었다.

"내 이름은 첸이야." 나는 문을 열고 렉스와 툰데를 복도로 밀어냈다. "나가야 할 시간이야, 친구들."

5.2

친구들이 나간 뒤 나는 문을 잠그고 선글라스를 벗어던졌다. 가발을 벗고 귀걸이와 코걸이를 뺀 다음 젖은 종이타월로 화장을 박박 지웠다.

그런 뒤 머리를 풀고 콘택트렌즈를 빼고 백만 년 만에 처음으로 내 얼굴, 내 진짜 얼굴을 들여다봤다.

거울에 비친 나 자신이 너무나 낯설었다.

갑자기 속이 울렁거렸다.

집에서 나는 평범한 학생이었다. 주방에서 엄마를 돕고 아빠와 십자말풀이를 하고 가족과 함께 산책을 나가고 미술관에서 최신 전시회를 봤다. 친구들이나 사촌들과 외식을 하러 가면 정치, 성적, 신발, 음식, 남자애들에 관해 신나게 수다를 떨곤 했다.

페인티드 울프는 내가 간직한 비밀이다.

페인티드 울프는 가공의 인물이다. 잘 알려지지 않은 포럼과 금지된 웹사이트들에 글을 올리고, 우스꽝스러운 옷을 입고 밤이면 몰래 건물들로 숨어드는, 정직성 외에는 어떤 야심도 없는 복수의 천사다.

페인티드 울프는 내가 아니다.

돌아갈 수 있을까.

내 가족과 집으로 돌아갈 수 있느냐는 말이 아니다. 당연히 나는 그들한테 돌아갈 것이다. 하지만 내가 예전 생활로 쉽게 돌아갈 수 있을까? 그러지 못할 것 같았다.

오랫동안 페인티드 울프로 살면서 나의 모든 것이 바뀌었다. 울프 변장이 내 피부 속으로 스며들었고, 울프의 격렬한 성격이 나를 멍들게 했다. 울프가 끝나는 지점과 내가 시작되는 지점이 이제는 대책 없이 흐릿해졌다. 문제는 '페인티드 울프는 누구인가?'가 아니었다.

문제는 이것이었다. 카이는 누구인가?

나는 눈을 감았다. 다시 화장을 해야 한다. 가발과 선글라스를 써야 한다. 귀걸이와 가짜 코걸이를 껴야 한다.

우리가 이야보 장군을 물리치고, 툰데의 가족과 마을 사람들

페인티드 울프 vs 카이

을 구하고, 키란 비스와스를 저지하고, 멀쩡히 집으로 돌아가는
유일한 방법은 우리 모두가 110퍼센트 집중하는 것이다.

나는 유령이다.

나는 천천히 분장을 시작했다. 하지만 더 이상 분장이 아니
었다. 가발이 내 진짜 머리였다. 화장이 내 진짜 피부였다. 작은
거울을 뚫어지게 쳐다보면서 내가 다시는 카이가 될 수 없을지도

모른다는 걸 알았다. 이 일을 마치고 집으로 갈 때 나는 페인티드 울프로 갈 것이다. 외면하지 않겠다.

나는 깨달았다. 내가 이 생각에 완벽하게 만족한다는 걸.

나는 미소를 지었다.

5.3

나는 완전한 페인티드 울프가 되어 복도로 나갔다.

툰데가 손뼉을 쳤고 렉스의 입가에는 엷은 미소가 어렸다.

"어때? 그럴듯해?"

"물론이지." 렉스가 말했다.

"렉스의 말은 네가 완전 멋있단 뜻이야." 툰데가 거들었다.

"전에 못 봤던 건 없을 텐데."

"진짜 수배 중인 국제범죄 주모자로 보여." 렉스가 말했다. "울프 넌 최고야."

나는 참지 못하고 렉스의 뺨에 입을 맞췄다. 그러자 렉스의 얼굴이 빨개졌다.

"가자."

우리가 처음 간 곳은 안내 데스크였다.

"사람 찾는 안내 방송 좀 부탁드릴게요." 나는 따분한 표정을 짓고 있는 남자 직원한테 말했다. "엄청 급해요."

남자가 고개를 들었다.

"이름이 뭐죠?"

"하킴 아바차 중장요." 툰데가 말했다.

"아이-바-차?"

"아니요." 툰데가 바로잡았다. "아-바-차요."

남자가 고개를 끄덕이더니 마이크를 집어 들고 안내 방송을 시작했다. 우리를 만나러 안내 데스크로 오라는 내용이었다.

렉스가 모니터를 보며 툰데가 타고 갈 비행기를 찾는 동안, 툰데와 나는 젤 디스크가 든 가방을 교란기 상자에 넣었다. 공간도 충분하지 않고 보안 검색을 받는 동안 이 상자를 뒤질까 봐 걱정됐지만 아무것도 안 하는 것보다는 나을 것 같았다.

우리가 뭘 하고 있는지 렉스가 알아차렸다.

"그냥 물품 보관함을 찾아보는 게 어때? 거기다 넣어 놓으면 되잖아."

"언제 찾으러 가려고? 우린 이걸 들고 다녀야 돼."

"하지만 그들이 발견하면…."

"우린 지금까지 잘해왔어. 분명 무슨 수가 있을 거야."

그때 잔뜩 화가 난 키 작은 남자가 손을 흔들며 돌진해 와서 우리의 대화를 끊었다. 그는 나이지리아 군복을 입고 검정 베레모를 쓰고 있었다. 누가 봐도 하킴 아바차 중장이었다. 그리고 그의 뒤에는 군인이라기보다 역도선수 같아 보이는 덩치 큰 남자가 있었다.

"이게 무슨 짓이야?" 아바차 중장이 고함을 쳤다.

"우린 툰데를 비행기까지 데려다주라는 부탁을 받았습니다."

내 건방진 태도에 놀랐는지 아바차 중장이 눈을 깜빡이며 서 있다가 경호원을 쳐다봤다.

"황당하네요." 경호원이 고개를 저으며 말했다.

"누구 허락으로?" 중장이 다시 으르렁거렸다.

"이야보 장군님요. 우린 사업 투자자들입니다. 장군님의 관심이 지대한 프로젝트에서 툰데와 파트너로 일했죠. 우리가 함께 온다는 걸 정말 모르셨나요?"

"허, 이상하군!"

처음으로 뒷덜미에 식은땀이 나는 게 느껴졌다. 렉스를 봤더니 왼손을 떨고 있었지만 침착함을 유지하고 있었다.

"이건 나이지리아의 군 문제야. 자네들에겐 권한이 없어. 난 자네들이 개입한다는 통보를 받은 적이 없어."

그러고는 중장이 렉스를 바라봤다.

렉스가 말을 하려고 입을 뗐지만 내가 얼른 끼어들었다.

"왜 이렇게 됐는지 모르겠군요." 나는 중장 못지않게 당황한 척하며 말을 이었다. "하지만 심각하게 걱정이 되신다면 이야보 장군님께 전화해서 상황을 설명해보세요."

"장군님의 허가서는 어디 있나?"

"우린 서신을 받지는 않았습니다. 장군님과 직접 얘기해보세요."

나는 렉스한테 휴대폰을 달라는 시늉을 했다. 렉스는 약간 걱정스러운 표정이었지만 휴대폰을 건넸다. 나는 번호를 누른 뒤 중장한테 내밀었다.

전화기 저편에서 벨이 울리는 소리가 들렸다.

띠링… 띠링….

그러다 익숙한 굵고 낮은 목소리가 들려왔다.

"누구요?"

중장이 내 손에서 휴대폰을 낚아채 귀에 갖다 댔다. 곧바로 그의 얼굴이 하얗게 질렸다.

"안녕하십니까, 장군님. 네, 저는 여기 있습니다." 중장이 휴대폰에 대고 말했다. "이 사람들이 제게 얘기했습니다. 네, 네, 물론입니다. 하지만 이해해주셔야 합니다…."

중장은 금방이라도 기절할 것 같았다.

"네, 장군님. 저는… 알겠습니다. 아닙니다, 장군님. 저는 절대 장군님의 권위를 의심하지 않습니다. 게다가 분명… 이렇게 중요한 일에는 말입니다… 네, 장군님. 마무리됐습니다. 그 점은 믿으셔도 됩니다."

중장이 전화를 끊고 나한테 휴대폰을 건넸다.

"갑시다."

아바차 중장과 근육맨이 우리를 위해 앞장서서 보안검색대를 통과했다. 외교관 배지를 흔들기만 해도 줄 서 있던 사람들이 길을 터줬다. 우리는 TSA 직원들이 교란기를 검사하는 동안 금속탐지기를 유유히 통과했다. 직원들이 교란기에서 의문스러운 점을 발견했는지 어떤지 모르겠지만 어쨌든 교란기도 순순히 통과시켜줬다.

중장이 게이트까지 쭉 우리를 호위한 뒤 지갑에서 티켓을 꺼내 툰데한테 건넸다.

"이야보 장군님이 자네 일행만 비행기에 태우라고 하셨네. 부디 내가 불복종에 대해 사과했다는 걸 장군님께 꼭 알려주게. 나는 오직 장군님의 안전과 안녕만 생각하는 사람일세."

중장이 악수를 한 뒤 경호원과 함께 자리를 떴다. 두 사람은 뒤도 한 번 돌아보지 않았다.

그들이 사라지자마자 툰데와 렉스가 눈이 휘둥그레져서 나를 쳐다봤다.

"희존은 천재야." 렉스가 말했다.

"맞아." 나는 눈을 찡긋하며 말했다. "나이젤만큼 멋지지."

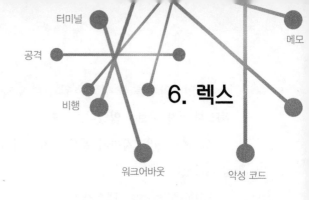

터미널

공격

메모

6. 렉스

비행

워크어바웃

악성 코드

페인티드 울프는 정말 잘해냈다.

하지만 최고로 잘했다는 말은 마지막을 위해 아껴두겠다.

나는 돈 내고 사려면 부모님을 너끈히 파산시킬 비행기 티켓을 해킹해서 공짜로 구했을 뿐 아니라 엄청나게 편한 1등석 좌석까지 손에 넣었다.

우리는 소파 느낌이 나는 가죽 의자에 앉았다. 정말이지, 이 의자에 반하지 않고는 못 배길 거다. 게다가 등받이가 뒤로 젖혀졌다. 살짝 젖혀지는 게 아니라 그냥 쭉 뒤로 넘어갔다. 침대처럼 말이다. 심지어 승무원들이 이불과 베개까지 건넸다. 날아다니는 호텔이었다!

나는 머리에서 가발을 벗겨 좌석 앞주머니에 쑤셔 넣었다. 머리가 미친 듯이 가려웠다. 울프는 늘 저런 가발을 쓰고 어떻게 참아내는지 궁금했다.

울프는 느긋하게 쉬고 있었다. 까만 선글라스 때문에 보이진 않지만 분명 눈을 감고 있을 것이다. 울프는 오늘 정말이지 맹활약을 펼쳤다. 그 모든 일을 어떻게 그리 순조롭게 해낸 건지 아직도 모르겠다.

하루 종일 엄청나게 스트레스 받으며 뛰어다닌 터라 나도 울프와 툰데처럼 편히 쉬고 싶었다.

하지만 그럴 수가 없었다.

맥박이 느려지고 아드레날린 분비가 1데시리터당 6마이크로그램으로 돌아가자마자 머리의 회전 속도가 다시 올라가기 시작했다. 비행기가 수평비행을 시작하자 나는 교란기 상자에서 테오 형의 공책, 젤 디스크와 해독기, 스티키 드라이브를 전부 꺼내 검토했다.

형이 정확히 뭘 남겼는지 알아내야 한다.

스티키 드라이브들을 휴대폰에서 돌리려고 해봤지만 속도가 너무 느렸다. 툰데를 흘긋 보니 툰데도 나를 보고 있었다.

"도와줘?" 툰데가 물었다.

좌석마다 달린 터치스크린 모니터로 몇 백 편의 영화와 텔레비전 프로그램, 지도를 볼 수 있고 게임도 할 수 있다. 심지어 비행기 외부에 설치된 카메라로 우리를 둘러싼 바깥 풍경도 볼 수 있다. 그런데 그 모든 기능을 가능하게 해주는 건 태블릿 컴퓨터다. 적절히 조절하면 그 내부 장치에 접근할 수 있다.

툰데가 그렇게 하는 데는 56초밖에 안 걸렸다.

우리는 재구성된 터치스크린을 이용해 스티키 드라이브들을 스캐닝했다.

대부분의 파일이 터미널과 관련돼 있다는 걸 금세 알 수 있었다. 파일에는 채팅 기록, 전화 대화의 필기록, 악성 코드, 공격 계획이 담겨 있었다.

문제는 전부 몇 달 전의 자료라는 것이었다.

그 외에는 테오 형의 생명과학 기술 작업에 관한 정보가 많았다. 생물학적 데이터 저장 시스템과 젤 디스크 해독기 개발을 기록한 20개의 폴더, '자기 발현 인공지능', '무생물 체계의 자생적 인지 진화'와 관련된 미완성 프로젝트에 관한 수백 기가의 데이터가 들어 있었다.

나는 툰데를 돌아봤다.

"문제는, 형이 작업하고 있던 것들이야⋯ 많은 자본 없이는

생물학적 데이터 저장 시스템

이런 기술을 개발할 수 없어."

"키란 얘기하는 거야?" 툰데가 물었다.

"아니, 키란일 리는 없어. 터미널일 거야."

내가 온라인에 접속해서 처음 한 일은 테오 형이 젤 디스크 기술이나 해독기에 관해 신청한 특허가 있는지 찾는 것이었다. 형은 남의 눈에 띄지 않게 일하고 있지만 나는 형을 잘 안다. 형은 어떤 획기적인 발견에 대해 소유권 같은 걸 유지하려고 시도했을 것이다. 전에도 수없이 검색해봤지만 아직 건진 건 없었다.

그런데, 이번에는 몇 가지 항목이 발견되었다.

신청 날짜가 불과 몇 달 전이었다.

하지만 그것들은 거의 눈에 들어오지 않았다.

내 관심은 화면에 떠오른 세 번째 링크로 쏠렸다. 로지의 '어마어마한 해킹'에 관한 기사에서 불과 몇 줄 떨어진 기사였다.

부모님이 멕시코로 강제 추방되었다는 내용이었다.

6.1

몇 분 동안 정신이 아득했다.

툰데가 뭔가 잘못됐다는 걸 알아차렸다. 내가 의자에 등을 털썩 기대고 완전히 맥 빠진 얼굴을 했기 때문이다.

"친구, 무슨 일 있어?"

나는 대답을 하지 못하고 간신히 머리로 모니터를 가리켰다.

툰데가 기사를 훑어보더니 머리를 가로저었다.

"뭐라고 말해야 할지 모르겠다."

이건 완전히 내 잘못이었다.

전부 다.

나는 그저 상황을 좋게 만들고 싶었다. 바로잡고 싶었다. 내 형과 부모님과 이웃들과 친구들을 위해.

내가 그렇게 할 수 있다고 생각했다.

내가 세상을 고칠 수 있어.

하지만 나는 눈뜬장님처럼 우리가 사는 세상의 진짜 본질을 알아차리지 못하고 있었다. '모든 행동에는 반작용이 있다.' 이 말은 고등학교 생활지도 교사들이 상담실 문에 붙여놓는 포스터 문구처럼 들린다. 단순한 아이들, 힘들어하는 아이들을 위한 경구.

나는 내가 그런 말은 초월했다고 생각했다.

그런 말에 영향을 받지 않는다고.

세상은 자신이 만든다는 게 내 생각이었다.

운전대를 잡고 정말 좋은 방향으로 가면 더 나은 삶으로 갈 수 있다.

하지만 그렇게 만만한 일이 아니었다. 내가 더 낫게 만들려고 노력했던 모든 일이 실제로는 더 나빠졌다.

물론 툰데가 지니어스 게임에서 승리하긴 했다. 하지만 지금 어떤가?

툰데의 마을 사람들은 아직 자유롭지 않고 우리는 미치광이 한테 줄 강력한 무기를 들고 비행기에 탔다. 카이의 부모님은 딸에 대한 걱정으로 전전긍긍하고 있을 것이다. 테오 형은 여전히 실종 상태이고, 지금 나는 형을 찾는 일에서 원점으로 되돌아간 상태다.

그리고 엄마와 아빠는 강제 추방되었다.

멕시코에 있는 부모님을 떠올려봤다. 부모님은 틀림없이 발레리아 이모 댁으로 가셨을 것이다. 이모가 부모님을 잘 돌봐줄 테지만 엄마의 눈물은 마를 새가 없을 것이다.

부모님께 전화를 걸어 사과하고 싶었다.

이런 일이 벌어지게 할 생각은 없었다고 말하고 싶었다.

모든 게 너무 죄송하다고.

하지만 그건 사실이 아니다.

우리는 국제 스파이처럼 뛰어다니지만 아무 결과도 없는 이 가상의 세계에 휘말렸다. 우리는 사람들을 속이고, 훔치고, 법을 어기고, 처벌받지 않고 빠져나갈 수 있다.

어떻게?

우리가 다른 사람들보다 똑똑하기 때문이다.

혹은 적어도 그렇다는 말을 듣기 때문이다.

그리고 나는 그 말을 곧이곧대로 믿었다.

부모님이 내 어리석음에 대한 대가를 치렀다. 나는 내가 원하는 무슨 일이든 할 수 있고 형을 돌아오게 할 수 있다고 생각했다. 그러면 모든 게 괜찮아질 줄 알았다. 모든 게 내가 예전에 알던 평범한 상황으로 돌아올 줄 알았다.

하지만 내가 알지 못했던 건 나의 평범한 생활은 사라졌다는 것이다. 테오 형은 2년 전에 떠날 때 그걸 알고 있었다.

"렉스."

울프가 패배주의적 몽상에서 나를 끌어냈다.

"괜찮아?"

어떻게 답해야 할지 감이 오지 않았다.

"지난 며칠 동안 상황이 미쳐 돌아간 건 사실이야."

"지난 몇 주 동안이지."

"하지만 네 부모님은 잘 계셔. 툰데가 나한테 기사를 보여줬어. 부모님은 멕시코에 계시니까 안전해. 엄청나게 충격적이겠지만 중요한 사실이야. 이제부터 일어날 일이 상황을 완전히 바꿀 거니까."

나는 몸을 일으켜 눈을 비빈 뒤 울프를 바라봤다. 울프가 선글라스를 내렸다. 우리가 눈을 맞추고 있는 동안 울프가 손을 내밀어 내 손을 꽉 잡았다.

"다음에 일어날 일이 뭔데?"

"멋진 일." 울프가 대답했다. "지금 우린 툰데의 마을을 원래대로 돌려놓으러 가고 있어. 네 가족을 돌려놓는 일과는 한 발짝 떨어진 일이지. 중국엔 인연이란 개념이 있어. 운명. 하지만 서구 문화에서 이해하는 개념과는 달라. 중국에서 운명, 숙명, 인연은 양방향이야. 동시성에 더 가까운 개념이지. 의미 있는 우연의 일치."

"난 운명을 믿지 않아."

"나도 믿지 않아. 하지만 난 기회를 믿어. 네 부모님이 강제추방당한 건 우리가 지니어스 게임에서 승리했기 때문이야. 우린 우리의 탄생별을 바꿨어. 우리한테 주어진 것들을 맹목적으로 받아들이지 않고 우리 꿈을 따라가도록 스스로를 독려했어. 변화가 변화를 불러. 좋은 일이 때때로 나쁜 일을 만들어내. 하지만 그 반대이기도 해."

울프가 말을 멈췄다.

울프의 말이 점점 아리송해지고 있었다.

"이 일은 너를 더 강하게 만들 뿐이야. 다이아몬드가 어떻게 만들어지는지 알지? 열과 압력으로 만들어져. 백악기의 어떤 공룡들이 목에 뼈가 걸려 숨이 막혀 죽었고 시체가 흙이 됐어. 그 흙이 그 뒤 300만 년 동안 굳어져 석탄이 됐지. 하지만 아직 지구가 완성되진 않았어. 흙이 층층이 쌓였고 열과 압력이 급상승했어. 그렇게 꽉꽉 죄인 채 갇혀 있으면 갈 수 있는 방향은 하나뿐이야. 안으로 더 들어가는 거지. 그래서 석탄은 붕괴했어. 점점 더 촘촘하게. 돌이 깎여 도저히 불가능한 강도의 결정 구조인 다이아몬드가 될 때까지."

울프의 말이 맞다.

나는 받아들여야 한다. 갈 수 있는 다른 방향이 없다는 걸.

나는 모든 실망과 분노와 슬픔과 상처를 누구도 깰 수 없는 무언가로 만들 것이다.

우리 중 누군가는 불가해한 대상과 마주치면 뒷걸음쳐 백만 개의 조각으로 쪼개진다. 하지만 나는 아니다.

나는 다이아몬드다.

6.2

"계획을 세워야 해."

나는 좌석을 뒤로 눕혀 침대처럼 만든 다음 툰데와 울프를 불렀다. 친구들이 내 옆에 우르르 앉았고 나는 즉석 기획 회의를 할 수 있도록 불빛을 어둡게 했다.

1등석의 다른 사람들은 거의 잠들어 있었다. 그래서 대서양 위를 날아가는 비행기에 우리밖에 없는 것처럼 느껴졌다.

"교란기에 은밀한 장치를 집어넣으면 멀리서도 교란기를 끌 수 있어. 하지만 여전히 더 큰 문제가 있어. 교란기가 망가졌다고 해서 이야보 장군이 툰데의 삶에서 발을 뺴진 않을 거야. 장군을 무찌를 작전이 필요해. 툰데, 너희 마을을 좀 더 자세히 설명해 줘. 우리가 어떤 곳에서 일하게 돼?"

"너희가 지금까지 본 제일 아름다운 마을일 거야. 서아프리카에서 가장 멋진 자연 경관으로 둘러싸인 곳이지. 하지만 제대로 된 통신 시스템과는 거리가 멀어. 바다 밑바닥이나 마찬가지야. 내가 소규모 전력망과 제한적인 와이파이 접속 설비를 개발하긴 했지만 아주 드문드문 연결돼. 우리 마을 사람들은 자급자족하는 농부들이야. 우리가 사는 골짜기 너머의 세상은 잘 몰라. 게다가 이야보 장군은 콧수염을 비비 꼬는 영화 속 악당이 아니야. 심기를 건드리면 그 자리에서 우릴 개처럼 쏴죽일 짐승이지."

"장군이 근처에 살아?" 울프가 물었다.

"아니." 툰데가 대답했다. "장군은 남쪽에서 올 거야. 교란기를 요구하고 여차하면 자기 힘을 과시하려고 부하들을 데려와 마을을 쓸어버릴 거야."

"우리가 이야보 장군을 이길 순 없어." 울프가 말했다. "하지만 장군이 스스로 패배하게 만들 순 있어."

"어떻게?" 툰데가 물었다.

"손자병법에서 손자는 이렇게 말했어. '우리의 패배는 우리에게 달려 있다. 하지만 적은 스스로 패배할 틈을 보일 것이다.' 우리가 절대 패하지 않을 진을 쳐야 해. 그런 뒤 기다리다가 장군이 모험을 할 때 급습하는 거지."

"맘에 들어." 내가 말했다. "하지만 그 전략을 어떻게 적용해?"

"답은 툰데야…."

"나?"

"장군이 왜 너희 마을에 왔지?"

"내 공학 기술에 대한 소문을 들었으니까."

울프가 고개를 저었다.

"실망시키고 싶지 않지만, 장군은 네가 교란기를 만들어줄 수 있기 때문에 온 거야. 장군한테 교란기가 필요했던 딱 그때 네가 지니어스 게임에 초대받은 건 우연이 아니야."

"그럼 내가 초대받은 건…."

툰데는 몹시 속이 상한 기색이었다.

"어쨌든 넌 초대받았을 거야." 울프가 말을 이었다. "하지만 타이밍이 의도적이었던 건 확실해. 키란과 이야보 장군은 함께 일해. 두 사람은 파트너야. 더 중요한 질문은 장군이 교란기를 만들기 위해 왜 너를 찾아왔느냔 거지."

"다른 사람은 아무도 할 수 없으니까." 툰데가 말했다.

"잠깐." 내가 끼어들었다. "장군은 키란과 협력하고 있어. 장군은 뭐든 키란이 가진 것에 접근할 수 있어. 기분 상하게 하려는 건 아니야, 툰데. 하지만 난 키란이 직접 교란기를 금방 만들어낼 수 있다고 확신해. 아니면 키란의 두뇌 위원회가 만들거나. 이해가 안 가….”

“이해할 수 있어.” 울프가 말했다. “만약 교란기가 의미가 없다면.”

이 말은 대화의 한복판에 블랙홀을 만들었다.

“키란이 인맥이 있거나 시스템을 속여서 지금의 위치를 얻은 건 아니야.” 울프가 계속 말을 이어갔다. “키란이 지금처럼 힘 있는 사람이 된 건 그가 다른 사람들의 행동에서 미래를 봤기 때문이야. 키란은 장군의 친구가 아니야. 장군은 도구야. 키란은 장군이 어디로 가고 있는지 봤고 어쨌든 두 사람의 목표가 일치했어. 너와도 마찬가지야, 툰데. 장군이 너한테 교란기를 만들라고 시킨 건 네가 그 일을 할 수 있다는 걸 입증하기 위해서였어. 장군이 그 외에 뭘 계획했는지 모르겠지만 그게 뭐든 너와 네 마을이 관련되어 있을 거야.”

“그런데 울프 넌 그걸 어떻게 알아?” 툰데가 물었다.

“직감이지. 게임이론이야. 우린 장군이 실수를 저지르게 할 거야. 장군이 자랑하기 좋아하고 탐욕스러운 사람이라고 했지? 우린 장군이 그의 파트너들이 등을 돌리는 선택을 하도록 몰아갈 거야.”

“키란 말이야?” 내가 물었다.

“아니면 키란의 사람들.”

“이 계획, 맘에 들어.” 툰데가 싱긋 웃었다.

“그럼 우린 뭐야?” 내가 다시 물었다.

“투자자들이지. 툰데가 지니어스 게임에서 거둔 성과에 감탄한 사람들.” 울프가 대답했다. “우린 좋은 걸 보면 알아보는 사업

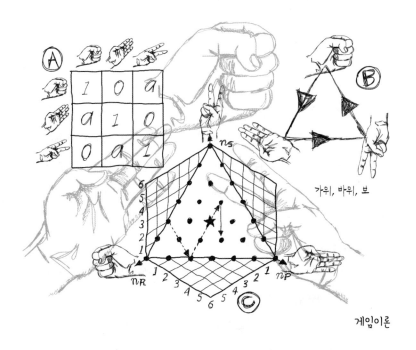

가위, 바위, 보

게임이론

가들이야. 장군은 툰데가 다음 단계의 획기적인 기술을 제시한다는 데 배팅하고 있어. 우린 장군한테 툰데가 굉장한 뭔가를 고안했으니 투자에 참여해달라고 말할 거야. 하지만 이 말이 먹히려면 엄청나게 철두철미해야 해. 장군은 우리가 진짠지 확인할 거야. 그러니까 렉스, 소셜 미디어 사이트들과 증거를 보여주는 문서들이 필요해. 우리가 진짜로 전도유망한 투자자들, 성공한 사람들인 것처럼 보여야 해. 장군이 군침을 흘리게 만들 우리 경력을 온라인에 만들어줘."

"굉장한 기술과 경력을 만들어내는 거야 누워서 떡 먹기지만, 그다음은 어떻게 되는 거지?"

"장군이 우리 프로젝트에 투자하고 파트너들을 데려오면, 우린 장군이 절대 하지 않는 한 가지 일을 하게 할 거야. 바로 국경을 건너는 일."

"무슨 말을 하고 있는 거야?"

나는 어리둥절했지만 툰데는 감탄하며 천천히 손뼉을 쳤다.

"이야보 장군은 수배자야." 툰데가 말했다. "장군은 전쟁범죄로 국제재판소에서 유죄판결을 받았어. 하지만 나이지리아 군과 정부에 있는 친구들이 그의 인도를 거부했지. 장군이 이 나라에서 벗어나면 강제 추방될 위험에 처해."

울프가 고개를 끄덕였다.

"우리가 치는 가장 큰 사기일 거야. 장군을 설득해서 베냉으로 가는 국경을 넘게 해야 돼."

"베냉은 이웃 나라야." 툰데가 거들었다. "30킬로미터밖에 떨어져 있지 않아."

"하지만 장군은 바보가 아니잖아." 나는 일이 어떻게 돌아가고 있는지 혼란스러웠다. "장군은 자기가 국경을 건너고 있다는 걸 분명 알아차릴 거야. 장군은 인터넷 사기까지 저지르는 사람이야. 기술을 잘 아는 사람이라구. GPS도 있을 거고…."

나는 이 계획을 이해하는 데 몇 초의 시간이 걸렸다. GPS라고 말하는 순간 모든 게 명확해졌다.

울프가 싱긋 웃었고, 나는 세차게 고개를 끄덕였다.

너무 말도 안 되는 계획이어서 성공 가능성이 있었다.

"어떻게든 장군을 국경 쪽으로 가게 한 뒤 자기가 국경을 건너고 있다는 걸 알아채지 못하게 하는 거야." 나는 혼잣말하듯 말했다. "위성 좌표들을 엉망으로 만들어서 장군의 GPS에 뜨는 국경선을 옮기는 거지."

국경

GPS

"우린 국경 건너편에 유엔군을 대기시킬 거야." 울프가 말했다. "그리고 우리가 장군을 투자에 끌어들이면 아마 장군은 자기 파트너들을 데리고 올 거야."

"키란…." 툰데가 말했다. "이 계획 좋아. 하지만 장군이 움직이는 국경선을 넘게 만들 미끼는 뭔데? 진짜로 굉장한 뭔가여야 하는데."

울프가 잠깐 생각하더니 말했다.

"툰데의 다음 프로젝트가 욕망 자극제가 될 거야. 우린 판을 뒤집고 그들이 우리한테 오게 할 거야. 중요한 뭔가를 암시하면서 말이야. 판을 바꿔놓을 결정적 패. 난 그 사람들이 어떻게 일하는지 알고 있어. 우리가 다른 누구도 못 할 뭔가를 해낼 가능성이 있다는 확신을 주면 그들은 그걸 얻으려고 지구 끝까지라도 갈 거야."

"다시 말하면," 내가 끼어들었다. "울프 너도 아직 그게 뭔지 모른다는 말이구나, 그렇지?"

"지금 생각 중이야."

"네가 모른다는 사실을 인정하기 싫구나, 그렇지?"

내가 싱긋 웃자, 울프가 한숨을 쉬었다.

"렉스 넌 어떻게 생각해?" 툰데가 나를 쳐다봤다. "이 계획이 먹힐 것 같아?"

나는 울프와 눈을 맞추며 고개를 끄덕였다.

"해보자. 내가 울프와 내 과거 기록을 만들 때까지 기다려. 우린 도저히 거부할 수 없는 존재가 될 거야. 정말정말 나쁜 놈들을 위한 사탕이 될 거야."

2부

접속

7. 툰데

친구들, 집에 돌아오는 것만큼 좋은 건 없다.

만화와 영화에서 아프리카는 기린, 얼룩말, 코끼리가 우글거리는 초원이 드넓게 펼쳐진 곳이다. 광활한 푸른 하늘 아래 살아 숨 쉬는 압도적인 색채의 땅이며, 모든 사람들이 알록달록한 옷을 입고 초가집에서 산다. 아, 하지만 이런 만화와 영화를 만드는 사람들은 실제로 아프리카에 가본 적이 없다.

라고스는 세계에서 곧잘 볼 수 있는 현대 도시다. 야자나무들이 콘크리트 사이에 뿌리를 내리고 강철과 유리로 지은 건물들이 몇 백 미터 위로 솟아 있는 곳. 이 도시에서는 세계 곳곳에서 온 1,600만 명의 사람들이 입에 풀칠하려 애쓰고 있다. 카페와 자동차 영업소들이 늘어선 라고스의 도심은 미국의 도심처럼 밝고 빛난다.

"비행기가 낮게 날아서 멋진 경로로 가고 있어." 나는 비행기 아래로 땅딸막한 건물들이 밀집된 넓은 구역을 가리켰다. "저기

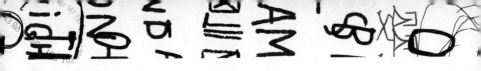

가 대부분의 사람들이 사는 곳이야."

렉스가 내 어깨 너머로 다닥다닥 들어서 있는 집들을 보려고 애썼다.

"저긴 마코코야. 세계 최대의 빈민가 중 하나지."

"믿기지 않아."

"지금 네가 보고 있는 것들은 거리가 아니야."

"무슨 말이야?" 렉스가 물었다.

"마코코는 물 위에 떠 있는 빈민가야. 저 집들은 수상가옥이고."

마코코에서는 수만 개의 작은 보트들이 수백만 채의 집들을 오간다. 마코코는 물에 떠 있는 도심이다. 공학 기술의 눈부신 위업일 뿐 아니라 놀랄 만큼 독특한 곳이다.

"나이지리아인들은 집념이 강한 사람들이야. 일자리를 찾아 전국에서 사람들이 모여들었는데, 땅이 없는 곳에서도 생존할 방법을 찾은 거지."

"정말 대단해." 렉스가 말했다.

비행기 바퀴가 아스팔트에 닿았고, 땅으로 돌아오면서 우리가 직면한 임무의 중압감도 돌아왔다. 비행기가 게이트를 향해 천천히 달리고 승무원이 안내 방송을 하는 동안, 나는 멀리 강철로 된 고층건물들을 내다보며 마음의 준비를 했다.

비행기에서 내리면 우리는 이야보 장군의 손아귀로 걸어 들어갈 것이다.

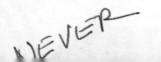

7.1

나는 우리를 마중 나온 사람들을 보고 놀라지 않았다.

이야보 장군은 멍청한 사람이 아니다.

그중 두 명은 딱 봐도 군인이었다. 그들은 훈련복에 베레모와 미러 선글라스를 쓰고 있었다. 소지한 무기는 보이지 않았지만 필요하면 금방이라도 무기를 꺼내 들 것이다.

그리고 군인들 사이에 나보다 그리 나이가 많지 않은 여자가 있었다.

군인들과 달리 그녀는 청바지와 티셔츠 차림에 화려한 색의 머리를 땋아 내렸고, 커다란 헤드폰을 끼고 리듬에 맞춰 고개를 까딱거리고 있었다.

우리를 발견한 여자가 헤드폰을 벗고 미소를 지었다.

"당신이 지니어스 게임 우승자군요?"

"네. 내 이름은 툰데 오니예요."

그러자 그녀가 더 크게 미소 지었다.

"나는 나야예요. 나야 이야보."

나는 악수를 하면서 그녀가 의외로 붙임성이 뛰어난 것에 기분이 좋았다. 성을 들을 때까지는 말이다. 친구여, 나는 이야보 장군의 딸과 악수를 하고 있었다!

나야가 내 불편한 기색을 알아차린 것 같았다. 그런데 오히려 그걸 즐기는 것처럼 보였다.

"그리고 이분들은 친구들인가요?"

나야가 고개를 돌리자 페인티드 울프가 앞으로 나섰다.

"우린 툰데의 사업 파트너입니다. 난 첸 장이고 이 사람은 다미안 퀸타닐라예요. 우린 장군님께 드릴 제안이 있어서 여기 왔어요."

나야가 고개를 끄덕였다.

"네, 두 분이 툰데 씨와 함께 온다는 얘기를 들었어요. 두 분 다 굉장히 존경받는 분들이더군요. 아시아에서 했던 양자컴퓨터 연구가 가장 인상적이었어요. 아는 게 정말 많은 투자가들이신 것 같아요. 장군님이 조국을 위해 세운 구상들에 두 분이 매우 만족하실 거라고 확신해요."

렉스가 만든 가짜 신분은 렉스가 약속한 대로 굉장히 흥미진진했다. 나야 같은 하수가 이렇게 만족할 정도면 장군 역시 두 사람의 방문에 잔뜩 흥분했을 게 분명했다.

"감사합니다." 렉스가 말했다. "어서 장군님을 만나 뵙고 싶습니다."

"저게 교란기인가요?" 나야가 회제를 바꾸며 물었다.

나는 고개를 끄덕였다.

"그럼 출발해도 되겠군요. 자, 가시죠!"

우리가 나야와 군인들을 따라 공항 터미널을 가로지르는 동안, 나야는 다시 헤드폰을 쓰고 인파 사이를 걸으며 몸을 흔들었다. 꼭 공주님이 나오는 영화를 보는 것 같았다. 군인들이 나야를 위해 길을 터줬고, 나야는 발아래 땅이 제 것인 양 몸을 덩실거렸다.

터미널을 나가자 적도의 지독한 더위가 우리를 덮쳤다.

"이런," 렉스가 말했다. "사우나에 들어온 것 같네."

렉스는 땀을 뻘뻘 흘리고 있었다.

"익숙해질 거야, 친구. 피부에 좋아."

공항 밖에는 검은색 리무진이 우리를 기다리고 있었다.

"다 왔어요."

운전사가 우리 가방을 받아 트렁크에 싣는 동안 나야가 우리를 뒷좌석으로 안내했다. 그런 뒤 교란기를 들고 우리와 마주앉았다.

리무진이 차량들 속으로 진입했지만 속도를 내지는 않았다.

"몇 바퀴 돌아요." 나야가 운전사한테 말했다.

운전사가 조용히 고개를 끄덕이더니 핸들을 돌렸고 리무진이 공항 주위를 느긋하게 돌기 시작했다. 나는 왜 이런 우스꽝스러운 짓을 하는지 궁금했다.

"왜 장군님께 바로 가지 않죠?"

"이 장비가 당신이 말하는 기능들을 정말로 수행하는지 시연이 필요해요."

"이 교란기는 아주 위험해요…."

"그건 내 알 바 아녜요." 나야가 으르렁거리듯 말했다. "별거 없기만 해봐요."

교란기를 켜면서 나는 목이 메어왔다.

교란기

제어판에 깜빡거리며 불이 들어왔다.

친구들, 솔직히 말해 그 순간 나는 겁에 질렸다. 교란기로 장군이 원하는 일들을 하진 못하겠지만 교란기는 여전히 핵폭탄처럼 위험했다. 나는 무기를 만들었고, 그걸 사용하고 싶지 않았다.

"켜졌어요. 이제 작동하는지 보세요."

나야가 헤드폰을 벗더니 교란기를 잡아챘다.

"불이 들어오고 충분히 진짜처럼 보이긴 하네요. 하지만 당신이 우리 아빠를 죽이려고 여기에 폭탄을 심어놓지 않았다는 걸 내가 어떻게 알죠?"

"난 절대…."

"절대 아빠를 죽이고 싶지 않다고요?" 나야가 웃었다. "당신이 가장 아빠를 죽이고 싶은 사람이겠군요."

"절대 그럴 수 없다는 말이에요. 장군님은 우리 가족, 아키카 마을 사람들과 함께 있으니까요. 난 장군님이 시키는 일은 뭐든지 할 수밖에 없어요."

"그건 그렇죠." 나야가 약간 만족한 표정으로 말했다. "하지만 그래도 난 이 장치가 작동하는지 봐야겠어요. 당신이 보여줄 때까지 우린 여기를 계속 돌 거예요."

"하지만 여긴 공항이에요."

"이건 GPS 교란기예요." 렉스가 끼어들었다. "이걸 작동하면 공항의 모든 GPS 신호가 차단될 겁니다. 지금 공항에는 비행기들이 이착륙하고 있어요. 대참사를 일으킬 수도 있어요."

나야가 몸을 앞으로 숙이며 껌을 짝짝 씹었다.

"툰데, 당신 친구가 내 판단에 딴지를 거는군요."

나는 초조하게 웃었다.

"다미안은 미국에서 왔고 카우보이 같은 성향이 있어요. 렉, 아니 다미안, 이 문제는 우리가 알아서 해. 알겠지?"

친구들, 나 때문에 하마터면 우리 정체가 탄로 날 뻔했다. 다

행히 나야가 내 실수를 알아차린 것 같지는 않았다.

"자, 자." 나야가 말했다. "당신이 만든 교란기가 실제로 뭘할 수 있는지 보여줘요."

나야가 손을 뻗어 옆에 앉은 군인의 무전기를 잡아채더니 공항 관제소가 잡힐 때까지 다이얼을 돌려 잡음이 가득한 주파수들을 휙휙 지나쳤다.

"…현재 비행기가 하강하고 있습니다. 고도 2천 피트에 약간의 구름이 있지만 그보다 위층은…."

관제사의 빠른 목소리가 리무진을 가득 채웠다.

"시작하세요." 나야가 다그쳤다.

친구들, 조마조마한 몇 초가 흘러가는 동안 나는 망설였다. 내 손가락이 증폭 버튼 위에서 머뭇거렸다. 내가 이걸 누를 수 있을까? 만약 내가 만든 기계 때문에 비행기가 폭발한다면 내가 나를 용서할 수 있을까? 하지만 나한테 어떤 선택권이 있지?

내 손가락이 버튼 위에 멈춰 있는 동안 나야가 군인들 중 한 명을 쳐다봤다. 그가 손을 허리에 대고 몸을 기울였다.

나는 목이 칼라하리 사막의 모래처럼 바싹 마르는 걸 느끼며 교란기의 증폭 버튼을 눌렀다.

"…난리 났어요!" 관제사가 패닉 상태에 빠졌다. "지금 막 GPS가 끊어졌어요… 맙소사. 서둘러, 찰리. 비행기들에 연락해… 라고스로 오는 모든 비행기가 360도 선회해야 해… 반복합니다. 360도 선회하세요… GPS가 끊어졌어요… 착륙 시도하지 마세요…."

빨라지는 내 맥박과 함께 관제사의 공포도 점점 고조되었다.

"저기 봐요." 나야가 밖을 가리켰다.

"…*귀항하는 모든 비행기가 대기해야 합니다… 관제탑에 GPS가 끊어졌습니다… 두바이 261, 다른 경로로 가야 합니다… 다시 말합니다… GPS가 끊어졌어요….*"

낮게 드리운 구름이 보였고, 실루엣에 더 가까워 보이는 점보제트기 한 대가 구름을 헤치며 날고 있었다. 너무도 낮게.

나는 교란기를 창밖으로 던져버리고 싶었다. 친구들, 나는 공포로 제정신이 아니었다.

고통스러운 몇 초가 지난 뒤 나는 더 이상 참을 수 없었다. 점보제트기가 굉음을 울리며 머리 위를 날아갈 때 나는 교란기의 전원을 껐다.

"자, 확인하셨죠?"

친구들과 나는 비행기들이 충돌하며 대참사를 예고하는 굉음이 들릴까 봐 저절로 몸이 움츠러들었다.

다행히 아무 일도 일어나지 않았다.

다시 관제사의 목소리가 들려왔다.

"*돌아왔습니다. GPS가 돌아왔습니다… 모두 괜찮으세요? 완전 아슬아슬했어요….*"

내내 숨죽이고 있던 울프가 크게 숨을 내쉬었다.

나야가 무전기를 껐다.

"장군님이 만족하시겠네요."

그런 뒤 운전사한테 신호를 보냈다.

"아키카 마을로 가요."

길이 꽉 막혔다. 온갖 제조업체와 모델의 자동차들이 수백 대의 오토바이, 미국산 개조 트럭들과 자리다툼을 하고 있었다.

라고스 사람들이 전부 길에 나온 것 같았다.

리무진이 이리저리 밀고 나가며 아키카 마을로 가는 도로에 진입했을 때 나는 마음을 진정시키려고 애썼다. 하지만 정말 힘들었다. 교란기 상자 뚜껑을 닫는데 손이 바들바들 떨렸다. 나야가 그걸 보고 낄낄거렸다.

울프가 내 어깨에 손을 올리고 지그시 눌렀다. 그러자 꼭 이완제를 맞은 것 같았다.

"넌 지금 집에 가고 있어." 울프가 속삭였다.

울프의 말이 맞다. 나는 지금 집에 가고 있다.

이 길은 단포 뒤쪽에 처박혀 몇 번 지나간 적이 있었다. 구경할 만한 게 별로 없었다. 허름한 농가들과 건물들, 쭉 늘어선 푸르른 나무들. 그때의 나는 빽빽이 들어찬 사람들 틈에 끼여 땀을 비 오듯 흘리고 숨 막히는 기름 냄새에 토할 것 같던 평범한 사람이었다.

하지만 지금은 장군과 같은 자리에서 세상을 보고 있었다.

그리고 길도 내 기억처럼 울퉁불퉁하지 않았다. 리무진에 값비싼 타이어와 충격 흡수장치가 달려 있어서 차를 타고 간다기보다 날아가는 것 같았다.

운전사는 오직 우리의 안락함만 생각하는 사람 같았다. 움푹 파인 곳은 다 피해 가고 필요 이상으로 부드럽게 방향을 틀었다.

물론 우리를 위해 그러는 건 아니었다. 장군 딸이 탄 차를 몰기 때문에 그러는 것뿐이었다.

그리고 감히 우리가 가는 길에 끼어든 불쌍한 사람들!

친구들, 리무진 운전사는 차를 돌리는 법이 없었다. 자전거를 탄 사람한테 칠 듯이 달려들고 정지 신호 다섯 개를 그냥 통과하는가 하면 길을 건너는 초등학생들한테 사정없이 경적을 울렸다.

우리가 매번 항의했지만 소용없었다. 반면 나야는 긴장을 즐기는 것처럼 보였다. 리무진이 하마터면 누군가를 칠 뻔했을 때도 나야는 우리의 찌푸린 표정을 보며 즐거워했다.

"편히 앉아 쉬세요."

"미사일에 타고 있는데 편히 쉬긴 어렵죠."

나야는 내 말을 웃어넘겼다.

우리가 익숙한 길에 도착했을 때는 거의 해가 질 무렵이었다.

리무진이 자갈길로 들어섰다가 거친 흙길을 달리기 시작했다. 해가 하늘에 낮게 떠 있고 부옇게 흙먼지가 날렸지만 나는 내가 살던 땅을 보자마자 알아차렸다. 가느다란 이로코 나무, 키아수와 풀의 흔들리는 줄기, 짙은 오렌지색 땅.

"마을 사람들이 당신을 보면 엄청 반가워하겠네요." 눈에 띄게 행복해하는 내 모습을 유심히 살피며 나야가 말했다.

"그렇겠죠. 이번 여행을 하기 전에 난 하룻밤 이상 집을 떠난 적이 없었거든요."

그때 리무진이 갑자기 왼쪽, 오른쪽으로 휙휙 방향을 틀더니 속도를 늦췄다. 운전사의 몸이 경적 쪽으로 휙 기울었다. 나야가 화가 나서 씩씩대며 몸을 돌렸다.

"왜 차를 세운 거죠?"

"저기," 운전사가 앞을 가리켰다. "누군가가 길을 막고 있어요."

몸을 앞으로 내밀고 봤더니 자동차 불빛에 익숙한 얼굴이 비쳤다. 허리에 두르는 전통의상인 이로를 입고 머리쓰개와 화려한 색의 숄을 두른 할머니였다. 할머니의 이름은 웨레이인데, 우리 마을에서는 전설 같은 인물이었다.

"저 할망구 들이받아버려!" 나야가 소리 질렀다.

"안 돼요!" 나는 리무진 문을 열며 외쳤다. "안 돼요, 제발. 내가 아는 사람이에요. 우리 마을에 사는 할머니인데, 정신이 온전치 않아서 자주 헤매고 다녀요."

나야가 손을 들어 내가 리무진에서 내리게 해줬다. 차에서 나가자마자 이상한 냄새가 코를 찔렀다. 내가 살던 시골 마을 아키카가 아니라 산업 중심지에 가까이 온 것 같은 냄새가 자욱했다.

나는 냄새를 무시하고 웨레이 할머니한테 다가갔다.

"안녕하세요."

할머니가 나를 처음 보는 사람인 양 살펴봤다.

"안 다치려면 비키셔야 해요. 여기서 걸어 다니는 건 굉장히 위험해요."

"난 널 알아."

할머니가 눈을 가늘게 떴다.

"네, 툰데 오니예요. 아키카 마을에 살아요."

할머니가 눈을 돌려 리무진 운전사한테 욕 몇 마디를 중얼거리더니 나를 따라 순순히 길가로 비켜났다.

운전사가 빨리 오라고 경적을 울리자 할머니가 내 손을 꼭 잡았다.

"집에 가지 마."

"왜요?"

"네가 떠났던 집이 아니야."

"무슨 일이 있었나요?"

할머니가 리무진을 돌아보더니 나를 바짝 끌어당겼다.

"냄새가 나잖아. 보이잖아."

"뭐가 보여요?"

"너희 마을이 사라졌어."

또 한 번 빵 하고 경적이 울렸고, 할머니가 나를 놔줬다.

나는 손을 흔들어 인사하고 할머니가 자동차 불빛을 벗어나 수풀 속으로 들어가는 모습을 지켜봤다.

7.3

리무진으로 돌아오니 나야가 웨레이 할머니에 대해 몹시 궁금해했다.

"저 미친 여자가 가족인가요?"

"웨레이 할머니는 그 부족의 마지막 사람이에요. 유목민인 워다베족에서 갈라져 나온 분파죠. 할머니는 이 주변의 숲에 살아요. 우리 부모님이 같이 살자고 했지만 할머니가 거절했죠."

창밖을 보니 웨레이 할머니는 빠르게 다가오는 어둠 속으로 사라지고 없었다.

"저 미친 여자가 당신한테 뭐라고 했죠? 둘이서 무슨 얘길 나눴잖아요."

"그냥 안부 인사를 했어요."

나야가 나를 쏘아봤다. 그녀는 나를 뚫어지게 쳐다보면 내가 어떤 비밀이든 순순히 털어놓을 수밖에 없다고 확신하는 것 같았다. 그녀는 진짜 이야보 가문 사람이었다. 나야의 시선을 받으니 너무 불편하고 불안해져서 나는 나쁜 짓을 하고 아빠한테 혼나는 아이처럼 곧바로 무너졌다.

"웨레이 할머니는 우리 마을이 내가 떠날 때와 같지 않다고 경고했어요."

나야가 웃음을 터트렸다.

"뭐라고요? 이제 더 이상 파리똥만 한 마을이 아니래요?"

그러고는 군인들을 돌아보며 다시 낄낄거렸다.

그 모습을 보자 화가 치미는 한편 몹시 걱정이 되었다. 웨레이 할머니의 말이 맞으면 어떡하지? 내가 지니어스 게임에 가 있는 동안 아키카 마을이 갑자기 바뀌었다면? 말도 안 되는 소리지만 이야보 장군처럼 교활한 사람이 끼어들면 무슨 일이든 가능할 것이다.

곧 리무진이 언덕 꼭대기에 이르렀고, 우리 앞에 아키카 마을이 펼쳐졌다.

그렇게 가슴 아픈 광경은 처음 봤다.

7.4

친구들, 그건 내가 절대 기억하고 싶지 않은 순간이었다.

아키카 마을은 내 영혼의 일부였다. 집을 떠나 있으면서도 아키카 마을은 항상 내 머릿속에 있었다.

하지만 리무진을 타고 아키카 마을로 가는 좁은 흙길을 내려가면서 나는 내가 태어난 곳을 알아보지 못했다. 눈앞에 보이는 풍경이 믿기지 않았다.

처음에는 우리가 엉뚱한 곳에 온 줄 알았다. 내가 살던 마을은 근방에서 들불이 나도 자욱한 연기로 뒤덮인 적이 없었다. 내가 살던 마을은 진흙탕에 깊은 타이어 자국이 나 있는 곳이 아니었다. 수백 명의 무장 군인들이 살지도 않았다. 길바닥이 군인들의 쓰레기장도 아니었다.

그런데 별안간 모든 게 바뀌었다.

아키카 마을은 더 이상 농부들이 가족, 부모, 조부모와 함께 사는 농촌이 아니었다. 이제 군의 전초기지가 되어 있었다. 더 나쁜 건 마치 땅 표면을 벗겨내려 하는 것처럼 온통 산업 장비들로 시끌벅적하다는 것이었다.

내가 우리 마을을 뚫어지게 바라보고 있을 때, 울프가 내 손을 잡았다. 렉스는 나만큼이나 충격을 받은 것 같았다.

하지만 나야는 내 고통을 즐기는 것 같았다.

"당신 마을 사람들이 몹시 바쁘군요. 저 사람들은 이 마을 아래에 있는 것들이 위에 있는 것들보다 더 중요하다는 걸 알게 됐어요."

나는 마음을 진정시키고 조심스럽게 말했다.

"마을 아래에 뭐가 있는데요?"

"알게 될 거예요. 난 깜짝 파티를 망치고 싶진 않아요."

운전사가 마을 한가운데에 리무진을 세웠다. 어른들이 가장 오래된 시어버터 나무 밑에 모여 마을 일과 앞으로 다가올 계절에 대해 의논하던 곳이었다. 하지만 시어버터 나무는 불도저에 밀려 쓰러졌고 남아 있는 건 피처럼 붉은 땅뿐이었다. 어른들은 아무도 보이지 않았다.

우리는 차에서 내렸다. 내 감각기관을 처음 공격한 건 디젤유가 타는 매캐한 냄새와 파헤친 흙에서 나는 습한 냄새였다. 나는 우리를 둘러싼 군인들의 얼굴을 살펴봤다. 하지만 그들은 아무 말도 하지 않았다. 이 사람들은 명령을 받아 여기에 왔다. 그

중 일부는 나보다 고작 몇 살 더 많아 보였다. 하지만 나는 그들을 원망하지 않았다. 알다시피, 그들은 자기가 할 수 있는 유일한 방법으로 자기 가족을 위해 일하고 있었다. 군복을 입고 녹슨 총을 들고 한 미치광이를 따르고 있었다.

"내가 떠났을 때는 전혀 이렇지 않았어."

"알아, 툰데." 울프가 대답했다. "나도 알아."

"아빠는 어디 계셔?" 나야가 우두커니 서 있던 군인들한테 빽 소리를 질렀다.

"오늘 저녁 늦게 오실 겁니다." 군인들 중 하나가 대답했다.

나야는 화가 나서 우리 쪽으로 몸을 돌렸다.

"가요! 우리가 여기서 뭘 하는지 보여줄게요."

"먼저 가족들을 만나고 싶어요."

"나중에요. 먼저 장군님이 당신들한테 베푼 은혜를 보세요."

우리는 어쩔 수 없이 군용 지프의 뒷좌석에 올라탔다.

나야가 직접 운전대를 잡고 시동을 걸었다. 우리는 넓은 숲에 난 좁고 울퉁불퉁한 길을 따라 내려갔다. 일주일 전에는 없던 길이었다. 길가에 늘어선 모든 나무가 고운 흙먼지를 뒤집어쓰고 있었다. 새소리도 들리지 않았고 덤불 안에서 어떤 움직임도 느껴지지 않았다.

"여기, 뭔가가 굉장히 잘못됐어."

오싹한 느낌이 등뼈를 타고 뒷덜미까지 스멀스멀 기어올랐다. 폭풍이 몰려오기 전에 기압이 내려갈 때, 아니면 한밤중에 침대 옆에서 뭔가가 움직이는 소리를 듣고 잠이 깼을 때 느끼는 오싹함과 비슷했다.

"언젠가," 부르릉거리는 지프 소리를 뚫고 나야가 소리쳤다. "이 길이 2차선 아스팔트 도로가 될 거예요. 당신 마을이 진짜 명소가 되면 장군님이 그렇게 만들어주실 거예요."

5분 뒤 지프가 산등성이를 올라 산마루에 끼익 하고 멈춰 섰다. 우리는 우르르 차에서 내렸고, 나야가 우리를 거대한 인공 구덩이 가장자리로 데려갔다.

그 아래의 광산은 엄청나게 컸다.

땅 표면에 축구장만 한 구덩이가 파여 있었다.

한때 정글과 농지였던 곳이 벌어진 상처처럼 되었다. 흙은 녹슨 것 같은 색이었고 광산 바닥에는 피가 고인 것처럼 시뻘건 늪이 자리 잡고 있었다. 늪을 따라 느릿느릿 움직이며 돌무더기를 밀어내는 불도저와 굴착기들 옆에서 삽과 양동이를 든 수백 명의 사람들이 땅을 파고 있었다. 구덩이에서 뿜어져 나온 시커먼 연기가 자욱했다. 정말 악몽을 꾸는 것 같았다.

"여긴 숲이었어요. 난 여기서 토끼와 메추라기를 잡았다고요." 나는 눈물이 솟구쳐서 이를 악물었다. "일주일 만에 이걸 만드는 건 불가능해요."

나야가 손뼉을 쳤다. "미친 짓이에요, 그렇죠?"

"어떻게 된 거죠?"

"쾅!" 나야가 양손을 쫙 벌렸다. "장군님이 비정통적인 방법을 동원하셨죠. 폭발 장면을 당신이 봤어야 하는데. 하늘에 불이 날까 봐 겁날 정도였다니까요!"

"아니요. 그건 불가능해요."

"당신 마을 사람들은 성실한 일꾼들이에요. 우린 군인들을 데려와 돌무더기를 치우고 구덩이를 파기 시작했어요. 그 뒤에 기계들이 도착했고 그다음에 당신 마을 사람들이 왔어요. 그 사람들은 일하길 갈망했어요. 마침내 할 일이 생겼으니까요. 당신 마을 사람들은 파리똥 같은 마을에 갇혀 있었어요. 따분해 죽을 지경이었는데 이제 분명한 목적이 생긴 거죠."

"우리 마을의 땅은 농사짓기엔 별로예요."

내가 고개를 가로저으며 그렇게 말하자 나야가 활짝 웃었다.

"대신 당신네 땅은 자원이 풍부하죠. 이곳엔 탄탈럼이 묻혀 있어요. 가치 있는 광물이죠. 하지만 우리가 탄탈럼을 채굴하는 건 그 때문이 아니에요."

나야가 근처에 있던 안전모를 쓴 사람한테 휘파람을 불었다. 그러자 그가 주머니에서 작은 회색 돌덩어리를 꺼내 나야한테 내밀었다. 규화목이나 석탄처럼 보였다.

나야가 손바닥에서 돌을 뒤집자 돌이 희붐한 빛을 발했다.

"탄탈럼이에요."

"전자공학." 울프가 나를 봤다. "탄탈럼은 전자공학에서 사용해."

"전자공학뿐만이 아니에요." 나야가 안전모를 쓴 남자한테 탄탈럼을 돌려줬다. "탄탈럼은 콘덴서를 만드는 데도 사용돼요. 아주 작은 양으로도 엄청난 양의 전기 에너지를 저장할 수 있죠. 탄탈럼은 당신 휴대폰에도, 의학 기기들에도, 보청기와 심박 조율기에도 들어 있어요. 그런 유형의 모든 제품에 들어 있죠. 아주, 아주 가치 있는 광물이고, 당신 마을 사람들은 이 광물의 깊은 광맥을 깔고 앉아 있는 거예요."

"그래서 이걸 휴대폰 제조업체에 파는 건가요?" 울프가 물었다. "수익이 짭짤하겠네요."

"팔고 있진 않아요. 우린 아르헨티나에서 프로젝트를 진행 중이에요."

우리가 그곳을 떠나려 할 때 광산에서 일하는 마을 사람 몇 명과 감시를 맡은 군인들 간에 난투극이 벌어졌다. 싸움은 금방 끝났지만 나야는 몹시 화가 난 것 같았다.

"저 인간들이 계속 일을 방해해요." 나야가 말했다.

"당신은 꼭 놀란 것처럼 말하네요." 내가 대꾸했다. "당신들은 우리 마을 사람들을 이 구덩이에 밀어 넣고 자신들의 땅을 파괴하게 했어요. 당연히 마을 사람들의 신경이 곤두서 있겠죠."

친구들, 내 뱃속이 똬리를 튼 뱀처럼 배배 꼬였다. 분노와 슬픔에 휩싸여 나야한테 금방이라도 고함을 지를 것 같았다. 나는 우리 계획에 해를 끼칠 행동을 하지 않으려고 애썼다.

아, 하지만 얼마나 내 맘대로 하고 싶었는지!

"우리 아빠는 이 마을 사람들은 전부 이 모양이라고 했어요." 나야가 조롱했다. "그 사람들은 누가 알려주지 않으면 자기들이 얼마나 참담한 생활을 하고 있는지도 몰라요. 변화를 거부하죠. 그들이 그걸 알도록 해줘야 해요."

나는 다시 이를 악물고 참았다.

내가 안간힘을 쓰고 있다는 걸 알아차렸는지 울프가 내 어깨를 손으로 꾹 눌렀다. 그때 친구들이 곁에 없었다면 나는 분명 냉정을 잃어버렸을 거다.

나는 우리한테 더 많은 정보를 줄 대답을 생각해냈다.

광산 옆쪽을 다시 걸어 올라갈 때 나는 이렇게 말했다.

"위험한 접근 방식이네요. 여기엔 분명 군인보다 마을 사람들이 더 많아요. 난 장군님이 이웃 마을에서 데려온 사람들도 봤어요. 그 마을은 아키카보다 족히 두 배는 클 거예요. 저울의 한쪽을 기울게 하면…."

"하!" 나야가 빽 소리를 질렀다. "우리 아빠는 어떤 소동도 진압할 수 있어요. 이 사람들은 아주 감정적이고 단순하거든요. 자, 우리가 광물을 어떻게 처리하는지 보여줄게요. 그런 뒤 씻고 아빠랑 저녁 식사를 즐기세요."

8. 카이

20분 동안 나야가 우리한테 광산이 어떻게 돌아가는지 보여준 뒤, 우리는 차를 타고 아키카 마을로 돌아갔다.

나야는 수수께끼 같은 사람이었다.

나야가 광산을 보여준 건 이야보 장군의 지시에 따른 것이겠지만, 어쩌면 자신들이 얼마나 많은 것을 이루었는지 보여주려고 그녀가 자청한 것일 수도 있었다. 나야는 자기가 그 권력의 일부라는 사실을 뽐내고 싶었을 것이다. 과연 광산은 깊은 인상을 주는 정도 이상이었다. 그런데, 어쩌면 광산 투어는 우리한테 깊은 인상을 주는 동시에 툰데의 정신을 망가뜨리려는 의도일지도 몰랐다. 나야는 툰데한테 그가 얼마나 힘없는 존재인지 확인시켜주고 싶었을 것이다.

나는 나야가 혈통으로 볼 때 냉정한 사람일 줄 알았다. 하지만 그녀에겐 내 허를 찌르는 무자비함이 있었다. 게임이론에서 예상한 결과에서 이탈했을 때는 신중하게 검토해야 한다. 나야가 골칫거리가 될지, 혹은 잠재적 동지가 될지 확신이 서지 않았다.

우습게 들리겠지만 나는 그녀가 아빠와 친하지 않다는 걸 알 수 있었다. 만약 나야가 아빠한테 불만을 품고 있다면 우리와 나야가 협력할 만한 공통점을 찾을 가능성도 있었다. 하지만 그때는 그녀를 우리 편으로 끌어들일 생각이 없었다. 우리는 고작 몇 시간을 함께 보냈고 그녀는 파악하기 어려운 사람이었다.

그녀의 약점을 발견하기란 쉽지 않을 것 같았다.

나야가 마을 외곽에 있는 장군의 막사 앞에 지프를 세우고 뛰어내렸다. 군인 수십 명이 서성거리고 있었지만 장군은 보이지 않았다. 긴 턱수염을 기른 나이 든 군인 한 명이 지프 뒤에서 뛰어나와 장군이 있는 곳으로 태워주겠다고 했다. 그는 영어를 하지 못했고, 그래서 우리가 작전을 짤 첫 기회가 생겼다.

지프가 덜컹거리며 달려가는 동안 우리는 머리를 맞댔다.

"계획을 변경해야 해." 렉스가 말했다. "이건···."

렉스는 말을 끝맺을 필요가 없었다. 우리 모두 분명히 알고 있었기 때문이다.

툰데는 마을 상황에 충격을 받아 말을 잃어버렸다.

"이야보 장군은 우리 생각보다 이 마을에 훨씬 더 확고히 뿌리를 내렸어." 렉스가 말했다. "우리가 처음에 작정했던 것보다 대단한 뭔가를 생각해야 해."

렉스의 말이 옳았다. 처음에는 툰데와 마을 사람들을 장군의 레이더에서 벗어나게 하는 게 우리 목표였지만 광산의 끔찍한 상황을 생각하니 위급성이 더해졌다. 이건 교란기와 지니어스 게임을 넘어서는 문제다. 장군이 아키카 마을에서 벌이고 있는 일을

117

중단시키고 권력을 빼앗아야 한다. 부패한 군 간부를 몰락시켜야 한다. 나는 꼭 그러고 싶었다.

"아마 장군은 나 때문이 아니라," 툰데가 말했다. "광산 때문에 우리 마을에 왔을 수도 있어."

"아니." 나는 고개를 저었다. "그렇게 딱 명확히 구분할 수 있는 문제가 아냐. 내 생각엔 광산과 너 때문에 온 거야."

"이제 난 마을 사람들을 도울 기계를 만들고 싶어." 툰데가 말했다. "장군을 감탄시킬 뿐 아니라 마을 사람들의 비참한 멍에를 벗길 기계 말이야."

"그래." 렉스가 맞장구쳤다. "좋은 생각이야."

"채굴기가 좋을 것 같아." 툰데가 말을 이었다. "땅속의 광물을 캐내는 동시에 처리하는 기계. 그런 기계라면 장군의 관심을 끌고 마을 사람들의 짐을 덜어줄 거야. 그걸 어떻게 만들지 이미 생각해놨어."

"얘들아, 그 아이디어는 좋아." 내가 끼어들었다. "하지만 한 가지 문제가 있어. 우린 장군을 베냉 국경으로 데려가야 해."

"쉬워." 렉스가 말했다. "우리한테 필요한 것들은 이미 다 있어. 내가 교란기에 서브루틴 프로그램을 설치할게. 그럼 우리가 원할 때 근방의 GPS 매핑 시스템을 왜곡시켜서 GPS에 변경된 지형이 나타날 거야. 교란기가 영향을 미치는 범위 내의 모든 기기가 실제 위치보다 3킬로미터 뒤로 좌표를 자동 설정할 거야. 모든 기기가 그렇게 되기 때문에 누구도 알아차리지 못해. 그렇게 하면 장군을 국경 근처로 데려가서 자기도 모르게 국경을 넘게 할 수 있어."

"복잡해 보이는데?"

"나니까 쉬운 거지." 렉스가 나한테 눈을 찡긋했다.

"자, 우린 덫을 장만했어." 툰데가 말했다. "그런데 미끼를 뭘로 하지?"

우리 모두 잠깐 이 문제를 생각했다.

내가 먼저 입을 뗐다.

"그래서… 난 저녁 먹는 곳에 좀 일찍 가려고 해. 식사를 준비하는 주방에 몰래 들어갈 수 있다면 확실한 미끼에 관한 정보를 얻을 수 있을 거야."

"주방이라고?" 툰데가 깜짝 놀라 물었다.

"뭔가에 관한 내부 정보를 얻고 싶으면 종업원들한테 가야 해. 그 사람들은 온갖 이야기를 다 들을 뿐 아니라 아무도 그들한테 신경 쓰지 않거든."

8.1

저녁 식사 장소는 아키카 마을 이장의 집이었다.

그 집에 도착하니 열 명의 여자들이 잔치를 준비하고 있었다.

장군이 아직 모습을 드러내지 않았기 때문에 마당에 군인들은 없었다. 나는 여자들이 화덕에서 요리를 하고 있는 집 뒤쪽으로 갔다. 냄새에 취할 지경이었다. 슈퍼마켓 말고는 한 장소에 이렇게 많은 농산물이 있는 걸 본 적이 없었다. 우리 집 주방으로 순간 이동한 기분이 들었다. 엄마를 도와서 아빠의 사업 파트너들을 대접할 음식을 준비하던 게 떠올랐다. 엄마의 목소리가 귀에 생생했다.

쪽머리를 한 노파가 스튜가 끓는 큼지막한 솥을 휘젓다가 나한테 오라고 손짓했다. 나는 노파 옆에 쪼그리고 앉았다.

"스튜 냄새가 끝내줘요. 좀 먹어봐도 될까요?"

노파가 솥에서 스튜를 한 숟가락 떠서 나한테 내밀었다. 맛이 기가 막혔다.

"맛있어요. 야자열매 맛이 나는데요?"

노파의 눈이 반짝였다.

"그래, 맞아요."

"엄청 맛있어요. 방해해서 죄송하지만 뭐 하나 여쭤봐도 될까요? 전 툰데의 친구예요. 지금 막 이 마을에 도착했어요."

"물어봐요. 난 오니 가족을 잘 알아요. 여긴 코딱지만 한 곳이거든요."

"산 위 광산에서 캐고 있는 광물들 말인데요. 그걸 어디로 가져가는지 말해주실 수 있나요?"

노파가 요리 중인 다른 여자들을 흘깃 쳐다보더니 고개를 끄덕였다.

"내가 말해줄 수 있는 건 사람들이 그걸 트럭에 싣고 도시로 가져간다는 거예요."

"그럼 장군 혼자 이 일을 하나요? 다른 중요한 사람들이 온 걸 보신 적 있으세요? 가령 외국인들이라든가."

"네." 노파가 갑자기 주위를 더 의식하며 목소리를 낮췄다. "엊그제 사업가 몇 명이 왔어요. 중국인들이었어요. 여기 오래 머무르진 않았지만 그때도 이렇게 저녁을 준비했죠."

"왜 왔는지 아세요?"

"그건 몰라요." 노파의 눈동자가 흔들렸다. "많은 중국 회사가 우리나라에 와요. 그런데 그 사람들은 아키카 마을의 땅에서 캐내고 있는 암석들에 관해 얘기했어요. 간절히 찾는 두 번째 광물이 있다고 했어요."

"그 두 번째 광물에 관해 그 사람들이 뭐라고 했는지 얘기해 줄 수 있으세요?"

"굉장히 희귀한 광물이래요. 그들은 광산에서 일하는 사람들한테 은색 돌을 찾으라고 했어요. 햇빛을 받으면 빛나는 돌요."

"혹시 로듐인가요?"

"맞아요. 그 비슷한 이름이었던 것 같아요."

노파가 아무도 듣고 있지 않다는 걸 확인하려고 흘깃 뒤를 돌아봤다. 아직 궁금한 게 많았지만 너무 오래 머물러서 폐를 끼치거나 그녀를 곤란하게 만들고 싶지 않았다.

"정말 감사합니다. 마지막으로 하나만 더 물어봐도 될까요?"

노파가 고개를 끄덕였다.

"여기에 젊은 인도 남자가 온 적 있나요? 키가 크고 세련된 사람요."

"네. 장군님과 함께 있는 남자를 본 적 있어요."

"두 사람이 사이가 좋은 것 같던가요?"

노파가 잠깐 생각하더니 내 쪽으로 몸을 기울였다.

"장군님은 그 젊은 남자한테 아주 친절했어요. 하지만 남자가 떠난 뒤 장군님이 부하들한테 말하는 걸 들었어요. 그 인도 사람을 안 믿는다고. 자기를 속이려 할 거라고."

　내 기대보다 스무 배는 더 요긴한 정보였다. 노파의 말을 듣자마자 나는 어떻게 장군을 속이고 툰데의 마을 사람들을 구할지 정확히 파악했다.

　나는 툰데와 렉스가 저녁 식사에 갈 준비를 하고 있는 사택으로 갔다.

　"생각해냈어. 덫에 놓을 미끼."

　"뭔데?" 툰데가 물었다.

　"툰데, 고물 휴대폰들을 모아줄 수 있어? 지난 5년 사이에 만들어진 제품들로. 그 휴대폰들을 해체해서 광물을 녹여야 해. 로듐 덩어리가 필요해."

　툰데의 눈이 휘둥그레졌다.

　"로듐은 지구에서 가장 희귀한 광물들 중 하나잖아."

　"맞아."

　"장군을 설득하기엔 양이 너무 적을 것 같은데." 렉스가 말했다.

　"우린 아이디어를 팔 거야. 로듐 덩어리는 그냥 보여주기 위한 거고."

　내가 저녁 식사 자리에 갈 준비를 하는 동안, 친구들은 툰데가 갖가지 공학 작업을 하는 고물상으로 휴대폰을 찾으러 갔다. 툰데는 작업이 아주 쉬울 거라고 설명했다. 휴대폰에서 모든 금속 조각을 벗겨내 녹여서 광물을 채취하면 된다. 대부분의 휴대폰에는 극소량의 금과 은, 희귀 원소들이 들어 있다. 로듐은 전극을 코팅하는 데 사용된다. 덩어리를 만들려면 휴대폰이 많이 필요할 것이다. 하지만 툰데는 툰데답게 웃으면서 20분이면 거뜬할 거라고 말했다.

나는 최대한 말끔해지려 애썼지만 눈 밑에 짙은 다크서클이 생겼고 머리는 먼지 때문에 지저분했다. 장군한테 좋은 인상을 주고 싶은 마음은 눈곱만큼도 없었지만 그래야만 했다.

지금까지 우리는 이리저리 끌려 다녔다. 키란은 우리를 자기 편으로 끌어들이려 했고, 장군은 우리가 자신의 권력을 두려워하게 만들고 싶어 했다. 하지만 이제 입장이 바뀌었다.

이제 우리가 쇼의 주도자가 되었다.

페인티드 울프 분장을 준비하면서 아까 이장의 집에서 대화를 나눴던 노파가 생각났다. 음식 냄새가 다시 밀려들면서 갑자기 엄마한테 전화하고 싶은 강한 충동을 느꼈다.

저녁을 먹으러 가기 전에 응원이 필요했다.

엄마는 항상 내가 자신감과 마음의 평온을 느끼게 해줬다.

단 몇 분만이라도 엄마 목소리를 듣고 싶었다.

8.2

"여보세요."

엄마가 전화를 받았다. 엄마 목소리에는 불안이 가득했다.

"엄마, 저예요."

"카이! 네 목소릴 들으니 살 것 같구나. 더 빨리 전화했어야지. 너한테 전화하고 싶었지만 네 공부를 방해하고 싶지 않았어. 열심히 공부하고 있는 거 맞지?"

"네. 아주 바쁘게 지내고 있어요."

갑자기 이래서는 안 된다는 생각이 들었다. 지니어스 게임에 참석하려고 부모님께 거짓말할 때 느낀 죄책감이 다시 밀려들었다. 지금은 지명수배 중인 범죄자 신세로 아프리카까지 날아왔기 때문에 죄책감이 열 배는 더 심했다.

엄마가 한숨을 내쉬었다.

"어떻게 지내는지 말해주렴. 전부 다 듣고 싶어. 무슨 공부를 하고 있어? 좋은 사람들을 만났어? 먹는 건 어떻고? 보나 마나 쫄쫄 굶고 있겠지."

"전 괜찮아요, 엄마. 재밌는 사람들을 많이 만났어요. 여행도 했는걸요."

"여행? 어디로?"

실수였다. 나는 곧바로 말을 주워 담기 시작했다.

"음, 그냥 가까운 곳요. 요 근처. 어쨌든 열심히 공부하고 있어요. 정말 굉장한 프로그램이에요. 그리고 먹는 것도 잘 먹고 있어요. 물론 집에서만큼은 아니지만 괜찮아요. 엄마, 프로그램을 운영하는 사람들이 저한테 여기 더 있어달래요."

"더 오래?"

"네. 한 주 더요."

"한 주 더?" 엄마가 헉하고 숨을 내쉬었다. "네 공부는 어떡하고?"

"이게 제 공부예요. 엄마, 여기엔 놀라운 기회들이 있어요. 정말로 뭔가를 배우고 사람들을 도울 방법들요. 저한테 있는지 몰랐던 것들을 발견하고 있어요. 제가 정말 변화를 일으키고 있다는 느낌이 들어요. 그래서 계속 여기 있고 싶어요."

거짓말로 둘러댄 부분도 있지만, 엄마한테 사실을 말하니 후련했다.

"아빠가 이번 주에 출장 가면 더더욱 네가 보고 싶을 거야. 하지만 이 엄마는 네가 자랑스러워. 모든 사람한테 더 머물러달라고 하진 않겠지."

"음, 몇몇 사람한테만 그랬어요."

"그 얘길 들으니 기쁘구나."

"아빠는 언제 돌아오세요?"

"다음 주에. 내 걱정은 하지 마. 난 벌써 친구들과 계획을 세워놓았단다. 관심 있는 도자기 수업을 들으려고 해. 네가 돌아오면 집에 새 작품이 몇 점 있을 거야."

"멋져요. 곧 다시 전화할게요."

"몸조심하렴. 우린 네가 정말 자랑스럽단다."

나는 엄마의 응원에 행복해져서 전화를 끊었다.

그리고 기운을 되찾았다. 엄마한테 솔직하지 못했지만, 엄마도 내가 지금 하고 있는 일을 안다면 찬성해줄 거라는 생각이 들었다.

그러자 기분이 훨씬 나아졌다.

8.3

내가 옷을 다 입자 렉스와 툰데가 사택으로 돌아왔다.

툰데가 내 엄지손가락 크기의 정제된 로듐 덩어리를 꺼내 나한테 내밀었다.

"주어진 시간에 구할 수 있는 전부야."

"완벽해."

렉스와 툰데가 몇 분 동안 씻은 뒤 우리는 이장의 집으로 걸어갔다. 우리를 아키카 마을까지 태워줬던 것과 비슷한 검은색 리무진이 집 밖에 시동을 건 채 대기하고 있었다. 장군은 보이지 않았고 군인 몇 명이 우리를 안으로 안내했다.

집 안에는 6인용 식탁들을 붙여 만든 길쭉한 임시 테이블이 놓여 있었다. 그 위에는 마을에서 봤던 다양한 무늬의 알록달록한 천이 씌워져 있었다.

음식 냄새를 맡으니 기운이 났다. 시나몬, 바나나, 카레, 세이지, 바질, 생강, 강황 냄새가 났다. 참마, 새우, 생선, 닭, 양파, 밥, 토마토, 고추, 시금치, 플랜테인, 콜라드 그린, 동그란 도넛처럼 생긴 튀김 과자, 스튜, 카사바, 염소고기 완자 수프, 납작한 빵, 렌즈콩, 소고기 파이, 초리조가 보였다. 그리고 식탁 상석에 이야보 장군이 왕처럼 앉아 있었다.

장군은 가장 좋은 군복을 입고 있었다. 어깨를 훈장과 띠로 장식한, 대단히 격식을 차린 차림새였다. 장군의 치아가 달보다 하얗게 빛났고 그 뒤에 서 있는 젊은 여자가 커다란 깃털 부채로 더위를 식혀주고 있었다. 장군은 입이 귀에 걸리도록 웃었고 그 옆에는 나야가 앉아 있었다.

"나이지리아에 오신 것을 환영하오." 장군이 말했다. "난 우리나라에 투자하길 열렬히 원하는 사람들을 만나면 항상 기분이 좋소. 더 구체적으로 말하면 투자하기 전에 나와 만나겠다는 통찰력을 가진 사람들 말이오. 자, 와서 앉으시오."

우리는 테이블 맞은편 끝에 앉았고 곧 시중드는 사람들이 나타나 우리 컵에 불그스름한 음료를 부어줬다. 그 위에는 오이 조각이 떠 있었다.

"차프만이라는 음료요." 장군이 설명했다. "달콤한 소다수와 석류즙, 비터스, 오렌지 주스, 그리고 약간의 특별한 재료들로 만든다오. 마셔보시오. 좋아하게 될 거요…."

나는 한 모금 홀짝인 뒤 툰데가 차프만을 마시는 모습을 봤다. 툰데는 예의를 차리면서도 조심스럽게 맛을 보고 있었다. 우리 중 누구도 장군을 믿을 수 없었다. 장군이 무자비한 사람이라는 걸 잘 알기에, 우리는 그저 그가 예측 가능한 사업가이길 바랄 따름이었다. 중요한 건 장군이 얼마나 이성적인 사람인지 파악하는 것이었다.

"우린 비터스를 사용하오." 장군이 말했다. "제대로 된 차프만에는 앙고스투라 비터스를 사용하는 게 중요하오. 도수가 45퍼센트나 되는 극도로 농축된 술인데 원기를 회복시키는 성질이 있소. 하지만 우리가 여기에 술 얘기를 하러 온 건 아니지!"

장군이 손뼉을 치자 시중드는 사람들이 더 나타났다. 툰데는 그 사람들을 모두 알아봤다. 그들이 음식을 날라줄 때 툰데는 공손히 고개 숙여 인사를 했다.

순식간에 온갖 음식이 산처럼 쌓였다. 향을 맡으니 배에서 꼬르륵 소리가 진동했다.

그런데도 나는 거의 먹지 못했다.

하지만 장군은 세상에 다른 걱정이라곤 없는 사람처럼 음식을 먹었다. 마치 여느 때와 다름없는 식사를 하는 것처럼.

"장군님," 내가 물었다. "교란기가 마음에 드셨나요?"

게걸스럽게 먹고 있던 장군이 뒤로 기대앉아 냅킨으로 입을 닦았다.

"만족하오. 난 그 기계를 만들기 위해 툰데를 미국으로 보냈소. 내가 기대한 건 바로 뛰어난 기술 작품이었소. 알다시피 여기 있는 내 친구는 천재적인 데가 있소."

툰데가 무표정한 얼굴로 장군을 쳐다봤다.

"하지만 이 친구의 태도는 용서하셔야 할 거요. 이 친구는 지금 벌어진 상황이 못마땅하거든. 하지만 확신하건대, 당신이라면 내 목표가 이 마을 사람들한테 큰 이익이 된다고 이 친구를 설득할 수 있을 거요."

"우리 같은 천재들이 어떤지 아시는군요."

장군이 웃었다.

"예민하지."

"아니, 그 이상이죠. 우린 항상 툰데한테 자라난 고향 너머를 보라고 설득해왔습니다. 툰데는 생각이 바뀌고 있어요. 천천히."

나는 슬쩍 툰데를 쳐다봤다. 툰데가 매서운 눈으로 쏘아봤지만 내가 뭘 하는지 알고 있었다. 툰데의 협조가 필요했다. 그렇지 않으면 속임수가 먹히지 않을 것이다.

"안 그래, 툰데?"

긴장되는 몇 초가 숨 막힐 듯 더디게 흐른 뒤 툰데가 싱긋 웃었다.

"아, 그래, 맞아. 난 기술은 빨리 배우지만 사업 속도에 익숙해지려면 공부가 더 필요해. 난 바보처럼 행동하고 싶지 않아."

"렉스, 그럼 일 얘기로 들어가자."

내가 렉스를 쳐다보자 렉스가 입을 열었다.

"우린 장군님께 제안이 있습니다."

"좋소." 장군이 대답했다. "자, 들어봅시다. 툰데는 특별한 존재지만 내가 여기에 짓고 있는 제국의 일부일 뿐이오."

나는 목을 가다듬었다. 가슴이 두근거리기 시작했다.

"사실을 말하자면, 장군님, 전 교란기에서 부족한 부분을 발견했습니다. 물론 설계는 훌륭합니다. 상황을 고려할 때 조립도 아주 잘됐죠. 하지만 그 기계는… 시시해요."

"시시하다고?"

장군이 나를 노려봤다.

"그 기계는 몇 달 만에 구식이 될 겁니다. 툰데는 미국에 있는 동안 상당히 심란했을 겁니다. 집에서 멀리 떨어져 있을 뿐 아니라 엄청난 규모의 힘든 게임에 참여하고 있었으니까요. 그걸로 설명이 될 것 같습니다."

장군은 그 말을 좋게 받아들이지 않았다.

장군이 벌떡 일어섰다.

"무슨 말을 하는 거요?"

테이블 주변에 있던 군인들이 잽싸게 우리한테 총을 겨눴다.

"기분 상하게 해드렸다면 죄송합니다." 렉스가 내 말을 이어 받았다. "하지만 우린 판을 바꿀 결정적 패를 찾으러 여기에 왔습니다. 툰데는 믿을 수 없을 만큼 놀라운 일들을 할 수 있습니다… 하지만 장군님이 툰데한테서 최상의 기량을 끌어낼 수 있을지에 대해선 그리 확신이 들지 않는다는 말씀을 드려야겠군요. 툰데는 이곳에서 발전하지 못하고 정체된 것처럼 보입니다."

"그래서 당신들은 내 얼굴에 침을 뱉으러 온 거요?"

"아닙니다." 이번에는 내가 나섰다. "당연히 아니죠. 하지만 장군님은 우리 입장을 이해하셔야 합니다. 사실을 말씀드리죠, 이야보 장군님. 우린 이 마을에서 동쪽으로 몇 킬로미터 떨어진 곳에서 진행 중인 프로젝트의 파트너가 필요합니다. 우린 먼저 키란 비스와스한테 접근했습니다. 장군님은 그 사람을 아실 거라고 생각합니다. 그런데 키란은 장군님이 이 프로젝트에 관심 없을 거라고 하더군요."

"키란이?"

"키란은 이 프로젝트를 비밀로 하길 원했습니다." 렉스가 대신 답했다.

"나한테?" 장군이 으르렁거렸다.

"우린 키란한테 아주 깊은 인상을 받았습니다." 다시 내가 나섰다. "하지만 우린 그를 믿지 않습니다. 장군님이 짧은 시간에 여기서 이루신 성과를 보니 장군님이 우리가 하는 일에 더 잘 맞을 수 있겠다는 느낌이 듭니다."

장군이 턱을 문지르며 군인들한테 눈짓했다.

군인들이 총을 내렸다.

"계속해보시오."

"나이지리아 오요 주에서 최고 권력자가 되는 것과 서아프리카에서 최고 권력자가 되는 건 다른 문제입니다."

8.4

장군이 다시 자리에 앉아 상의를 추슬렀다.

목이 바싹 탔다.

어릴 때 롤러코스터를 타려고 부모님과 함께 놀이공원에 갔을 때 아드레날린이 솟구쳐 토할 것 같던 기분과 비슷했다. 그때 나는 공포에 사로잡히지 않기 위해 몇 번이나 천천히 숨을 들이 마셨다 내쉬어야 했다.

내가 그때처럼 숨을 쉬고 있는데 장군이 나를 봤다.

"당신들이 예전에 했던 프로젝트들을 살펴봤소. 아주 현명하고 시기적절하게 투자했더군. 대기업들, 실력자들과 일했고. 하지만 약간 이상한 점이 두 가지 있소. 첫째, 당신들은 그런 성취를 이루기엔 너무 어려 보이오. 둘째, 툰데가 나라 밖으로 처음 나갔을 때 하필 두 사람을 우연히 만났다는 게 너무 짜 맞춘 느낌이 든다고 할까."

나는 신중하게 냅킨을 접으며 머릿속으로 다양한 대답들을 저울질했다. 장군의 허영심에 호소할 대답이 필요했다.

열쇠는 질문을 되돌려주는 것이다.

"우린 어립니다. 맞습니다. 하지만 중국에는 배고픔은 나이를 가리지 않는다는 속담이 있습니다. 능력이 있고 기회가 있는데 학교를 마칠 때까지 기다릴 이유가 없죠. 제 파트너와 저는 기회를 봤을 때 바로 덤벼든 겁니다."

"대단해요, 대단해." 장군이 고개를 끄덕였다. "하지만 당신들이 이 근처 동쪽에서 내가 알지 못하는 뭔가를 개발해왔다는 얘기는 믿기 어렵소. 여긴 내 나라요. 난 이곳에서 일어나는 모든 일을 알고 있지."

"장군님은 키란이 장군님을 속여 이 거래를 가로채고 싶어 하는 걸 모르셨잖아요."

그러자 장군이 금세 냉정을 잃어버렸다. 장군이 유리잔을 집어 들더니 방 건너편으로 던졌다. 군인들 중 한 명이 몸을 홱 수그렸고 유리잔이 벽에 부딪혀 산산조각 나면서 차프만이 바닥으로 쏟아졌다.

나는 놀란 기색을 보이지 않으려고 애쓰면서 꼼짝 않고 가만히 있었다.

"그만!" 장군이 소리쳤다.

나는 상하이의 네온 누아르 카페에서 웨이트리스로 가장해 여성 사업가 송 씨를 급습했던 날을 떠올렸다. 내가 그때 성공한 건 불교의 선과 같은 차분함을 유지했기 때문이다.

지금 내겐 그런 차분함이 그 어느 때보다 더 필요했다.

"로듐. 우린 아키카에서 동쪽으로 24킬로미터 떨어진 마을에서 로듐 광상을 발견한 사람을 알고 있습니다. 그 로듐을 채굴하는 게 우리 목표죠. 아시다시피 로듐은 세계에서 가장 희귀한 광물 중 하나입니다. 대부분 러시아와 남아프리카에서 채굴되죠. 하지만 이곳에도 로듐이 묻혀 있어요. 빠르게 성장하는 장군님의 제국에 분명 탄탈럼보다 훨씬 큰 이익이 될 겁니다."

나는 가방에서 로듐 덩어리를 꺼냈지만, 그걸 테이블에 놓을 때 손을 떨지 않으려고 애써야 했다. 속으로 장군이 눈치채지 않길 기도했다.

하지만 렉스는 눈치챘다. 렉스가 다시 대화를 시작하며 장군의 주의를 돌렸다.

"우리 생각엔 장군님이 이곳에서 채굴한 광물을 전자장치에 쓰고 있는 것 같습니다만, 장군님과 파트너들이 무슨 일을 하고 있건, 장군님 소유의 로듐 광상을 이용할 수 있다면 엄청난 행운이 될 거라고 장담합니다. 무엇보다 내식성이 높아 이득이죠."

장군이 이 말을 믿을지 확신이 서지 않았지만, 질투심 많은 사람들은 종종 비이성적인 결정을 하곤 한다.

나는 자리에 기대앉아 장군이 폭발할 때를 마음속으로 대비하고 있었다. 아니나 다를까, 장군은 나를 실망시키지 않았다. 장군이 군인 한 명의 권총을 낚아채더니 테이블 주위를 걸어 다니며 만지작거렸다. 나는 진땀이 났고, 심장이 어찌나 쿵쾅거리던지 갈비뼈가 부러질까 봐 걱정될 정도였다.

"키란이 나한테 이 정보를 숨겼다고?"

"그렇습니다."

나는 필요할 경우 도망갈 출구를 찾으려고 앞문과 뒷문을 살폈다. 앞문 옆에 서 있는 군인들은 젊었고 무기를 꼭 쥐고 있었다. 뒷문도 사정이 별로 낫지 않았다. 하지만 나는 뒷문이 유일한 승부수라고 판단했다. 장군이 앞으로 30초 동안 자리에 앉지 않으면 뭔가를 해야 한다고 결심했다.

"당신들은 내가 이 나라에서 가장 사나운 놈이라 출세한 멍청이가 아니라는 걸 알아야 하오. 난 입만 살아 있는 놈이 아니오. 대학을 다녔고 전기 기술자 교육을 받았지."

장군이 툰데 뒤에 멈춰 서서 의자 등받이에 손을 올렸다.

나는 꿀꺽 침을 삼켰다. 그 소리가 머릿속에서 어찌나 크게 울리던지 모든 사람이 들었을 것만 같았다.

"라듐이 어디에 있는지 말해주면 당신들이 작업에 착수하도록 돕겠소. 이곳엔 인력이 넘치고 온갖 장비들도 갖추고 있으니까."

"장군님이 사용하고 있는 기계들을 멀리서 봤습니다. 제가 광산 기술자는 아니지만 그 갱에 있는 장비들은 보통 수준이더군요. 중국에서 30년 전에 사용하던 것들이죠."

장군이 여전히 권총을 손에 쥔 채 툰데의 머리를 쓰다듬었다.

"그럼 당신들은 더 나은 기계를 사용할 수 있소?"

"우린 툰데가 그런 기계를 만들길 기대합니다."

나는 그렇게 말하고 렉스를 돌아봤다. 렉스는 내 의도를 정확히 몰라서 약간 당황한 기색이었지만 나는 렉스가 내 말을 이해할 수 있을 거라고 생각했다. 우리는 판세를 뒤집어야 한다. 장군한테 우리 제안을 받아들이라고 부탁하는 게 아니라 장군이 우리한테 오도록 해야 한다. 바로 지금이 그렇게 할 순간이었다.

"툰데가 우리의 믿음을 실력으로 증명하게 하시면…." 렉스가 말했다.

"그리고 장군님이 이곳에서 하고 있는 일이 일회성이 아니라는 걸 증명하시면…" 내가 덧붙였다. "우린 장군님과 협력하고 싶습니다. 하지만 그러려면 장군님이 약속을 지킬 수 있다는 확신이 필요합니다."

"또 모욕을 주는군." 장군이 툭 내뱉었다.

"이건 비즈니스니까요." 렉스가 거들었다.

"키란은 장군님이 그릇이 안 된다고 생각하더군요."

그렇게 말해놓고 너무 도를 넘은 건 아닐까 걱정이 되었다. 더군다나 장군이 툰데 바로 뒤에 서 있는데 말이다. 하지만 이런 게임을 할 때 상대를 설득하려면 강하게 나가야 한다. 장군은 우리를 겁주려 하고 있었다. 장군한테 우리가 이곳에서 그와 동급이라는 걸 보여줄 필요가 있었다.

장군이 렉스 옆으로 오더니 빈 의자 하나를 끌어당겨 털썩 주저앉았다. 의자가 장군의 몸무게에 눌려 찌그러질 뻔했다.

장군이 오랜 친구처럼 렉스의 어깨에 한 손을 올렸다.

"당신들이 이렇게 공격적일 줄은 몰랐소."

"예상을 벗어나는 게 우리 특기죠." 렉스가 말했다.

"그러니까 내가 툰데한테 기계를 만들게 하면 나와 로듐을 공유할 거요?"

"기본적으로는 그렇습니다." 내가 대답했다.

"그 기계는 100명분의 일을 할 수 있어야 합니다." 렉스가 거들었다. "우린 미래의 기술을 원합니다. 인간의 힘은 더 이상 답이 아닙니다. 다음 단계의 과정은 누구라도 처리할 수 있지만 차세대 기술은 극소수만이 가능하죠."

장군이 툰데를 돌아봤다.

"자넨 어떻게 생각하나?"

"고벽(高壁)식 채굴기가 필요할 겁니다. 트랙터와 비슷하지만 더 민첩하거든요. 탄탈럼 광층을 파고 들어가는 드릴과 탄탈럼을 옮길 컨베이어 벨트를 설치해야 합니다."

"그래, 좋아. 그게 차세대 기술인가?"

툰데가 고개를 끄덕였다.

"네. 제대로 된 재료를 사용하면…."

"내가 구할 수 있는 건 다 주겠다."

장군이 자기 자리로 돌아가며 말했다. 그의 체중을 못 이겨
의자가 삐걱거렸다.

"얼마나 걸릴까?" 렉스가 툰데한테 물었다.

툰데가 잠깐 생각하다가 대답했다. "며칠이면 돼."

장군이 상어도 겁먹을 미소를 지었다.

"좋소. 당신들은 그때까지 내 손님이오."

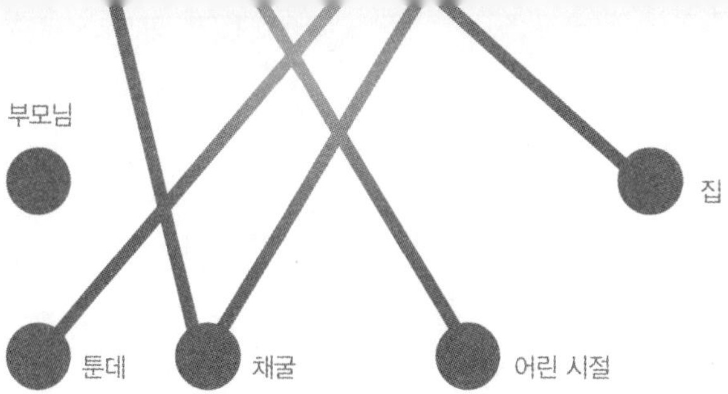
부모님
집
툰데
채굴
어린 시절

9. 렉스

식사 자리는 장군과 힘찬 악수를 나누면서 끝났다.

"만나서 반가웠소, 장 씨, 퀸타닐라 씨."

밖으로 걸어 나가는 동안 장군은 우리한테 로듐 광상에 관한 정보를 더 캐물으려고 애썼다. 하지만 우리는 요리저리 피하며 아무 정보도 주지 않았다. 우리 중 누구도 채굴에 관해 아는 게 없고 숨겨진 광상이 있음직한 곳도 모른다는 게 도움이 되었다.

페인티드 울프는 타고난 프로였다. 울프는 내가 몇 시간 동안 연습해도 생각지 못할 말들을 순발력 있게 내뱉었다. 게다가 처음 와본 나라에서 무자비한 미치광이를 상대로 말이다.

끝내주게 근사했다.

우리는 이장의 집에서 나올 때까지 침착함을 유지했다. 그러다 군인들의 눈에서 벗어나자마자 거의 동시에 크게 숨을 내쉬었다.

"울프," 툰데가 웃으며 말했다. "넌 돌았어! 대체 어떻게 그 모든 걸 생각해낸 거야? 난 감도 못 잡겠더라구!"

"누가 알겠어?" 울프가 말했다. "하지만 어쨌든 먹혔어."

"강력계 형사 같았어." 내가 말했다.

"이제부터 진짜 시작이야." 울프가 말했다. "툰데, 그런 기계를 만드는 게 가능하다고 생각해?"

"가능하기만 하겠어?"

툰데와 울프가 하이파이브를 했다.

모퉁이를 돌았을 때, 툰데가 갑자기 걸음을 멈췄다.

주위는 캄캄했다. 대부분의 집들은 음식을 만드는 화덕의 불빛만 새어 나오고 있었는데, 한 집만 크리스마스처럼 전등이 환히 밝혀져 있었다. 바로 툰데의 집이었다.

툰데가 집으로 달려갔다. 그러다 몸을 돌려 따라오라고 손을 흔들었다.

"얼른 와! 우리 부모님 만나야지!"

툰데의 집은 낡은 판잣집이지만 밝은 파란색과 흐린 오렌지색으로 칠해져 있었다. 내가 상상했던 대로 활기차고 즐거움이 느껴지는 집이었다. 게다가 툰데가 갖가지 설비를 해놓았다. 대부분 조명과 아마추어 무선 안테나 같은 기능적인 설비였다.

툰데가 문을 톡톡 두드리자 문이 열렸다.

툰데의 엄마가 지쳐 보이지만 기쁨에 들뜬 모습으로 서 있었다. 두 사람은 아무 말 없이 그저 서로를 꽉 껴안았다. 그 모습을 보니 우리 엄마가 생각났다. 나도 엄마를 힘껏 끌어안을 수 있다면 얼마나 좋을까.

반드시 그런 날이 올 거야. 조금만 참아.

툰데의 아빠가 방에서 나왔다. 그분은 눈물을 흘리고 있었다. 모두가 울기 시작했다.

그러다 툰데가 눈물을 닦고 말했다.

"엄마, 아빠, 내 친구들이에요. 가족이나 마찬가지예요."

"어서 오렴." 툰데 엄마가 말했다. "그렇다면 여기도 너희 집이야."

우리는 모두 서로를 얼싸안았다.

저녁 식사 때 받았던 스트레스가 순식간에 스르르 사라졌다.

정말 집에 온 것 같았다.

9.1

그 뒤 30분 동안 툰데의 부모님과 얘기를 나눴다.

두 분은 우리한테 툰데의 어린 시절에 관해 전부 들려줬다. 툰데가 아기 때 찍은 폴라로이드 사진도 보여줬다. 부모님이 툰데가 했던 기술 작업들을 얘기할 때 툰데는 정말로 생기가 넘쳤다.

짧은 시간이나마 툰데의 행복한 모습을 보니 기분이 좋았다.

"태양광발전 타워 볼래?" 툰데가 물었다. "내 작업장도 보여주고 내가 완성 중인 프로젝트들도 소개해줄게."

우리는 집을 나와 태양광발전 타워로 향했다.

"넌 멋진 가족을 뒀구나." 울프가 말했다.

"응." 툰데가 고개를 끄덕였다. "우린 자긍심이 있는 사람들이고 강해. 하지만 무엇보다 우린 감사할 줄 아는 사람들이야. 땅에 눕지 않고 그 위를 걸어 다니는 한 우리의 삶을 찬양할 거

야. 일주일 전만 해도 우리 마을 사람들은 농부 아니면 목장 주인이었어. 지금은 군인들한테 감시당하는 노예 신세지만."

"너도 그들만큼 강해." 내가 말했다. "아니, 훨씬 더 강할 거야."

"그래야지…."

모퉁이를 돌자 사택 근처의 모닥불 주위에서 춤추고 있는 사람들이 보였다. 축하 자리인 것 같았다. 처음에 나는 장군이 우리한테 좋은 인상을 주려고 준비한 행사인 줄 알았다. 하지만 툰데는 마을 사람들이 역경에 맞서 춤을 추는 거라고 설명했다.

"오, 우리 마을 사람들이 잘 버티고 있구나!"

열 명쯤 되는 툰데의 이웃들이 춤을 추는 동안, 아이들은 눈이 휘둥그레져서 부모들의 춤추는 모습을 지켜봤다. 머리를 길게 땋은 남자가 손가락 피아노를 두드렸고 그 옆의 여자는 베이스 드럼을 쳤다. 리듬이 내 심장박동과 완벽하게 맞아떨어졌다.

툰데의 친구 아율라가 우리한테 접이식 의자를 권했다. 우리는 의자에 앉아 모닥불과 춤추는 사람들을 구경했다.

아율라가 툰데의 손을 잡더니 춤을 추자고 끌어당겼다. 툰데는 우리한테 함박웃음을 지어 보이고 춤판에 동참했다. 나는 툰데가 아율라와 춤을 추는 모습을 지켜봤다. 두 사람의 동작이 착착 맞아떨어졌다.

툰데는 근심 걱정 없이 행복해 보였다. 비극의 한가운데에서도 툰데와 마을 사람들의 동작에 서로를 사랑하는 마음이 흘러넘쳤다. 정말 아름다웠다.

갑자기 울프가 일어서서 손을 내밀었다.

"어때?"

울프의 머리카락이 불빛을 받아 빛났다. 울프는 미소를 짓고 있었다.

좋지!

나는 울프의 손을 잡고 사람들 사이로 걸어갔다. 툰데가 우리를 보고 환히 웃었다.

나는 울프의 허리에 손을 올렸다.

9.2

거짓말은 하지 않겠다. 내 춤 솜씨는 형편없다.

나는 발이 걸려 넘어져 망신이라도 당할까 봐 최대한 느리게 춤을 췄다.

하지만 며칠 동안 그렇게 아드레날린을 과다 분비하며 정신 없이 뛰어다니고 제대로 잠도 못 자고 먹지 못했는데도 울프는 아주 편안해 보였다. 완전히 중심을 잡고 있었다.

"울프 넌 지치는 법이 없구나."

"그럴 리가."

"편히 쉰다는 게 상상이 안 가. 이 상황이 영원히 끝날 것 같지가 않아. 우리가 닫을 수 없는 뭔가를 열어버린 것 같아."

"판도라의 상자."

"그래, 맞아. 그런데 판도라의 상자는 사실 부적절한 명칭이야. 신화에선 커다란 항아리 비슷하거든. 하지만 뭐 '판도라의 항아리'란 말은 느낌이 영 다르니까."

울프가 나를 쳐다봤다.

"렉스 넌 진짜 괴짜야."

"그래서 네가 날 좋아하는 거지. 안 그래?"

"누가 널 좋아한대?"

우리는 둥글게 모여 춤추고 있는 사람들한테 가까이 다가갔다. 그림자가 길어지고 어둠이 밀려들었다. 산들바람에 울프의 머리카락… 음, 가발이 바스락거렸다. 울프가 숨을 내쉬더니 내 어깨에 머리를 기댔다. 우리는 음악과는 완전히 엇박자지만 서로 호흡을 맞춰 춤을 췄다.

"난 춤추는 걸 안 좋아해." 울프가 말했다. "항상 어설프게 느껴지거든."

"클럽에 오신 걸 환영합니다. 여긴 몸치 클럽입니다. 근데 넌 나쁘지 않아."

"정말?"

"여자애랑 많이 춤춰보진 않았지만, 정말이야."

울프가 나를 쳐다봤다. 울프가 내 어깨에서 머리를 떼니 좀 아쉬웠다. 진짜 기분 좋았는데. 잃어버린 줄 몰랐던 퍼즐 조각을 찾은 느낌이랄까.

울프가 선글라스를 벗고 다시 내 어깨에 머리를 기댔다. 우리는 함께 춤을 췄다. 그런데 몇 분 지나지 않아 툰데가 내 어깨를 두드려서 보니 음악이 멈춰 있었다.

"늦었어." 툰데가 말했다. "투어 갈 사람?"

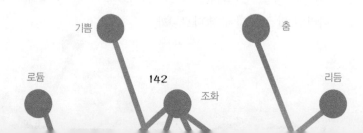

10. 툰데

태양광발전 타워로 걸어가는 동안, 세상에서 가장 친한 친구 두 명이 함께 춤을 추던 모습이 떠올랐다.

그러자 노래가 부르고 싶어졌다!

가장 암울한 순간의 한가운데에서도 춤은 만병통치약이다. 기억해, 친구들! 춤을 추면 행복해진다는 걸.

솔직히 말해 나는 렉스와 울프한테 태양광발전 타워를 구경시켜주는 꿈을 몇 달 동안 꾸었다. 이 타워에 대해서는 나 자신에게 박수를 보내고 싶으니까.

내가 기대했던 대로 울프와 렉스는 태양광발전 타워의 공학 기술에 감탄했다. 하지만 친구들을 가장 사로잡은 순간은 내가 두 손으로 직접 지은 타워 꼭대기에 올라갔을 때였다. 그 모든 땀과 피! 손에 굳은살이 박인 그 모든 시간들! 친구들, 나는 아버지가 된 심정으로 태양광발전 타워가 자랑스러웠다.

이 타워는 내 최고의 창작품이다. 앞으로 더 멋진 걸 만들 수

도 있겠지만 이 타워가 항상 내 첫 번째가 될 것이다. 나는 우리에게 가장 자연스럽게 다가오는 것이 우리의 최고 작품이라는 생각을 가끔 한다. 이 타워는 마치 스스로 지어질 준비를 한 것처럼 나한테 왔다.

아키카 마을 24미터 상공에서, 나는 멀리 불빛이 깜빡거리는 지평선을 가리켰다.

"저기. 저기에 가장 가까운 마을이 있어. 아주 친절한 사람들이 사는데 우리 마을에 자주 찾아오진 않아. 왜 그런지는 모르지만."

"아름다운 나라야." 울프가 말했다.

"맞아. 우리나라는 정말 멋져."

나는 우리 마을의 지붕들 너머로 군인 몇 명이 순찰을 돌고 있는 광산을 쳐다봤다. 그 광경을 보자 기분이 축 처졌다.

"장군은… 장군은 모르지만 우리가 오늘 본 모습들은 시작일 뿐이야. 광산에서 싸우던 사람들은 장군이 사라질 때까지 멈추지 않을 거야. 반란이 일어날 거야. 내 말 믿어도 좋아."

"우리가 그들을 도와야 할까?" 렉스가 물었다.

"물론이지. 하지만 모든 게 폭발해버릴 때까지 기다릴 순 없어. 그렇게 되면 많은 사람들이 피를 보게 될 거야. 그러니까 이곳 상황이 폭발하기 전에 장군을 제거해야 해. 우리 마을 사람들은 노예로 살기엔 너무 자긍심이 강해."

"자, 그럼," 렉스가 하품을 참으며 말했다. "우리가 지금 뭘 할 수 있을까?"

나는 나의 가장 친한 친구한테 팔을 둘렀다.

"친구야, 넌 잠을 자야 해. 너희가 당장 일을 시작하고 싶어 하는 건 고맙지만, 내가 기계를 만드는 동안 너희가 곯아떨어지면 우리 중 누구에게도 도움이 안 될 거야! 일은 내일 아침에 시작하자."

"너한테도 해당되는 충고인 것 같은데?" 울프가 말했다.

"난 집에 왔어. 몇 시간이라도 얼마든지 일할 수 있고, 난 도전을 사랑해. 너희가 한 번도 본 적 없는 기계를 만들어낼 거야. 고물상 옆에 내가 가끔 이용하는 작업장이 있어. 아무도 그 헛간에 가지 않아. 솔직히 말하면 나도 좀 피하는 편이야. 거미들이 우글거리거든…."

"거미를 무서워하는구나?" 렉스가 물었다.

"무서운 정도는 아니야."

"내가 함께 가서 도울게."

그 말을 하면서 렉스가 또 하품을 참았다.

"아니, 너희 둘은 잠을 자야 해. 우리 집으로 가. 난 나중에 갈게. 그때까지 둘 다 푹 쉬어."

10.1 ▰▰▰▰▰▰

작업장은 늘 그렇듯 난장판이었다. 그리고 입구에는 총을 든 군인들이 담배를 피우며 노닥거리고 있었다.

"거기 너!"

내가 나타나자 군인들이 총을 겨누며 일어섰다.

나는 두 손을 들었다.

"나예요, 툰데. 일하러 왔어요."

"무슨 일?"

"이야보 장군님을 위한 프로젝트예요."

"넌 여기 오면 안 돼."

"음, 잘됐네요."

군인들이 당황했다.

"왜 잘됐다는 거야? 방금 여기 일하러 왔다고 했잖아."

"이곳엔 독거미가 우글거리거든요. 내 눈으로 똑똑히 봤어요. 악마처럼 생긴 투망거미요. 물리면 끔찍하죠. 게다가 놈들은 야행성이에요. 장군님이 이 헛간에서 일하라고 명령하셨을 때 솔직히 오싹했었는데, 고마워요. 장군님께 당신들이 작업을 못 하게 했다고 말할게요."

"잠깐만!"

군인들은 겁을 집어먹은 게 분명했다. 그들은 사방을 훑어봤고, 그중 한 명은 전등을 꺼내 바짓가랑이에 기어 다니는 거미가 없는지 걱정스럽게 살폈다.

"장군님께는 절대 말하지 마." 처음 나한테 말을 걸었던 군인이 말했다. "장군님 명령에 따라야지."

나는 몹시 실망한 척했다.

"알았어요."

군인들은 바로 줄행랑을 쳤다.

친구들, 나는 기술공학자로서의 실력 못지않게 훌륭한 사회공학자가 되어가고 있었다. 나는 그런 나 자신을 자랑스러워하며 헛간 문을 열고 안으로 들어갔다.

　헛간은 차 두 대가 들어가는 차고 크기였다. 콘크리트 바닥
은 곳곳에 금이 가 있었고, 갈라진 틈에 고인 기름이 녹슨 천장
에 달린 전구 불빛을 반사했다. 그리고 다양한 길이의 널빤지로
얼기설기 붙여 만든 3개의 작업대가 있었다. 도구들은 낡고 녹슨
데다 더께가 앉아 있었다. 그리고 전기가 걸핏하면 나갔다.

　광산에서 일하는 사람들이 이곳을 차지하고 불도저와 채굴
장비를 수리하는 데 사용하고 있었다. 잘된 일이었다. 거미가 사
라졌을 가능성이 높다는 뜻이니까. 하지만 여기서 일하는 기계공
들은 지저분한 사람들이 분명했다!

　가장 먼저 해야 할 일은 이곳을 정리하는 것이었다.

　"좋아." 나는 작업대 중 하나에 앉아 혼잣말을 했다. "먼저
동력장치들을 정리한 뒤 청소를 해야 해. 도구들이 더 필요하지
만 집이나 고물상에서 구할 수 있을 것 같아. 이 정도는 뭐, 할
수 있어."

　나는 두 시간 동안 청소를 하고 작업장을 정리했다.

　전기 공급은 간단했다. 약간 수리를 하자 전기 시스템이 가
동되어 내가 원하는 대로 돌아갔다. 그런 뒤 나는 도구
들을 정리했다.

　이제 고벽식 채굴기를 완성해야 한다.

　알다시피 나는 고벽식 채굴기를
어떻게 만들어야 할지 몰랐다.

　교란기는 만들기 쉬웠다. 보이는
그대로니까.

하지만 고벽식 채굴기는 내 생각에 몇 달이 걸리고 수백 명의 일손이 필요한 장비였다. 길이가 보통 12미터나 된다! 내겐 공장이 없었다. 금속 세공을 해줄 사람도 없었다.

뭐가 효과가 있을지 내가 어떻게 알지? 친구들, 문제를 이해하는 가장 좋은 방법은 조각조각 해체해보는 것이다.

아이디어들로 머릿속이 분주했지만 정돈되지 않고 마구잡이였다.

하지만 도구들을 정리한 것은 신의 한 수였다.

육체노동처럼 정신을 단련시키는 것도 없다!

11. 카이

바깥은 칠흑같이 어두웠다. 비행기에서 드문드문 몇 분씩 쪽 잠을 잔 게 다였지만 생각했던 것만큼 녹초가 되지는 않았다.

내 마음은 수백만 개의 다른 방향으로 내달리고 있었다.

"무슨 생각 해?" 렉스가 물었다.

"우린 지니어스 게임에서 온드스캔 실험실을 뒤지다가 키란이 장군과 협력하고 있다는 걸 알게 됐어. 이제 장군에게선 뭘 발견할 수 있을지 궁금해."

이야보 장군은 헬리콥터들이 이착륙하는 곳 근처의 마을 외곽에 기지를 꾸렸다. 기지는 여러 개의 커다란 녹색 막사로 이루어져 있었다. 그중에서 가장 큰 막사가 장군이 대부분의 시간을 보내는 곳일 것이다. 그리고 아마 귀중품도 그곳에 보관할 것이다. 막사 밖에서 발전기가 윙윙 돌아가는 것으로 봐서 장군은 안에서 전자기기들을 가동하고 있을 것이다.

전자기기가 있는 곳에는 데이터가 있다.

장군의 막사로 보이는 곳 입구에는 다섯 명의 젊은 군인이 있었다. 모두 총을 소지하긴 했지만 그들은 카드놀이에 정신을 팔고 있었다.

렉스와 나는 짐칸에 연장통이 놓여 있는 픽업트럭으로 향했다. 나는 아무도 보지 않는 틈을 타 연장통을 열고 스크루드라이버 몇 개, 손전등 하나, 구리선 다발을 꺼냈다. 그리고 그것들을 호주머니에 쑤셔 넣었다.

가까이 다가가자 군인들이 피곤한 표정으로 고개를 들고 우리를 쳐다봤다.

"장군님이 여기 들러서 뭔가를 확인하라고 하셨어요."

나는 일부러 미국식 말투로 말했다.

"여자가 뭔가를… 고치러 온다는 말은 듣지 못했는데요."

군인 한 명이 라이플총을 들고 일어나서 문을 막았다.

"장군님이 안에 계신가요?" 렉스가 물었다.

군인이 고개를 저었다.

"아쉽네요." 렉스가 휴대폰을 꺼내며 말했다. "장군님이 잔뜩 화를 내실 텐데… 하지만 뭐 이해합니다. 장군님께 전화를 걸게요."

"아니요." 염소수염을 기른 두 번째 군인이 말했다. "장군님께 전화할 필요 없습니다. 당신들이 안에 들어가서 해야 하는 일이 뭐죠?"

"괜찮습니다." 이번에는 내가 나섰다. "장군님이 당신한테 화를 내시진 않을 겁니다. 왜 화를 내시겠어요? 당신은 지시받은 대로 장군님 막사를 지키는 것뿐인데요. 안 그래요?"

군인이 손에 쥔 카드를 내려다봤다.

"잠깐 쉬는 시간이신가 본데, 카드놀이나 계속 하세요."

"다 쉬었습니다." 문을 막아선 군인이 겁에 질린 눈빛으로 말했다. "안에 들어가도 됩니다. 하지만 내가 함께 들어갈 겁니다."

"네, 그러시죠."

우리는 군인을 따라 막사 안으로 들어갔다. 방 중앙에 책상들과 의자들이 놓여 있고, 벽에는 모니터가 달린 컴퓨터가 여러 대 늘어서 있었다. 정교한 구성이었다. 모니터들이 깜빡거리며 막사 내에 약간 불길한 느낌을 자아냈다.

이야보 장군의 막사

나는 방을 훑어봤다. 한쪽 구석에 서버 컴퓨터가 놓여 있었는데 옆면에 온드스캔의 로고가 박혀 있었다. 내가 원하던 게 그것이었다.

군인들이 뒤쪽에서 지켜보는 가운데, 나는 서버 근처의 컴퓨터 앞에 앉았다. 내가 스크루드라이브로 뭔가 작업하는 척한 뒤에 렉스가 로그인을 시도했다. 컴퓨터에는 암호가 걸려 있었다.

렉스는 15초도 안 돼 암호를 풀었다.

이제 파일들을 뒤져서 가치 있는 데이터를 찾아야 했다. 나는 내가 찾는 단어들이 저장되지 않도록 비공개 검색을 설정했다. 그리고 아빠 이름과 지니어스 게임에서 알게 된 페이퍼 컴퍼니들의 이름을 검색했다.

아빠가 감시 기술과 관련해 온드스캔과 일하고 있다는 건 분명했다. 하지만 키란은 한 가지 프로젝트만 하는 게 아니다. 프로젝트들이 모두 밀접하게 연결되어 있다. 키란이 탄탈럼을 채굴하는 목적은 아빠, 그리고 키란이 함께 일하는 중국 기업들과도 관련되어 있다. 나는 그들이 정확히 뭘 하고 있는지 알아야 했다.

정보를 찾을 때마다 마음이 가라앉았다.

나는 모든 자료를 일단 휴대폰에 복사하면서 문서가 뜨는 동안 내용을 대충 훑어봤다. 곧 사진 한 장이 나타났다. 끔찍한 사진이었다. 중국의 페이퍼 컴퍼니들은 고급 드론의 카메라뿐 아니라 훨씬 많은 부분에 연루되어 있었다. 아키카 마을에서 채굴한 탄탈럼의 일부는 드론용 렌즈에 사용되었지만 대부분은 더 정제되어 아르헨티나로 보내졌다.

키란이 아르헨티나에서 뭘 하고 있는지는 분명하지 않았지만 아빠가 함께 일하고 있는 기업들도 그곳에 사무실이 있었다. 그리고 그중 일부는 고성능 컴퓨팅을 위한 배전장치 제작과 관련되어 있었다.

내가 손에 넣은 건 여기저기 흩어진 몇몇 부분들뿐이지만 나는 키란이 뭘 구축하고 있건 그것이 라마와 시바, 그리고 온드스캔이 표방하는 목표를 넘어선다는 걸 알 수 있었다. 이 프로젝트는 한 나라를 운영하기에 충분한 어마어마한 규모의 힘을 필요로 할 것이다.

렉스가 내 어깨 너머로 자료를 읽더니 고개를 절레절레 흔들었다.

"저기요." 우리 뒤에 서 있던 군인이 목소리를 높였다. "다 끝났나요?"

나는 뒤를 돌아보며 고개를 끄덕였다.

"네." 나는 호주머니에서 구리선 다발을 슬쩍 꺼내 군인한테 보여줬다. "여기에 문제가 있었어요."

그런 뒤 컴퓨터에서 로그아웃 하고 렉스와 함께 군인을 따라 밖으로 나갔다.

"정말 감사합니다. 여러분이 굉장히 도움이 됐다고 장군님께 말씀드릴게요."

그러자 군인들이 웃으며 손을 흔들어줬다.

우리 속임수가 먹힌 건 다행이지만 아빠가 키란의 계획에 연루된 데 대한 걱정이 더 커졌다. 이제 키란의 전략에 또 다른 면이 있다는 것을 알게 되었다. 이 계획은 대체 얼마나 더 복잡해질 것인가?

하지만 한 가지는 분명했다.

아빠가 이 계획의 한가운데에 휩쓸려 있었다.

11.1

태양광발전 타워에서 잠을 자자는 건 내 아이디어였다.

나는 장군의 막사에서 발견한 사실들에 아직도 마음이 어지러웠고, 아빠가 키란의 원대한 계획에 단지 부수적인 참여자가 아니라는 사실을 분석하려고 애썼다. 지니어스 게임 때 나는 중국의 페이퍼 컴퍼니들이 키란의 계획과 거의 관계가 없을 줄 알았다. 아빠가 관련되어 있다 해도 접점이 멀 거라고 생각했다. 하지만 아니었다. 장군의 막사에서 발견한 파일들로 아빠가 정말로 깊이 관련되어 있다는 게 분명해졌다.

그 생각을 하니 숨이 가빠졌다.

렉스와 잠깐 평화로운 시간을 보내면 머리를 식히는 데 도움이 될 것 같았다. 아빠가 관련되어 있다는 것에 대해 당장은 내가 할 수 있는 일이 없었다. 기운을 다시 찾으려면 얼마간의 휴식이 필요했다.

우리가 금방이라도 부서질 듯한 사다리를 올라간 건 자정이 훌쩍 지난 시각이었다. 하지만 보름달이 떠서 멀리 트럭과 불도저들이 산으로 갈 때 지나는 진흙길 너머까지 눈에 들어왔다.

들리는 소리라곤 모기들이 윙윙거리는 소리뿐이었다.

태양광발전 타워의 꼭대기에서 렉스와 나는 조용히 앉아 밤 하늘에 반짝이는 별들을 바라봤다. 아무 말이 없어도 좋았다. 그저 렉스와 이렇게 함께 있다는 것만으로도 좋았다.

렉스가 내 손에 자기 손을 올렸다.

렉스의 손바닥은 부드러웠다.

우리는 손깍지를 꼈고, 나는 렉스의 어깨에 머리를 기대고 눈을 감았다.

우리는 앞으로 어떻게 될까? 이 일이 끝나고 부모님이 안전해지면 나는 어디로 가야 할까? 집은 아닐 것이다. 나는 집에 갈 수 없다. 아니, 가야 한다. 부모님에겐 내가 필요하다. 우리나라엔 내가 필요하다. 렉스를 함께 데려갈 수 있을까? 내 여행 가방에 넣어서? 이런 바보 같은 생각이라니….

"난 우리가 중국에 갈 방법을 찾고 있어." 렉스가 부드럽고 낮은 목소리로 말했다. "이야보 장군을 처리하고 나면 인터폴이건 어디건 장군을 체포하러 온 곳에서 우리를 기꺼이 도와줄 수도 있을 거야."

"우린 인터폴의 수배를 받고 있어."

"아, 맞다…."

나는 렉스의 손을 꽉 쥐었다.

"우린 오늘 밤 멋진 춤을 췄어."

"그래."

"이 일이 다 끝나면 우리 같이 춤 수업을 받자. 난 탱고를 배우고 싶어. 중국 민속춤인 앙가도 굉장히 아름다워…."

렉스가 나를 바짝 끌어당겨 내 턱을 부드럽게 들어 올렸다. 우리는 얼굴을 마주 봤다. 우리 아래 툰데네 집의 불이 깜빡거리며 꺼졌다. 우리 머리 위에는 달이 구름 사이를 비집고 떠다녔다.

렉스와 나는 입을 맞췄다.

그런 뒤 렉스가 후드티를 벗어 내 몸을 감싸줬다. 나는 머리를 렉스의 어깨와 목 사이에 기댄 채 몸을 웅크렸다.

그리고 깊은 잠에 빠져들었다.

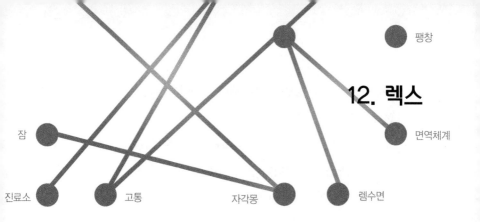

팽창

12. 렉스

면역체계

잠

진료소   고통   자각몽   렘수면

깜빡 잠이 든 것 같은데, 그리 오래 자지는 못했다.

달이 여전히 스포트라이트처럼 우리 위를 맴돌고 있었다. 나는 몸을 돌려 페인티드 울프를 바라봤다.

울프의 선글라스가 미끄러져 내려가 있고 눈꺼풀 아래에서 눈동자가 빠르게 움직였다.

나는 울프가 렘수면 중이라고 생각했다. 아마 자각몽을 꾸고 있을지도 모른다.

하지만 울프의 눈동자가 너무 빨리 움직였다.

그리고 피부가 땀에 젖어 반들거렸다.

울프를 깨워야 할지 말지 고민이 되었다. 그냥 악몽을 꾸는 중일까? 아니면 감기라도 걸렸나?

울프가 중국어로 뭐라고 중얼거렸다.

"괜찮아?"

울프가 눈을 떴지만 눈동자가 너무 무거워 보였다.

눈에 핏발이 서고 동공이 팽창되어 있었다.

"괜찮아?"

"몸이 안 좋아." 울프가 마침내 대답했다. "뼈마디가 쑤셔."

울프의 이마를 짚어봤더니 열이 펄펄 났다.

"걸을 수 있겠어? 이제 내려가야 해."

나는 울프를 부축했다. 울프의 온몸이 땀에 흠뻑 젖어 있어서 붙잡는 데 애를 먹었다. 울프가 진짜로 아프다면 어디서 치료를 받지? 여기엔 병원도, 진료소도, 의사도 없는데.

정신 차려, 렉스. 울프는 강해.

"어떻게 내려가지?" 울프가 물었다. "몸에 힘이 없어."

"내 등에 업혀."

"힘들 텐데."

꺼질 듯 가냘픈 목소리였다. 울프의 키를 볼 때 몸무게가 45킬로그램쯤 나갈 것 같았다. 나는 키가 180센티미터에 몸무게는 68킬로그램이지만 힘이 세지는 않다. 하지만…

"선택의 여지가 없어." 나는 울프가 내 등에 매달리도록 도왔다. "꽉 붙잡아야 해. 알지?"

"그래."

몹시 힘들어 보이는 목소리였다.

나는 사다리에 한 발, 한 발 조심스럽게 발을 내디디며 천천히 움직였다.

우리가 잠든 사이 이슬이 내려 사다리가 미끄러웠다.

"조금만 참아. 금방 내려갈 거야."

울프보다 나 자신에게 하는 말이었다.

"뼈마디가…." 울프가 신음 소리를 냈다.

나는 속도를 내려 애썼지만 상황이 더 나빠질 뿐이었다. 탑 꼭대기에서 6미터쯤 내려왔을 때 내 왼발이 사다리에서 미끄러지며 몸이 확 꺾였다. 울프는 아무 말도 안 했지만 아팠을 것이다.

"미안해. 거의 다 왔어."

힘내, 렉스. 울프를 무사히 아래로 데려가야 해.

마지막 열다섯 칸을 내려가는데 꼭 물속에서 허우적대는 것 같았다. 1초를 낭비할 때마다 울프의 몸이 그만큼 더 나빠지는 것 같았다. 울프의 숨소리가 거칠었다.

"괜찮을 거야. 거의 다 왔어."

고통스러운 23초가 지나간 뒤 내 발이 땅에 닿았다.

드디어 아래로 내려왔다.

12.1

나는 울프를 팔에 안고 들판을 가로질러 마을로 최대한 빨리 걸어갔다. 울프의 피부는 땀에 젖어 번들거렸고 달빛을 받은 얼굴은 너무 창백했다.

서둘러야 해. 더 빨리. 더 빨리.

"너, 허리 아프겠다." 울프가 눈을 감고 말했다.

"걱정 마."

"우리, 어디로 가는 거야?"

"툰데네 집."

159

툰데네 집에 가까워지자 집 밖의 전등에 불이 들어왔다. 사자가 가까이 오면 겁을 주어 쫓아버리려고 동작 감지 센서를 설치했다고 툰데가 말한 적이 있었다. 잠깐, 사자라고? 툰데는 우리가 사자와 맞닥뜨릴 가능성에 대해서는 아무 말도 하지 않았다. 그건 우리가 피해야 할 최악의 상황이었다.

하지만 그날 밤 사자는 보이지 않았고, 우리는 툰데네 집에 무사히 도착했다. 내가 있는 힘껏 문을 두드리자 몇 분 뒤 문이 열렸다. 잠이 덜 깬 툰데 아빠가 티셔츠와 반바지 차림으로 서 있었다.

"울프가 아파요. 많이 아파요."

"치료사인 오인대 할머니한테 데려가야겠구나." 툰데 아빠가 우리 왼쪽의 어둠 속을 가리켰다. "할머니는 저쪽에 살아."

"괜찮아?" 나는 울프한테 물었다. "또 이동해야 해."

"괜찮아."

하지만 목소리만 들어도 몸이 안 좋다는 걸 알 수 있었다.

우리는 어둠 속으로 뛰어들었다. 울프를 안고 달리자니 어색했다. 밭고랑을 달리며 돌부리에 걸려 몇 번 넘어질 뻔했다.

"울프한테 약이 필요할지도 몰라요."

"오인대 할머니한테 약이 있단다." 툰데 아빠가 말했다. "웬만한 약은 다 있어."

우리는 6분 뒤 오인대 할머니의 집 앞문에 도착했다. 툰데 아빠가 쇠문을 요란하게 두드렸다. 밤의 정적을 깨는 우레 같은 소리에 전등 몇 개가 깜빡거리며 켜졌다.

할머니가 눈을 부비며 문을 열었다. 백발을 짧게 깎은 할머니는 70대 중반쯤 되어 보였다.

"아이를 안으로 데려와. 침상에 눕히렴."

내가 방 한가운데에 있는 침상에 울프를 눕히자 할머니가 무릎 꿇고 앉아 울프의 이마를 짚어봤다.

"언제부터 이랬지?"

"아마 한 시간쯤 됐을 거예요. 자고 있어서 정확히는 모르겠어요."

"열이 심해. 얼른 몸을 식혀줘야 해."

할머니가 울프의 보라색 가발을 고정하고 있던 핀들을 뽑았다. 가발이 벗겨지고 울프의 까만 머리가 어깨로 흘러내렸다.

그때 문을 열고 툰데가 달려 들어왔다.

"엄마가 방금 전에 말해주셨어." 툰데가 말했다. "할머니, 제가 뭘 하면 될까요?"

"가게에 갔다 오거라." 할머니가 말했다. "얼음이 필요해. 최대한 많이. 담요, 물, 차, 생강, 고추도 필요해. 그리고 세길롤라한테 강황을 달라고 해. 서둘러!"

툰데와 툰데 아빠가 집 밖으로 급히 달려 나갔다.

할머니가 찬물에 수건을 적신 뒤 땀에 젖은 울프의 얼굴을 닦아줬다. 엄마는 이걸 '고양이 세수'라고 불렀다. 아파서 학교에 못 간 내가 누워서 땀을 뻘뻘 흘리고 있으면 엄마가 차가운 수건으로 몸을 닦아주던 게 생각났다.

"모기에 물려 감염된 거란다." 할머니가 설명했다. "치쿤구니야 열병이지. 뼈마디가 쑤셔서 굉장히 고통스러울 수 있지만, 다행히 이 아이는 가벼운 증상이야."

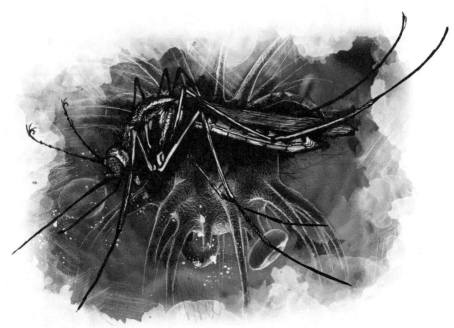

모기가 옮긴 바이러스

"그럼 울프는 괜찮겠죠?"

할머니가 고개를 끄덕였다.

"내일까지 아프겠지만 위험한 고비는 넘길 거야."

나는 울프의 손을 잡고 힘을 줬다.

"울프는 강해요."

"그래, 강해 보이는구나. 수건으로 머리를 식혀주렴."

할머니가 담요를 울프의 어깨에 덮어주고 이마에 입을 맞췄
다. 그런 뒤 밖으로 나갔다.

나는 젖은 수건을 들고 울프 옆에 앉았다.

울프의 이마를 닦아주면서 뭔가 말을 해야 할 것 같은 기분

이 들었다.

"재밌는 게, 난 아직 네 진짜 이름도 몰라."

"페인티드 울프가 내 진짜 이름이 아니라고 생각하는 거야?"

"그게 진짜 이름이면 네 부모님이 너무하신 거지."

울프가 그 말을 듣고 웃다가 아픈지 몸을 움찔했다.

"말하지 마. 우리가 처음 만났을 때를 네가 기억하는지 모르겠다. 개인 메신저를 통해 공식적으로 만난 날 말이야. 그런데, 그전에도 만난 적이 있었어. 내가 핵티비즘*에 관한 멍청한 글을 올렸을 때 처음 답글을 달아준 사람들 중 한 명이 너였어. 네가 프로필 사진을 바꾸기 전의 일이야. 원래 사진은 흰색 선글라스를 쓰고 코걸이를 한 옆모습이었지. 머리는 초록색으로 부분 염색을 했고. 그때 난 네가 최고로 멋지다고 생각했어."

"그 염색 하는 데 엄청 오랜 시간이 걸렸어."

"겉모습만 멋졌던 건 아니야. 마음씨도 멋졌지. 넌 네 뒤의 거울에 내가 그때껏 본 가장 복잡한 도표를 그려놨어. 그게 뭔지 알아내는 데 몇 주가 걸렸지. 그건 사이트의 모든 회원과 서로의 연관성을 표시한 지도였어. 넌 우리가 서로를 알기 훨씬 전부터 우리가 누구고 서로를 어떻게 아는지 파악했어. 중요한 건, 네가 그걸 과시하지 않았다는 거야. 지도가 노출되자 넌 다음 날 프로필 사진을 바꿨지. 사람들이 네가 천재가 되고 싶어 하고 그걸 드러내 보이려 애쓴다고 생각할까 봐."

---

*Hacktivism. 해킹(Hacking)과 행동주의(Activism)의 합성어로, 정치적·사회적 목적을 위해 인터넷을 통한 컴퓨터 해킹을 투쟁 수단으로 사용하는 행동주의를 말한다.

"그래, 맞아…."

나는 수건으로 울프의 눈꺼풀을 부드럽게 닦아줬다.

"난 너의 그런 점이 좋았어. 넌 항상 다른 모든 사람보다 열 발쯤 앞서 있지만 으스대지 않아."

그때 앞문이 벌컥 열리며 툰데가 뛰어 들어왔다.

툰데는 오인대 할머니가 부탁한 물건들이 담긴 종이봉투를 들고 있었다.

"좀 어때?"

울프가 고개를 저었다.

오인대 할머니가 들어와 봉투에서 약초들을 꺼냈다.

"이 아이는 쉬어야 해." 할머니가 말했다. "너희들은 그만 가 보거라."

내가 일어서자 울프가 내 손을 잡더니 꽉 쥐었다.

그리고 입 모양으로 말했다. *고마워.*

12.2

툰데가 앞문을 가리켰다.

"울프는 할머니한테 맡기고 조보 마시러 가자."

오인대 할머니가 장뇌로 산화아연 반죽을 만드는 동안, 툰데와 나는 이른 아침의 햇살 속으로 나갔다.

들판은 벌써부터 찌는 듯이 더웠다. 그리고 폭풍 직전처럼 공기가 답답했다. 나는 숨을 깊이 들이마셨다가 기침을 했다.

"광산 때문이야." 툰데가 말했다. "미립자들 때문에 공기가 무거워. 2주 전만 해도 세계에서 가장 높은 곳만큼 공기가 깨끗했는데, 지금은 정유공장의 공기 같아."

그러고는 진홍색 액체가 가득 담긴 플라스틱 컵을 내밀었다.

"이게 조보야?"

"몸에 좋아."

나는 조보를 한 모금 홀짝였다. 시고 톡 쏘는 맛이었다.

"뭘로 만든 거야?"

"말린 꽃하고 파인애플 주스로 만든 거야. 생강과 마늘도 좀 들어갔어. 다 마시고 얘기하자."

조보는 특이한 맛이었지만 기운을 북돋워줬다. 내가 조보를 마시는 동안 툰데는 스트레칭을 했다. 분명 나만큼 지쳤을 텐데도 활기차 보였다. 하긴 집에 왔으니까. 그렇더라도 그런 툰데가 존경스러웠다. 나는 내가 얼마나 더 감당할 수 있을지 확신이 서지 않았다.

그때 고함 소리가 들렸다.

광산 가까이의 산등성이에서 들리는 소리였다.

"뭐지?"

툰데가 걱정스러운 표정을 지었다.

"모르겠어."

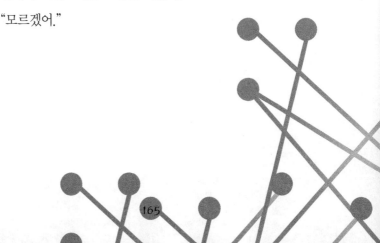

13. 툰데

"사고가 난 걸까?" 렉스가 물었다.

"그럴 수도. 하지만…."

고함 소리가 점점 커졌다.

우리는 즉시 마을을 가로질러 광산 쪽으로 달렸다. 차를 타고 가면 10분 정도 걸리는 거리였다. 달려가면서 보니 우리뿐만이 아니었다. 이웃 몇 명이 우리와 함께 달리고 있었다.

"무슨 일이야?" 아빠 친구인 토벤 아저씨가 물었다.

"모르겠어요."

"아마 크웬토일 거다. 녀석은 광산에서 말썽을 많이 일으키거든."

20대 초반인 크웬토는 인정받는 사냥꾼이었다. 크웬토가 삼촌들과 사냥하러 나갔다가 화살 한 방으로 황소를 쓰러뜨렸다는 얘기를 들은 적이 있었다. 또 뱀도 무서워하지 않고 맨손으로 잡는다고 했다. 하지만 고약한 성질로도 악명이 높아서 툭하면 마을 근방에서 싸움질을 하곤 했다.

"이번에는 무슨 일을 저질렀을까요?"

"크웬토는 이야보 장군과 그 부하들을 꼴도 보기 싫어해. 싸우고 싶어 하지."

놀라서 가슴이 쪼그라들 것 같았다. 우리 마을 사람들이 곡괭이만 들고 군인들한테 덤벼든다고 생각하니 소름이 끼쳤다. 그랬다간 도도새처럼 처참하게 죽임을 당할 게 뻔했다.

나는 렉스한테 소리쳤다.

"크웬토를 말려야 해."

토벤 아저씨와 함께 산등성이를 올라가서 광산을 내려다보니 크웬토 주위에 많은 사람이 모여 있었다. 격분한 광부들이 곡괭이를 치켜들고 소리를 지르고 있었다. 그 주위를 에워싼 군인들은 신경이 곤두선 모습이었다. 다들 방아쇠에 손가락을 걸고 있었다. 엄청나게 위험한 상황이었다.

"툰데 네가 크웬토랑 얘기해봐!" 토벤 아저씨가 소리쳤다.

나는 광산으로 달려 내려갔고 렉스와 토벤 아저씨가 내 뒤를 따랐다.

"길 좀 비켜주세요!"

내가 소리치자 군인들이 모두 나를 돌아봤다.

나는 두 손을 들어 올렸다.

"내가 해결할 수 있어요. 크웬토랑 얘기할 수 있게 해주세요."

내가 크웬토를 향해 돌진하자 군인들이 나를 주의 깊게 살피며 옆으로 물러섰다.

크웬토는 그 어느 때보다도 화가 나 있었다. 분개해서 펄쩍펄쩍 뛰며 표범처럼 이리저리 왔다 갔다 했다.

"형이 화난 거 알아."

"화만 난 게 아니야." 크웬토가 으르렁거렸다. "난 지쳤어. 이 상황을 끝내야 해. 우린 500명이고, 장군에겐 63명의 부하밖에 없어."

"형, 내 말 들어봐. 나한테 계획이 있어. 아무도 다치지 않고 이 상황을 끝낼 방법."

"말도 안 되는 소리 하지 마! 네가 뭔데!"

"아니야. 난 할 수 있어. 제발 내 말을 들어봐."

크웬토가 고개를 돌려 주위의 광부들을 보더니 군인들한테 눈길을 던졌다. 군인들은 공격에 대비해 무기를 꽉 붙들고 있었다. 크웬토가 다시 나를 봤다. 분노가 좀 가라앉은 게 보였다.

"계획이 뭔지 말해봐."

"난 여기에 기계를 만들러 왔어." 나는 설명을 시작했다. "형이 캐고 있는 광석을 처리할 기계야. 난 100명분의 일을 하는 기계를 만들 수 있어. 그럼 지금 방식으로 힘들게 광석을 캘 필요가 없어. 더 이상 혹사당하지 않을 거야."

"뭐라고?"

나는 크웬토한테 더 가까이 오라는 몸짓을 했다.

크웬토가 순순히 나한테 다가왔다.

"난 장군이 다시는 우리 마을 사람들을 괴롭히지 않게 할 거야. 그 기계로 장군을 망하게 할 거야."

"무슨 말인지 모르겠다. 기계로 그런 일을 한다고?"

"맞아. 더 자세히 설명하진 못하지만 형이 나를 믿어주면 좋겠어. 나한테 일주일의 시간을 줘. 내가 기계를 만들 거고, 장군이 축하 분위기에 한껏 들뜬 주말에 그 인간을 없앨 거야. 내가 약속을 지키지 못하면 형이 힘으로 장군을 쓰러뜨려도 돼. 그땐 나도 형하고 함께할게."

크웬토가 가만히 생각에 잠겼다. 그러면서 내가 뭔가를 숨기고 있거나 거짓말을 늘어놓는 건 아닌지 내 눈을 유심히 살폈다.

잠시 후 크웬토가 고개를 끄덕였다.

"좋아. 알겠어. 하지만 일주일은 너무 길어. 나흘 줄게."

13.1

우리는 새로운 절박감을 안고 마을로 돌아왔다.

"미친 짓이야." 산등성이를 내려오면서 렉스가 말했다. "정말 나흘 만에 기계를 만들 수 있다고 생각해?"

"나한텐 선택의 여지가 없었어. 어쨌든 우린 일단 휴식을 취

169

해야 해. 우리가 나이지리아에 도착한 뒤로 한 번도 편히 잠을 못 잔 거 알지?"

잠이라는 말을 입 밖에 내자 팔다리가 무거워지는 느낌이 들었다. 내 몸이 얼마나 필사적으로 잠을 원하고 있었는지 모른다. 집으로 돌아온 렉스와 나는 바로 방바닥에 쓰러졌다. 친구들, 나는 너무 지쳐서 침대에 올라갈 힘도 없었다!

우리는 네 시간 동안 잠을 잤다. 꿈도 꾸지 않고 뒤척이지도 않은 채. 잠에서 깨자 그제야 몸이 제대로 재충전된 기분이 들었다. 방에서 나와 보니 렉스가 부모님과 함께 탁자에 앉아 홍차를 마시고 있었다.

"좀 괜찮아졌어?" 렉스가 나한테 차를 따라주며 물었다.

"백만 배 더 나아졌어."

우리는 앉아서 앞으로 제작할 기계에 관해 얘기했다. 렉스가 울프 걱정을 많이 하는 것 같아서, 오인대 할머니는 훌륭한 의사라고 말해줬다. 할머니는 몇 세대에 걸쳐 마을 사람들을 치료해 준 분이다. 분명 울프에게도 큰 도움이 될 것이다.

"지금 울프한테 필요한 건 휴식뿐이야, 친구. 차 마셔."

"나도 좀 마셔도 될까?"

돌아보니 울프였다. 울프는 우리 할머니가 아빠한테 만들어 준 누비이불을 두르고 후드티를 입고 있었다. 나는 그 티를 알아봤다. 렉스가 입던 옷이었다. 어스름 속에서도 울프는 잊지 않고 선글라스를 쓰고 있었다.

나는 컵에 따뜻한 차를 부어 울프한테 내밀었다.

"왜 일어났어? 더 쉬지 않고!"

"다 쉬었어. 훨씬 가뿐해졌어."

렉스가 일어서서 울프를 껴안은 뒤 자기 자리를 내줬다.

울프가 앉아서 컵을 손으로 감쌌다.

"우린 할 일이 엄청 많아." 울프가 말했다.

"오늘 우리가 해야 할 일들은 내가 처리할 수 있어. 넌 충분히 쉬어야 해…."

"괜찮아, 툰데. 우습게 들리겠지만 사실 난 아프기 전보다 더 몸이 가뿐해. 내 몸이 지난 2주간 쌓였던 모든 부정적 에너지와 스트레스를 땀으로 흘려 내보내야 했던 것 같아. 난 당장 일을 시작할 준비가 됐어. 내가 뭘 하면 될지만 말해주면 돼."

울프가 선글라스를 내려 눈을 보여줬다.

눈이 밝게 빛나고 맑았다.

"이제 뭘 할까?" 울프가 물었다.

"툰데는 나흘 안에 기계를 만들어야 해." 렉스가 대답했다.

"나흘이라고?"

"따지지 마. 툰데는 해낼 수 있을 거야."

"맞아. 난 해낼 수 있어."

"나도 툰데를 믿어." 렉스가 말을 이었다. "하지만 먼저 광부들이 갖고 있는 장비가 어떻게 작동하는지에 관해 더 많은 정보를 얻어야 해. 광산에서 사용하는 기술과 친숙해져야 해."

"일단 차를 마시고," 울프가 말했다. "바로 시작하자."

우리는 참마 수프와 토마토 스튜로 간단한 식사를 했고 30분 뒤에 나야가 우리를 광산까지 태워줬다. 마을 사람들과 달리 나야는 늦잠을 자는 사치를 누렸다. 게다가 해가 중천에 떴는데도 아직 잠이 덜 깼는지 엄청나게 짜증을 내고 주위 사람들한테 땍땍거렸다.

광산에서 나는 작업 감독과 얘기를 나눴다. 나야가 지켜보는 가운데 감독이 나한테 탄탈럼을 채굴하고 정련하는 과정을 보여

TANTALUM

탄탈럼

줬다. 다양한 기술과 재료가 필요한 복잡한 과정이었다. 나는 어떤 과정으로 작업해야 할지 머릿속으로 그려봤지만 흡족할 만큼 각 부분들이 명확하게 합쳐지지 않았다.

자세히 연구할 시간이 필요했다.

하지만 유감스럽게도 그럴 시간은 없었다.

13.2

"야호."

익숙한 목소리가 광산 벽에 울렸다.

"나의 천재님이 여기 계셨구만."

이야보 장군이 경호원들에 둘러싸여 광산으로 들어오는 경사로를 내려왔다. 장군은 시가를 물고 있었고 발걸음에 활기가 넘쳤다. 장군이 굉장히 행복해 보인다는 사실이 내겐 큰 걱정을 안겨줬다.

장군이 울프한테 다가가더니 뺨에 입을 맞췄다.

"좋은 아침이오."

그런 뒤 나를 돌아보며 물었다.

"작업을 시작했나?"

"계획을 세우고 있습니다."

"자네가 필요한 건 뭐든 마음대로 쓸 수 있어."

장군이 광산 안의 모든 것을 가리키듯 팔을 쫙 벌렸다.

"도구와 장비 외에 저한테 필요한 건 두 가지뿐입니다."

장군이 시가를 한 모금 빨고는 동그란 연기를 내뿜었다.

"뭐지?"

"제가 작업하는 동안 저희 가족이 광산에서 일하지 않게 해 주세요. 가족이 다치면 목표에 집중하지 못할 겁니다. 저는 제가 집중력이 높은 사람이라고 생각하지만 여기 도착해서 상황을 보고… 상당히 충격을 받았거든요."

장군이 뭐라고 투덜거리더니 고개를 끄덕였다.

"자넨 약해빠진 촌놈이군. 뭐, 놀랍진 않지만."

"두 번째는," 나는 울프를 돌아보며 말했다. "제 사업 파트너들이 제 옆에 있어야 한다는 겁니다. 이 두 사람은 작업 과정에 아주 중요합니다."

"난 상관없어." 장군이 어깨를 으쓱했다. "내가 자네한테 아량을 베풀었으니 자네와 친구들도 내 요구 사항을 준수해야 하네. 알겠나?"

"당연하죠."

장군이 울프를 돌아보자 울프도 고개를 끄덕였다.

"우리가 맺은 합의를 누구에게도 말해선 안 되오. 여기엔 당신들의 가족과 당신들이 내 땅에 있는 동안 접촉할 수 있는 다른 파트너들도 포함되오. 당신들의 모든 통화와 통신은 철저히 감시될 거요. 감시 기술을 당신들만 쓸 수 있는 건 아니오. 알다시피 난 세계에서 가장 유명한 이메일 사기 사건 중 하나를 꾸민 사람이거든."

"물론이죠, 장군님." 울프가 대답했다.

그때 비행기가 다가오는 듯 지축을 뒤흔드는 둔한 진동 소리에 정적이 깨졌다.

장군이 또 한 번 담배 연기를 뿜었다.

"내 사업 파트너 중 한 명이 도착했구만. 나를 대하듯 그 사람을 대하시오. 최고로 예절을 갖춰서."

"제안드릴 게 있는데," 울프가 말했다. "우리 합의를 그 사람한텐 당분간 비밀로 했으면 합니다. 그 사람이 신뢰할 만한 사람이라고 확신하세요?"

"뭐, 그 정도는 아니고… 암튼 알았소. 자, 갑시다. 그 사람 만나러."

키란이 분명했다. 그런데… 왠지 불안한 기분이 들었다. 장군이 우리가 생각하는 것보다 더 키란을 신뢰한다면?

나는 렉스와 울프를 쳐다봤다. 친구들도 나만큼이나 초조해한다는 걸 느낄 수 있었다.

몇 분 뒤 마을 바로 밖의 공터에 도착해서 보니 매끈한 검은색 헬리콥터 한 대가 착륙하고 있었다. 헬리콥터가 세찬 바람을 일으키며 모여든 사람들 위로 거대한 먼지구름을 날렸다.

프로펠러의 속도가 느려지면서 먼지가 점점 걷히자, 장군이 사람들을 헤치고 앞으로 나가 헬리콥터 문이 열리길 기다렸다.

"우릴 보면 키란이 어쩔 것 같아?" 울프가 물었다.

"아마 사과하지 않을까?" 렉스가 말했다.

"잘도 그러겠다."

그때 헬리콥터 문이 열리고 양복을 입은 남자가 걸어 나왔다.

키란이 아니었다.

내가 모르는 사람이었다.

나는 아는 사람인지 물어보려고 울프를 쳐다봤다. 하지만 울프의 표정이 다 말해줬다.

울프의 얼굴은 죽은 사람처럼 창백했다.

"맙소사, 안 돼." 울프가 말했다.

14. 카이

이야보 장군의 파트너는 아빠였다.

헬리콥터 밖으로 발을 내딛는 아빠를 보고 나는 차라리 정신을 잃고 쓰러지고 싶었다.

아빠가 밝은 햇빛에 눈을 깜박이며 걸어 나와서 장군과 악수할 때는 숨이 막혔다.

장군이 아빠의 두 손을 잡은 뒤 껴안았다.

"만나서 정말 반갑소, 장 선생. 환영해요, 환영해."

그러고는 사람들을 돌아보며 박수를 치라는 몸짓을 했다. 사람들이 박수를 쳤지만 표정은 그대로였다.

나는 아빠가 장군의 차로 걸어가는 모습을 지켜봤다. 아빠는 하루 종일 비좁은 비행기 뒷좌석에 박혀 있었던 것처럼 움직임이 뻣뻣했고 옷은 구겨져 있었다. 땀을 뻘뻘 흘렸고 면도도 하지 않았다.

모든 장면이 비현실적이었다. 잠시 동안 치쿤구니야 열병이

재발해서 내 정신이 혼미한 게 아닐까 생각했다. 그냥 내 상상일까? 내가 아직 아파서 오인대 할머니의 집에 누워 뒤척이고 있는 걸까?

토할 것 같았다.

지난 이틀 동안 먹었던 게 전부 올라오는 것 같았다. 변장을 벗어던지고 아빠한테 달려가 헬리콥터로 다시 끌고 가고 싶었다. 아빠가 지금 어떤 위험에 빠졌는지 알려주고 싶었다. 아빠가 어떻게 이리도 어리석을 수 있지?

"장 선생이 만났으면 하는 투자자들이 있소."

장군이 사람들을 헤치고 아빠를 우리 쪽으로 이끌었다.

"저 사람 누군지 알아?" 툰데가 물었다.

나는 아무 말도 할 수 없었다.

"너, 괜찮아?" 렉스가 물었다.

나는 고개를 가로저었다.

아빠는 사람들을 헤치고 걸어오면서 한 사람, 한 사람의 얼굴을 초조히 살피며 이쪽저쪽 힐끔거렸다. 굉장히 불안해 보였다. 아빠의 이런 모습은 본 적이 없었다. 마치 붐비는 수영장의 깊은 쪽에 빠진 사람 같았다.

아빠가 너무 안쓰러웠지만 당장은 내가 할 수 있는 일이 없었다. 아빠가 나를 보지 못하게 해야 한다. 내가 여기 있다는 걸 아빠가 알면 간신히 유지하고 있는 냉정을 잃어버릴 것이다.

아빠가 우리한테 걸어오는 동안 나는 발작적으로 기침이 난 척하면서 몸을 돌렸다.

장군이 물러서서 아빠를 뒤로 밀어냈다.

"저분은 최근 병에 걸렸소. 이해 바라오. 이쪽은 툰데 오니. 내가 말한 엔지니어요. 툰데가 채굴기를 만들 거요. 그리고 이쪽은 다미안 퀸타닐라와 첸 장이오."

나는 계속 발작적으로 기침을 했고 사과의 손짓을 하며 다른 데로 피했다.

"대신 사과드릴게요." 툰데가 장군한테 말했다. "곧 괜찮아질 거예요."

"만나서 반갑습니다."

아빠가 고개를 숙이며 어설픈 영어로 말한 뒤 가방에서 서류들을 꺼냈다.

"장군님, 우린 이 마을에서 무슨 일이 일어나고 있는지 얘기를 나눠야 합니다. 저는 이 광산 개발에 관해 우려가 큽니다. 제가 대변하고 있는 사람들이 만족하지 않을 것 같습니다."

"허허." 장군이 으르렁거렸다. "그 얘기는 나중에 합시다."

아빠가 나를 보더니 내 얼굴을 확인하려 했지만 나는 기침을 계속하며 돌아섰다. 아빠가 나를 알아봤을까? 가발과 선글라스와 장신구로 위장했는데도?

결국 아빠는 아무 말도 하지 않고 물러섰다.

장군이 아빠를 잡아끌며 돌아섰고 둘은 사람들 사이로 사라졌다.

렉스가 곧바로 나한테 뛰어와 어깨를 감쌌다.

"괜찮아?"

나는 목청을 가다듬고 고개를 끄덕였다.

"난 괜찮아. 좀 지나면 괜찮아질 거야."

툰데네 집으로 돌아가는 동안 아빠가 했던 말이 머릿속에서 메아리쳤다. 아빠는 아키카 마을에서 하고 있는 일에 우려가 크다고 말했다. 아빠가 대변하고 있는 사람들이 이 상황을 좋아하지 않을 거라고 했다. 그렇다면 아빠는 왜 여기에 왔을까? 왜 계약을 논의하려고 직접 왔을까?

답은 간단했다.

아빠는 지금 일어나고 있는 상황을 바꾸고 싶어 한다.

죄책감을 느꼈거나 장군이 저지르고 있는 파괴의 심각성을 이제야 깨달았거나. 어느 쪽이건 결과는 마찬가지다. 아빠는 빠지고 싶어 한다. 권력과 성공을 얻으려고 손을 뻗긴 했지만 아빠는 착한 사람이다.

내가 이 거래에서 아빠를 구해야 한다.

갑자기 이야보 장군을 막는 일이 아키카 마을에 자유를 불러오고 툰데의 가족을 보호하는 것 이상의 의미가 되었다. 그건 내 가족을 구하는 일이기도 한 것이다.

14.1

그날 저녁, 우리는 다시 이야보 장군과의 식사 자리에 갔다.

아빠가 그 자리에 올 것이기 때문에 나는 아빠를 속일 변장을 해야 했다. 나이가 들어 보이게 분장할 수는 없었다. 그러면 장군은 뭔가 잘못되었다는 걸 알아차릴 것이다. 하지만 내겐 몇 가지 선택권이 있었다.

많은 아시아 국가들과 마찬가지로 중국에서는 세균과 오염에 관한 두려움이 높아졌다. 중국처럼 인구가 많은 나라에 살다 보면 그럴 수밖에 없다. 대기오염 방지 법규들이 거의 지켜지지 않고 상하이 근방에서는 수많은 사람들이 미세먼지 때문에 의료용 마스크를 쓰고 다니는 모습을 흔히 볼 수 있다. 이제 의료용 마스크는 거리 패션의 상징처럼 되어버렸다.

나는 오인대 할머니의 집에서 의료용 마스크를 발견했다.

마스크와 더 긴 가발, 더 큰 선글라스를 쓰면 도저히 나를 알아볼 수 없을 것이다. 손 외에 내 몸에서 보이는 부분은 목뿐이니까. 하지만 혹시 아빠가 딸의 목을 알아볼까 봐 목걸이 몇 개를 걸쳤다.

저녁을 먹으러 걸어갈 때, 툰데와 렉스는 여전히 내 건강을 걱정하면서 내가 무리하고 있지 않다는 걸 확인하고 싶어 했다.

"나를 믿어. 내가 아파서 우리 일이 미뤄지는 일은 없을 거야."

"음, 새로운 방문객이 우리 계획에 끼어들지만 않는다면야."

"안 그럴 거야. 장담해."

하지만 내 말은 내 의도보다 불길하게 들렸다.

지난번처럼 장군은 갖가지 음식이 넘쳐나는 거대한 테이블 상석에 앉았다. 그리고 지난번과 마찬가지로 폭식을 하며 음식을 하나하나 즐겼다.

나는 음식에 손도 안 대고 앉아서 조용히 지켜봤다.

아빠는 품위 있는 손님처럼 장군 옆에 앉아 있었고 음식을 조금씩 맛보며 즐기는 척했다. 하지만 나는 아빠가 자리에 앉는 순간부터 그 모습이 연기라는 걸 알아차렸다. 아빠와 나는 아는 사람만 알아보게 감정 상태를 드러내는 무의식적인 얼굴 표정이 있었다.

아빠는 눈에서 표가 난다. 아빠는 싫어하는 사람 앞에서 마음에 없는 미소를 짓거나 말을 나눠야 할 때면 눈을 가늘게 뜬다. 나는 아빠가 학교에서 수학 선생님을 만났을 때(아빠는 수학 선생님이 나한테 제대로 관심을 기울이지 않는다고 생각했다) 그런 표정을 봤다.

아빠는 식탁에 있고 싶지 않았고, 마음을 정리하는 데는 오랜 시간이 걸리지 않았다. 디저트가 차례로 나왔을 때, 아빠가 장군을 보며 말했다.

"전 전문적인 작업 과정을 보길 기대했습니다. 하지만 장군님, 여기서 일하는 사람들은 광부가 아닙니다. 장군님은 지금 농사짓는 마을 사람들을 데려다놓고 그들이 해본 적도 없고 할 줄도 모르는 일을 강제로 시키고 있습니다. 그건 사업에도 나쁠 뿐 아니라 그들 중 일부를 죽일 수도 있습니다."

장군은 마치 두꺼비라도 삼킨 듯한 표정이었다. 잠깐 동안 나는 장군이 격렬한 비난을 퍼부을 것에 대비했다. 하지만 장군은 눈을 감고 심호흡을 했다. 그리고 천천히 숨을 내쉰 뒤 아빠를 봤다.

"장 선생, 당신은 채굴 작업이 어떻게 운영되어야 하는지 나한테 알려주려고 여기 온 게 아니오. 제조 데이터를 전하러 온 거지. 장 선생이 혹시 양심의 가책을 느낀다면 난 그런 걱정이 쓸데없다고 납득시킬 자신이 있소."

"전 걱정이 됩니다. 그리고 우리가 얼마간의 변화에 동의하기 전까지는 또 다른 광산의 개발을 위한 거래를 협상할 수 없을 것 같군요."

"변화요?"

시중드는 사람이 커피를 내올 때 툰데가 나를 보며 속삭였다. "용감한 사람이네. 장군한테 저렇게 맞서는 사람은 첨 봤어. 장군이 아직 자리에 앉아 있는 게 놀라워." 나는 아빠가 자랑스러웠다.

하지만 유감스럽게도 아빠는 이미 감당하기 버거운 상황에 몰려 있었다.

"어떤 변화도 없을 거요." 장군이 최대한 권위를 내세우며 말했다. "장 선생, 이건 거래요. 당신은 거래를 받아들이거나 받아들이지 않으면 되오. 다시 한 번 짚어주자면 난 당신한테 믿을 수 없을 정도로 관대했소. 당신을 받아들이고 안전한 투자와 구식 공학 기술로 이루어진 당신의 작은 연못 밖에서 어떻게 사업을 할 것인지 보여줬소. 당신이 본 것들이 마음에 들지 않으면 제조 데이터를 나한테 넘기지 마시오. 다른 곳에서 구할 수 있으니까. 난 저녁을 먹은 뒤 출장을 갈 거요. 내일 오후에 돌아왔을 때 이런 얘기는 더 이상 듣지 않길 바라오."

"장군님…."

잠깐 망설이던 아빠는 자신이 갈림길에 서 있다는 걸 알았다. 한 방향은 아빠를 파괴에서 벗어나게 해주겠지만 사업을 잃고 아마 경제적으로 파산할 것이다. 다른 방향은 아빠가 피하고 싶은 비도덕적인 맹목에 더 가까이 데려가겠지만 아빠는 부자가 될 것이다. 가슴을 한껏 펴고 동료들, 상사들, 친구들, 그리고 가족에게 돌아갈 수 있다.

아빠는 잘못된 선택을 했다.

"알겠습니다. 일단 광산이 완전히 가동되면 이 사람들과 마을의 상황이 더 나아질 거라고 믿어보겠습니다. 새로운 기술에 관해 더 많이 들을 수 있길 기대하겠습니다."

아빠가 툰데, 렉스, 그리고 나를 돌아보며 고개를 끄덕였다.

아주 잠깐, 나는 아빠의 눈가에서 눈물을 본 것 같았다.

14.2

저녁을 먹은 뒤 툰데, 렉스와 나는 작업장으로 갔다.

"장군은 비열한 인간이야." 툰데가 말했다.

"괜찮아, 울프?" 렉스가 작업대 가장자리에 앉으며 물었다.

"괜찮아…." 나는 대충 둘러댔다. "그냥 바람 좀 쐬어야겠어."

툰데와 렉스가 고벽식 채굴기 제작의 첫 단계에 대한 계획을 세우기 시작했을 때, 나는 밖으로 나가서 울었다. 따뜻한 보슬비가 내렸는데, 장대비처럼 느껴졌다. 나는 눈을 감고 하늘을 올려다보며 빗물이 화장을 지우고 몸으로 흘러내리게 놔뒀다.

나는 아주 중요한 결정을 내려야 했다.

아빠는 며칠 동안 이 마을에 있을 것이다. 그렇게 오랫동안 아빠의 눈을 피할 수는 없다. 아빠가 분명 알아차릴 것이다.

그리고 내 친구들.

친구들한테 영원히 비밀로 할 수는 없다.

하지만 친구들한테 말하면 내 정체가 공개될 것이다. 나는 3년 동안 페인티드 울프로 살았고, 그동안 카이라는 정체성과 페인티드 울프라는 정체성 사이의 경계를 무너뜨린 적은 없었다. 아무도 내 비밀을 알지 못했다. 그 경계를 유지하는 건 힘이 들었다. 주의 깊은 계획이 필요했고 사회생활을 한 달에 한두 번 만나는 몇몇 친구들로만 제한해야 했다.

페인티드 울프의 로고

나는 나만의 방을 만들었고 그럴 가치가 있다고 믿었다. 페인티드 울프는 부패한 사업가들이 밤잠을 이루지 못하게 했다. 나는 유령이었다. 하지만 수천 킬로미터 떨어진 툰데의 마을에서는 그 무엇도 중요해 보이지 않았다. 여기서 내가 누구인지 숨기는 건 바보 같은 짓이다.

내가 페인티드 울프를 받아들였지만 울프가 내 정체성이 되었다. 아빠의 등장은 계획을 크게 비틀어놓았다. 내 지난 시간을 버릴 수는 없다. 지금 상황에 맞추어야 한다.

빗속에 서 있는 동안 나는 페인티드 울프를 받아들이는 것이 카이를 지운다는 의미가 아니란 걸 깨달았다. 한 사람에게서 다른 사람에게로 진화하는 것이다. 카이는 나와 함께할 것이다. 내 부모님은 나와 함께할 것이다. 내 친구들도 그럴 것이다.

나는 흠뻑 젖은 채 작업실로 돌아갔다.

툰데가 나를 올려다봤다.

"울프, 제정신이야? 수건으로 닦아!"

"너희들이 알아야 할 게 있어."

"수건 먼저 갖다 주면 안 될까?" 렉스가 물었다.

"아니, 난 괜찮아."

"아까 기침을 했잖아…."

"일부러 그런 거야."

"여기 온 중국인 때문에?"

"응."

"그 사람이 누군지 아는구나? 그렇지?"

나는 고개를 끄덕였다.

"그 사람은 우리 아빠야."

툰데가 헉하고 숨을 내쉬었다. 렉스는 이 말이 무슨 뜻인지 헤아리려 애쓰면서 몇 초 동안 멍하니 나를 쳐다봤다.

"그 사람은 데이웨이 장이야. 난 카이 장이고."

침묵이 흐른 뒤 렉스가 말했다.

"만나서 반가워, 카이."

우리는 악수를 한 뒤 웃음을 터트렸다.

"네가 사실을 말해줘서 정말 영광이야." 툰데가 말했다. "아빠도 알고 계시니? 네가…."

"아빠는 몰라. 중국의 가족과 친구들 중 누구도 내가 페인티드 울프란 걸 몰라. 너희 둘이 처음이야. 내가 사실을 말해준 사람은."

툰데가 몸을 숙여 나를 껴안았다.

내 옷이 차가워서 툰데의 온기가 기분 좋게 느껴졌다.

"자, 그럼 이제 우린 뭘 하지?" 렉스가 물었다.

"아빠가 위험해. 아빠는 오래전부터 위험에 빠져 있었지만 이제 감당할 수 없는 상황에 처했어. 아빠는 좋은 사람이야. 내 안전을 위해서라면 뭐든 하실 거야. 우린 아빠가 이곳에 있는 동안 안전할 수 있는 방법을 찾아야 해. 우리가 장군을 무너뜨렸을 때 아빠가 자존심을 다치지 않고 이 일에서 벗어나게 해주고 싶어. 아빠는 이번 경험에서 많은 걸 배우겠지만 난 이 일로 아빠가 망가지는 건 원치 않아. 무슨 말인지 알지?"

렉스와 툰데가 고개를 끄덕였다.

"판돈이 올라갔어. 오늘 저녁 전까지 난 툰데 널 위해 이 일을 하려고 했어. 하지만 지금은 우리 둘 다 잃을 것밖에 없어."

그때 마을 위로 날아오는 또 다른 헬리콥터의 요란한 프로펠러 소리가 우리를 놀라게 했다.

또 다른 방문자가 온 것 같았다. 나는 내가 더 이상 감당할 수 있을지 자신이 없었다. 이미 한 번 마음이 무너져 내렸으니까.

"키란이야." 렉스가 말했다. "키란이 왔어."

"그걸 어떻게 알아?" 툰데가 물었다.

"키란 말고 누가 있겠어?"

15. 렉스

헬리콥터가 사방에 회오리바람을 일으키며 마을 한가운데에 착륙했다.

창문을 까맣게 선팅 해서 안에 누가 있는지 보이지 않았다.

밤이 꽤 깊었는데도 아키카 마을 사람들 대부분이 구경하러 나왔다. 이 사람들은 지난 몇 달 동안 이런 일을 너무 많이 겪어서 또 다른 낯선 사람이 오는 걸 봐도 놀랍지 않은 것 같았다.

키란이 이디스와 함께 헬리콥터 밖으로 걸어 나왔다.

키란은 내가 예상한 딱 그대로였다. 멋쟁이 청바지, 까만색 티셔츠, 스니커즈, 그리고 선글라스. 단정하지 않은 머리와 눈 밑의 다크서클로 보아 이곳까지 오느라 오랜 시간 비행한 게 틀림없었다.

이디스도 지니어스 게임에서 봤던 대로였다. 사무적이고 재미라곤 눈곱만큼도 없는 사람.

마을 사람들은 아무 반응도 없었다.

"여러분!"

키란의 목소리는 지나치게 흥분한 기색이었다. 미소가 어찌나 밝은지 툰데의 태양광발전 타워를 10년은 가동시킬 수 있을 것 같았다.

키란이 우리한테 달려와 악수하려고 손을 내밀었다. 하지만 툰데도, 카이도, 나도 꿈쩍하지 않았다.

툰데의 얼굴이 찡그린 채 굳어졌다.

"어떻게 감히…."

"이해합니다… 이해해요…."

키란이 그렇게 말하고는 카이를 쳐다봤다.

"다시 만나서 반갑습니다."

"나도 같은 말을 할 수 있으면 좋겠군요." 카이가 쌀쌀맞게 말했다.

"좋아요." 키란이 말했다. "당신은 아직 몸이 좀 안 좋은 것 같군요. 얼마간 푹 쉬어야 합니다. 하룻밤 푹 자고 녹차를 많이 마시는 것보다 더 나은 치료법은 없더군요."

나는 이 사람이 키란이란 게 믿기지 않았다. 그는 바로 지난주에 경찰이 우리를 공격하게 만들지 않았던가? 그의 계획에 동조하지 않는다는 이유로 우리를 감옥에 보내겠다고 협박하지 않았던가? 그런데 지금 그는 우리가 절친한 친구인 것처럼 굴고 있었다.

진실은 둘 중 하나다. 또 다른 속임수이거나, 키란이 제정신이 아니거나.

후자라면 좋겠지만 전자가 확실해.

"여긴 왜 온 거죠?" 툰데가 격분해서 물었다.

"당신들이 여기에 있으니까요." 키란이 대답했다.

"당신은 불청객이에요."

"그렇게 말하는 게 당연해요. 이해해요. 상황이… 불쾌하게 끝났으니까요. 난 그저 잠깐 만나 여러분한테 제안을 하려고 들렀어요."

툰데가 고개를 저었다.

"당신은 우리 마을을 파괴했어요. 우리 마을 사람들을…."

"그건 아니에요." 키란이 쏘아붙였다. "그건 장군의 결정이었죠."

"당신이 돈을 댔잖아요!"

키란이 조종사를 돌아보며 엄지손가락을 들어 올렸다.

그러자 조종사가 엔진을 껐다.

"틀렸어요, 툰데. 당신은 나를 독재자나 저속한 스파이 소설의 사악한 배후 조종자와 혼동하고 있어요. 아키카 마을은 변화의 한가운데에 있습니다. 그리고 때때로 변화의 과정은 추해 보입니다. 불편하고 심지어 대단히 파괴적입니다. 하지만 우린 번데기를 문제 삼지 않아요. 나비가 될 걸 아니까요. 이 마을도 마찬가지입니다."

나는 터져 나오는 웃음을 참을 수가 없었다.

키란의 진부한 시적 표현을 듣는 게 너무 역겨웠다.

키란이 나한테 주의를 돌리더니 눈을 가늘게 뜨고 턱에 힘을 줬다. 키란의 표정이 갑자기 진지해졌다.

"나와 함께 갔으면 좋겠네요, 렉스."

예상치 못한 말이었다. 어처구니가 없었다.

"제정신이 아니군요."

프로펠러 돌아가는 소리가 멈추자 사방이 정적에 휩싸였다.

"난 진지해요. 우린 이제 막 시작이입니다, 그렇죠? 당신은 지니어스 게임에서 자신을 증명해 보였어요. 워크어바웃으로 우리 모두보다 몇 수 위라는 걸 보여줬어요. 당신이 지구상에서 가장 보안이 철저한 도시들 중 하나를 빠져나갔다는 게 가장 인상 깊었죠. 그리고 당신은 여기에 있습니다. 난 당신의 그 두뇌가 필요해요, 렉스."

"뭘 위해서요?"

"난 그걸 워크어바웃 2.0이라고 불러요. 독창적이죠? 차세대 프로그램. 난 당신이 개발한 프로그램을 다음 단계로 발전시켜주길 원해요."

"난 이미 테오 형을 찾았어요. 내 프로그램은 완성됐어요."

"정말로요? 내 생각은 다른데요. 당신은 이제 막 시작했을 뿐이에요. 당신 눈에서 그걸 알 수 있죠."

"안 돼." 툰데가 우리를 보며 단호하게 말했다. "이 사람이 하는 어떤 말도 진지하게 생각해선 안 돼."

"당신은 더 나은 세상을 원해요." 키란이 말을 이었다.

"라마 말인가요? 당신의 2세대 인터넷?"

"라마는 새로운 인터넷 이상이죠. 지금 인터넷은 흩어진 조각들의 덩어리예요. 수십억 개의 조각들이 우리 전화기와 컴퓨터에 온통 흩어져 있죠. 라마는 로컬 복사본을 만듭니다. 모든 사람이 자신의 기기에 복사본을 가질 거예요. 그리고 자신의 복사본, 자신의 세계를 탐색할 겁니다. 이게 훨씬 더 안전해요. 훨씬 더 연결성이 높고."

"통제하기도 더 쉽죠."

키란이 고개를 저었다.

"피해망상이 심하네요. 난 당신한테 미래를 위해 일할 기회를 제안하고 있는 겁니다. 하지만 좀 더 현실적인 조건을 원한다면 이런 식으로 생각해보세요. 나와 함께하면 툰데가 평화롭게 사는데 도움이 될 겁니다. 당신은 페인티드 울프가 평생 동안 불안해하며 살길 원치 않죠? 그리고 당신 형이 고립 상태에서 벗어날 방법을 찾고 싶죠? 이번에는 영원히?"

키란이 우리 사이에 운명의 갈림길을 던졌다.

"정확히 내가 뭘 하길 원하는 거죠?"

"워크어바웃에 암호화된 코드들이 있더군요. 난 그중 대부분을 해독했지만 세 줄을 아직 풀지 못했어요. 당신이 그걸 풀고 라마 시스템에 적절히 통합되도록 해주면 좋겠어요."

이 사람을 잊어버리자. 난 준비가 되었다.

"우린 계획이 있습니다. 우린 툰데의 마을 사람들을 당신이 몰아넣은 재난에서 구할 겁니다. 내가 떠나면 우리가 계획했던 모든 게 혼란에 빠질 거예요. 장군은 이미 당신을 믿지 않아요."

"아무도 나를 믿지 않습니다." 키란이 되받았다. "하지만 당신은 이 모든 일을 필요 이상으로 복잡하게 만들고 있어요. 난 장군한테 당신이 내 팀에 합류한다고 말할 겁니다. 여기 있는 당신 친구들은 내가 당신들이 하려는 일에 참견 못 하게 하려고 당신이 나와 함께 갔다고 말하면 됩니다."

"설득력이 없네요."

"당신은 뉴욕을 뒤집어놨어요. 이 일도 성공시킬 수 있어요. 구미가 당기도록 난 당신이 거절할 수 없는 제안을 할 겁니다. 이건 어때요?"

우리 중 누구도 입을 열지 않았다.

"이봐요." 키란이 다시 말했다. "당신들은 모두 너무 빡빡해요. 내 제안은 단순합니다. 렉스가 인도에서 나와 함께 일하면 내가 당신들의 오명을 벗겨드리겠습니다."

16. 툰데

나는 화가 나서 속이 부글부글 끓어올랐다.

"그건 불가능해요…."

"난 이미 시작한 일을 막을 순 없지만 없애버릴 순 있어요."

키란이 렉스를 보며 말을 이어갔다.

"당신은 이미 도망갈 길을 만들어놨어요. 워크어바웃 말입니다. 난 그 프로그램을 콜카타에 있는 내 기기에 올려놨어요. 당신들은 보스턴의 양자컴퓨터가 대단하다고 생각하죠? 당신들은 무엇이 우리를 기다리고 있는지 몰라요. 난 당신, 툰데, 페인티 드 울프, 그리고 여기에 오기 위해 당신이 만든 인물들을 지구상의 모든 데이터베이스에서 지워버릴 겁니다. 당신들을 유령으로 만들 거예요. 당신들은 발각되거나 추적당할 두려움 없이 어디든 갈 수 있고 뭐든 할 수 있어요. 물론 영원하진 않아요. 당신들은 처음부터 다시 시작해야 하고 새로운 데이터 흔적을 남길 거예요. 하지만 당분간은… 당신들 모두 자유로워질 겁니다."

"우리 부모님도요?"

"그분들께도 똑같이 해드릴 수 있습니다."

나는 심장이 터질 것 같았다!

키란의 말이 믿기지 않았다. 이 어처구니없는 사람은 대체 뭐지?

하지만 렉스는 지금 위기의 시간을 겪고 있다. 우리 주위에는 그가 끌 수 없는 불뿐이다. 그의 부모님은 낯선 곳으로 추방당했고 형은 아직도 행방불명이다. 그는 살아 있는 사람이라기보다 일련의 숫자에 더 가까운 존재다. 키란의 말에 귀 기울인다고 해서 렉스를 탓할 생각은 없었다.

키란은 거짓말의 대가니까.

"잠깐 당신들끼리 얘기하시죠. 난 장군을 만날 겁니다. 아침에 떠날 거예요. 당신이 나와 함께 갔으면 합니다."

렉스가 고개를 끄덕였고, 키란은 돌아서서 이디스와 함께 우리 마을로 걸어갔다.

울프가 눈을 크게 뜨고 렉스를 바라봤다. 렉스는 몹시 곤혹스러워 보였다.

"키란과 함께 가는 걸 진지하게 검토하고 있는 건 아니지?"

"아니야." 렉스가 대답했다. "당연히 아니야. 하지만 키란은 그 일들을 할 수 있어…."

"못 해. 그냥 너를 속이려는 거야."

"하지만 그게 아니라면…."

"무슨 말을 하는 거야?" 내가 끼어들었다. "우린 네가 필요해. 할 일이 엄청나게 많은데 며칠밖에 시간이 없어. 키란과의 시시한 모험은 상상할 수 있는 최악의 생각이야! 네가 키란과 함께 가면 그는 기회만 생기면 바로 널 당국에 넘겨버릴 수도 있어. 아니면 평생 동안 우중충한 지하실의 컴퓨터에 쇠사슬로 묶어놓거나."

"키란이 진짜 제안을 할 게 아니라면 뭐 하러 직접 여기까지 왔겠어?"

"그래서 속임수가 아니라면?"

"키란이 정말로 그런 기술을 보유하고 있다면? 그럼 우린 그 기술을 이용해야 해. 키란과 함께 가고 싶다는 말이 아니야. 난 가고 싶지 않아. 하지만 우리가 장군과 하고 있는 일을 생각해 봐. 우리도 키란처럼 약아야 해. 키란은 우리가 자기 제안을 꺼려

할 거라고 생각해. 내가 꺼지라고 할 거라 예상하겠지. 그런데 내가 그렇게 하지 않으면 어떻게 될까?"

"도대체 무슨 말을 하려는 거야? 뭔가 묘안이 있는 것 같은데."

렉스가 히죽 웃었다.

"난 키란과 함께 갈 거야. 그럼 그가 하는 작업을 파악할 수 있어. 여기선 그 작업의 한쪽 면만 볼 수 있어. 장군 쪽만. 그리고 난 키란이 장군이 생각하는 그런 파트너는 아니라고 생각해. 키란은 키란이고 어떤 역할이든 연기해. 아마 난 여기서보다 그곳에서 우리한테 도움 될 일을 더 많이 할 수 있을 거야."

"인도에서 어떻게 돕겠다는 거야?" 울프가 물었다.

"아직 모르겠어. 하지만 그곳에 또 다른 양자컴퓨터와 더 발달된 기술이 있다면 난 그걸로 모든 것에 접근할 수 있어. 키란은 고양이한테 생선 가게를 맡기게 되는 셈이지."

"키란이 그걸 모르겠어? 당연히 예상하고 있겠지."

"이건 체스 게임이야, 카이."

렉스의 입에서 그 이름이 나왔을 때 정말 낯설게 느껴졌다. 처음엔 렉스가 누구를 말하는지 몰랐다. 하지만 누군지 깨닫자 굉장히 멋있게 들렸다.

"서로 속고 속이지." 렉스가 말을 이었다. "이기는 유일한 방법은 얼마간 물러서는 거야. 키란이 선제공격을 했어. 그가 문

을 열었지. 키란이 진짜
로 원하는 건 내가 그걸
이용하는 거야."

　"그건 위험한 방법이야." 카이가 말렸다.

　"나도 떠나고 싶지 않아. 하지만 이런 기
회가 다시는 오지 않을 것 같은 생각이 들어.
난 너희 둘이 장군을 끌어내릴 수 있다고 믿어. 하
지만 장군이 사라진다 해도 키란이 그 자리에 나타나 우리를 시
험대에 올릴 거야. 네 아빠가 여기에 오게 된 건 키란 때문이야,
카이. 이 상황을 끝내려면 키란으로 끝내야 해."

17. 카이

"당신과 함께 가겠습니다."

이 간단한 세 마디가 모든 걸 바꿔놓았다.

우리는 헬리콥터 옆의 벌판에 서 있었다. 키란은 초조한 기색이었다. 얼른 자기 실험실로 돌아가고 싶은 마음이 간절해 보였다. 분명 장군 곁에 있고 싶어 하지 않는 눈치였다.

"무슨 말을 하는 거야?" 툰데가 소리쳤다.

툰데는 렉스가 키란의 제안을 받아들인 것에 충격 받은 척하는 연기를 열심히 했다. 우리는 이미 렉스가 키란과 함께 가는 것에 놀라는 척하기로 짰다. 그럴싸한 전략이었다. 렉스의 계획이 성공하기 위한 열쇠는 키란이 자기가 렉스한테 상당한 영향력을 발휘한다고 생각하게 만드는 것이었다. 그런 렉스를 우리가 붙잡는 것처럼 보일 필요가 있었다.

툰데가 렉스를 붙잡고 돌려세웠다.

"가면 안 돼."

"부탁이야." 렉스가 말했다. "나를 믿어줘, 툰데."

"렉스, 짐을 싸야 할 게 있나요?" 키란이 물었다.

"아니요. 난 떠날 준비가 됐어요. 다만 한 가지 조건이 있어요."

"당연히 그렇겠죠…."

키란은 이미 예상하고 있었다.

"이야보 장군을 툰데의 마을에서 쫓아내주세요. 광산에서 하고 있는 작업을 중단시키고 구덩이를 메우고 군인들을 내보내주세요. 그래야 내가 마음 편히 갈 수 있어요."

키란이 코웃음을 쳤다.

"난 장군한테 아무런 지배력이 없어요. 장군은 자기 마음대로 하는 사람이죠."

"당신이 장군한테 자금을 댔잖아요." 내가 끼어들었다. "당신은 장군을 돕고 있어요."

"난 그런 짓 안 해요." 키란이 몹시 모욕감을 느낀 척하며 대꾸했다.

혹은 정말로 모욕감을 느꼈을지도 모른다. 분간하기 어려웠다. 키란은 연기로는 아카데미상 급이니까.

"난 군 지도자한테 자금을 대는 일을 하지 않아요. 페인티드 울프, 당신은 그걸 알아야 해요. 이야보 장군과 내가 일종의 파트너라는 건 인정해요. 하지만 사실 장군이 당신 친구를 위협하기 전까지는 당신도 이 멀리 떨어진 나라에서 무슨 짓을 하고 있는지 신경 쓰지 않았잖아요. 장군은 20년 동안이나 이렇게 해왔는데 말이죠! 장군이 짓밟은 그 많은 피해자들을 생각해보세요."

나는 물러서지 않고 키란을 노려봤다.

키란은 꿈쩍하지 않았다.

"렉스, 난 당신이 내건 조건을 만족시킬 수 없습니다. 하지만 이건 말씀드리죠. 이야보 장군을 막을 최고의 팀이 바로 여기에 있습니다. 툰데와 페인티드 울프는 나만큼이나 쉽게 그걸 해낼 겁니다."

"말도 안 되는 소리 하지 마세요."

"이건 툰데와 페인티드 울프가 해야 하는 싸움입니다. 두 사람한테 맡기세요. 당신과 난 헬리콥터에 타야 합니다. 내가 당신들 모두의 누명을 벗겨드리겠습니다. 당신 부모님도 데려오겠습니다. 이런 제안은 두 번 다시는 없을 겁니다. 당신 친구들을 믿으세요, 렉스. 당신 친구들은 당신이 생각하는 것보다 훨씬 강하니까요."

키란이 합의를 확정 짓는 악수를 하려고 렉스한테 손을 내밀었다.

렉스는 망설였다. 나를 흘깃 보는 렉스의 눈빛에서 긴장이 느껴졌다. 우리는 한 팀으로서 이 결정을 했고, 한 팀으로 끝까지 이 일을 해낼 것이다. 하지만… 이 일은 우리 예상보다 훨씬 어려울 것이다.

나는 눈에 띄지 않게 아주 살짝 고개를 끄덕였고, 렉스는 슬픈 미소를 지은 뒤 키란한테 돌아서서 악수를 했다.

"언제 떠나죠?" 렉스가 물었다.

"지금요." 키란이 대답했다.

몇 분 뒤 렉스와 나는 서로를 끌어안았다. 나는 렉스를 꼭 껴안고 머리를 렉스의 어깨에 갖다 댔다. 태양광발전 타워에서 잠들 때 머리를 기댔던 바로 그 자리에.

"꼭 돌아와, 렉스."

"눈 깜빡할 사이에 돌아올 거야."

나는 렉스를 놓아준 뒤 렉스가 키란과 함께 헬리콥터로 걸어가는 모습을 지켜봤다. 프로펠러가 다시 돌기 시작했고, 두 사람은 헬리콥터 안으로 사라졌다.

창문에 까맣게 선팅이 돼서 얼굴이 안 보였지만 렉스가 나를 보고 있는 게 느껴졌다.

헬리콥터가 하늘로 떠올라 사라질 때까지 나는 렉스가 있다고 생각되는 자리에서 눈을 떼지 않았다.

18. 렉스

여행이 주는 설렘이 얼마나 빨리 사라져버리는지 정말 놀라
웠다. 2주 전만 해도 나는 여행 초보자였다. 뭐든 얼빠진 듯이 쳐
다봤고, 내 눈에 보이는 모든 게 경이롭기만 했다.

하지만 라고스까지 헬리콥터를 타고 날아가면서 나는 한순
간도 즐기지 못했다. 카이와 툰데 곁으로 돌아가고 싶은 마음만
간절했기 때문이다.

그리고 엄마, 아빠에 대한 걱정으로 속이 타서 경치를 감상할
여유가 없었다.

뱃속이 요동쳤지만 나는 화를 누르고 집중하려 애썼다. 내가
얼마나 떠나 있어야 하는지 감이 오지 않았다.

며칠이면 될까? 아니면 몇 주? 아니면 몇 달?

그건 아무래도 상관없다. 중요한 건 내가 돌아갈 것이고, 카
이와 툰데를 다시 만나는 날 모든 일이 해결되어 있으리라는 것
이다.

나는 그들을 위해 일하고 있다. 그리고 내 가족을 위해.

"그들은 이미 움직이고 있습니다."

키란이 읽고 있던 프랑스 기술 잡지를 내려놨다. 펼쳐진 페이지에는 '기능 학습과 딥 아키텍처'라는 제목이 붙어 있었다. 컴퓨터와 관련된 내용이었다.

"누구 말인가요?"

"장군과 그 부하들요. 그들은 탄탈럼을 찾으려고 툰데의 마을을 온통 헤집어놓을 겁니다. 순전히 돈 때문이죠. 다른 마을들에서도 땅을 파헤치고 쑥대밭으로 만들어놨어요. 난 그들에게 방향을 바꿔 마을 북쪽으로 가서 훨씬 더 가치 있는 뭔가를 찾으라고 설득했죠."

"당신들은 그 광물로 뭘 하는 건가요?"

"당신에겐 말해줄 수 없습니다."

"비밀이라서?"

키란이 고개를 저었다.

"아니요. 내가 당신을 믿지 않기 때문이죠."

웃음이 나왔다. 참을 수가 없었다.

"재밌네요. 당신의 비밀 실험실에서 일하라고 나를 지구 반대편으로 데려가면서 나를 믿지 않는다니."

"아직은 안 믿어요. 당신은 준비가 안 됐어요. 준비가 되면 당신이 먼저 알 겁니다. 내가 말해줄 필요도 없을 거예요. 당신이 직접 진실을 알게 될 겁니다."

키란이 내는 수수께끼가 아무리 흥미로워도 나는 동참할 기분이 아니었다.

"그럼 당신이 아키카 마을을 구한다는 건가요?"

"아직은 아닙니다."

우리 아래로 낯선 풍경이 펼쳐졌다. 농지가 한없이 이어지고 길들이 그 사이를 구불구불 가로질렀다. 멀리 어슴푸레 빛나는 도시의 불빛도 보였다.

"그런데 말예요." 나는 밖을 내다보며 말했다. "당신은 나이지리아에 들이닥친 이유가 툰데의 마을 같은 곳들을 구하기 위해서라고 나를 설득하려 하는군요. 당신이 디지털 시대의 로빈 후드라고 말이죠. 지금 그 말을 믿는다 해도 이틀만 지나면 그 반대라는 걸 알게 될 텐데요. 이게 오랫동안 진행되어온 계획이고, 당신이 광물을 노리고 나이지리아를 침입해놓고 군 지도자들한테 책임을 돌리는 사람이란 걸요."

"실망시켜 미안하지만 난 여기서 악당이 아니에요."

"그럼 누가 악당이죠?"

키란이 미소를 지었다.

"렉스, 때론 악당이 없는 경우도 있어요."

18.1

카이는 키란한테 전용기가 있다고 했다. 나는 그 말을 믿었지만 전용기가 뭘 의미하는지는 이해하지 못했던 것 같다.

나는 영화나 텔레비전에서 본 기업 임원들의 비행기 같은 걸 상상했다. 가죽 시트를 입힌 좌석들이 줄지어 놓여 있고 통로가

넓은 그런 비행기 말이다. 비행 중에도 사람들이 일어서서 사업 얘기를 하는 곳.

그런데 이 비행기는 날아다니는 대저택이었다.

안락의자가 몇 개 놓여 있었고 뒤쪽에는 소파와 침대도 있었다. 중앙에는 식탁까지 놓여 있었다. 너무도 호사스럽고 우스꽝스러웠다.

내 반응을 보고 키란도 당황한 것 같았다. 그가 보여주려고 애쓰는 모든 것과 반대니까.

"당신도 팝 스타인가요?"

"난 이 비행기를 사우디아라비아 왕자한테 중고로 샀어요. 이 쓸데없는 것들을 치울 시간이 없었죠. 다 치우고 나면 미니멀리즘 스타일이 될 거예요. 신뢰하는 사람들을 위한 일종의 이동 사무실이 될 겁니다."

"아, 당신의 유명한 두뇌 위원회 말이죠?"

키란이 가죽 안락의자에 앉았지만 나는 계속 서 있었다.

"난 여기 왔어요. 이제 당신이 한 약속을 지키시죠."

"아, 물론입니다."

키란이 손짓하자 이디스가 서류가방을 들고 왔다. 범죄자들이 자기 손목에 수갑으로 연결해 들고 다닐 것 같은 가방이었다.

키란이 가방을 열었다. 그 안에는 컴퓨터가 들어 있었다.

"난 워크어바웃을 약간 수정했어요. 깔끔하게 손봤죠. 몇몇 거친 부분들은 다듬고요. 하지만 이 말은 해야겠군요. 난 몇 가지 버그는 남겨뒀어요. 너무나 독창적이어서요. 꼭 추상예술 같더군요. 일을 하는 가장 기능적인 방법이라고 할 순 없지만 너무 재

있었어요."

키란이 패스워드 몇 개를 입력한 뒤 망막 스캔을 했다.

내가 그 기계에 들어갈 수 없다는 걸 알려주려는 것이다.

어디 두고 보자구.

"어떻게 하려는 거죠? 이건 아무리 당신이라도 너무 공상과학소설에 나오는 얘기 같은데요. 당신이 발견할 수 있는 모든 데이터 '부스러기'를 삭제할 수 있다 해도 그건 웹에 기초한 데이터베이스에서만 가능해요. 오프라인에 있는 자료는 손을 못 댈 텐데요."

그때 기장이 비행기 문을 닫고 조종석에 앉아 출발 준비를 시작했다.

키란이 모니터에서 눈을 떼지 않은 채 대답했다.

"당신도 암호화를 잊어버리고 있군요."

맞다. 사실, 로지에 관한 데이터(CCTV 얼굴 인식 프로그램에 잡힌 얼굴, 정부의 감시 대상 목록, 보안 사이트 로그인 내역 등등)를 가진 데이터베이스들은 모두 암호화되어 있을 것이다. 워크어바웃에는 그 문제에 대한 우회적인 해결책이 있지만 데이터를 보기만 할 뿐 지우지는 않는다.

"세계의 보안 사이트들 대부분에는 에어 갭*이 있어요." 키란이 말했다. "인터넷과 보안 시스템 사이에 말 그대로 틈이 있죠. 맞아요. 그래서 불가능한 작업처럼 보이죠."

---

*Air Gap. 컴퓨터 네트워크를 보안이 완벽하지 않은 공용 인터넷이나 로컬 네트워크로부터 물리적으로 격리하기 위해 사용되는 네트워크 보안 조치.

사전 점검을 끝낸 기장이 안내 방송을 했다.

"신사 숙녀 여러분, 안전벨트를 착용해주십시오. 우리 비행기는 곧 이륙할 예정입니다."

키란이 나를 놀리고 있다면, 이것이 또 다른 속임수라면 내가 이 비행기를 박차고 나갈 수 있는 시간이 몇 분밖에 남지 않았다.

"작업에 성공했는지 알려주세요."

"자리에 앉아요, 렉스. 다치겠어요."

"속임수가 아니라고 말해요."

키란이 가방에서 눈을 떼고 나를 올려다봤다.

"자, 앉아요."

비행기가 앞으로 움직였고 나는 키란 바로 맞은편 의자에 앉았다.

"맞아요. 이건 속임수예요. 하지만 당신을 속이는 건 아니에요. 난 내가 하겠다고 말했던 바로 그 일을 하고 있어요. 당신, 툰데, 울프를 세계의 모든 데이터베이스에서 지우고 있죠. 함정은, 그게 불가능하다는 겁니다. 난 사실 워크어바웃으로 보안 서버들에 저장된 데이터를 지울 순 없어요."

나는 벌떡 일어섰다.

"비행기 세우세요."

"너무 흥분했군요. 이 비행기는 서지 않을 겁니다. 당신은 여기서 내리지 않을 거고요. 자, 이제 앉아서 들어보세요. 아마 맘에 들 겁니다."

비행기가 속도를 냈다. 밖의 나무들이 흐릿해졌다.

"시간 낭비 말고 어서 말해요."

키란이 가방을 젖히고 안을 보여줬다. 모니터에는 워크어바웃과 인터페이스가 비슷하지만 수정된 프로그램이 끝도 없이 나타나는 사이트들에서 쿠키와 양식, 심지어 울프의 사진까지 생성하는 것이 보였다.

"페인티드 울프는 죽었어요." 내가 자리에 앉자 키란이 말했다. "페인티드 울프 만세."

나는 무슨 일이 벌어지고 있는지 파악하려 애쓰면서 화면을 뚫어지게 쳐다봤다.

"간단해요." 키란이 설명했다. "이 지점에서 디지털 흔적을 정말로 지우는 유일한 방법은 새로운 흔적을 만드는 겁니다. 난 당신들의 데이터를 수정하고 새 이름과 신원을 준 뒤 법을 어긴 적 없는 새 이력을 웹에 올렸어요. 로지는 여전히 전 세계에서 수배 중이지만 당신은 더 이상 로지의 회원이 아니에요. 당신은 로지의 렉스 우에르타와 다른 렉스 우에르타예요. 툰데와 페인티드 울프도 마찬가지고. 증인 보호 프로그램과 비슷하다고 생각하면 됩니다."

키란이 가방을 제자리로 돌려 작업을 끝냈다.

"당신의 새로운 생일을 축하해야겠군요."

"그 프로그램이 진짜로 작동했다는 걸 보여주세요."

비행기가 이륙할 때 키란이 어깨를 으쓱했다.

"그게 바로 묘미죠. 당신이 콜카타에서 보안 시스템을 통과할 때까지는 이 프로그램이 작동했는지 알 수 없을 겁니다. 이제 편히 앉아요. 오래 비행해야 하니까."

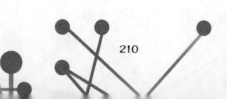

키란은 열네 시간의 대부분을 이디스와 얘기하거나 책을 읽
거나 코딩을 하며 보냈고 여덟 시간은 잠을 잤다.

하지만 나는 잠들지 못했다. 머릿속에서 난리가 났다.

너무 많은 생각이 오갔다.

그래서 불안할 때 내가 제일 잘하는 일을 했다. 바로 코딩.

키란이 나한테 잠금장치가 걸린 노트북을 줬다. 나는 세 시
간 동안 내가 아는 모든 우회적인 방법을 동원해 온라인 접속을
시도했지만 하나도 먹히지 않았다. 키란이 철저하게 보안을 걸어
둔 것이다. 나는 낙담했지만 확신을 갖고 코드를 쏟아냈다.

키란이 몇 번 내 어깨 너머로 흘깃거렸지만 작업을 방해하지
는 않았다. 손가락만 열심히 움직이다 보니 머릿속이 맑아졌고
무슨 코드를 써야 하는지 알게 되었다.

라마는 새로운 인터넷, 키란이 통제할 인터넷이다. 라마는 네
트워크에 연결된 모든 기계에 흩어져 있는 10억 개의 퍼즐 조각
들로 이루어진 광범위한 웹이 아니라 특정 기기마다 로컬 버전을
가질 것이다. 나는 라마에 몰래 들어갈 뒷문을 코딩해야 했다. 키
란의 관점이 뭔지 감이 안 왔지만 나는 몇 가지 가정을 하고 코드
를 썼다. 기기들에는 네트워크에 연결되는 데 필요한 특정 프로
토콜이 있다. 나는 여기서 출발해 그냥 코드를 쏟아냈다. 코딩을
하는 내내 웃음이 나왔다. 카이가 이 코드를 보면 좋을 텐데. 분
명 마음에 들어 할 텐데.

코딩을 끝내고 내가 쓴 것들을 훑어보니 뭔가 훌륭했다. 나

는 다시 끝까지 읽어보며 한 줄, 한 줄 최대한 암기한 뒤 노트북
에서 삭제했다.

키란이 나를 건너다봤다.

"새로운 걸작 탄생인가요?"

"아니요. 그냥 장난삼아 쓴 거예요. 스크루드라이버 있죠?"

"당연하죠."

키란이 손가락을 튕기자 승무원 한 명이 서둘러 다가왔다.

2분 뒤 내 앞에 공구함이 놓였다.

나는 키란이 지켜보는 가운데 노트북을 뒤집어 뒷면을 열고
하드디스크를 꺼낸 뒤 우리 사이에 있는 테이블에 놓고 망치로
박살냈다.

키란이 즐거워하며 박수를 쳤다.

비행기가 콜카타로 하강하기 시작했다.

"신사 숙녀 여러분, 안전벨트를 착용해주십시오. 우리 비행
기는 콜카타에 접근하기 시작했고 약 5분 뒤에 착륙할 예정입니
다."

비행기가 아래로 기울면서 구름 속을 빠져나갔다. 제멋대로
뻗어나간 돌과 금속의 도시가 내 앞에 활짝 펼쳐졌다.

키란이 창밖을 내다보더니 소용돌이치는 안개에 반쯤 가려진
3층짜리 건물을 가리켰다.

"저기에 내 첫 번째 서버 팜을 구축했어요. 2층에. 원래 박제
품 상점이었는데 문을 닫은 뒤 미완성 박제들이 그대로 남겨져
있었어요. 우린 코끼리, 뱀, 사자 머리 박제품들 사이에 서버들을
설치했어요. 내 파트너 중 몇 명은 자정 이후엔 거기 발을 들여놓

으려 하지 않았죠. 동물들의 영혼이 무서워서….”

“왜 치우지 않았죠? 비생산적일 것 같은데요.”

“사람들이 안전지대를 벗어났을 때 가장 일을 잘한다는 걸 발견했거든요.”

나는 늦은 밤 코딩을 하다가 문득 죽은 호랑이의 흐리멍덩한 눈을 쳐다보면 어떤 기분일지 상상해봤다.

키란은 직원들의 집중력을 유지시키는 법을 잘 알고 있었다.

그러자 겁이 났다.

키란이 나를 위해서는 뭘 준비해놨을까?

조만간 알게 되겠지.

비행기가 곧 활주로에 착륙했다. 나는 네타지 수바시 찬드라 보스 공항이 밝고 현대적인 건축물인 데 놀랐다. 주변의 허름한 도시와 달리 금속과 유리로 지어진 공항은 여기보다 미국 산타크루스에 더 어울려 보였다.

우리는 보안검색대를 순조롭게 통과했다. 키란의 작업이 효과가 있었던 게 분명했다. 내 이력이 다 사라진 것이다.

우리는 여행자들이 늘어선 줄을 천천히 지나 콜카타의 공기 속으로 발을 내디뎠다. 금세 얼굴에 땀이 비 오듯 흘렀고 옷이 몸에 들러붙었다.

공항 밖에는 검은색 테슬라 두 대가 우리를 기다리고 있었다.

나는 두뇌 위원회의 생물학자 토리가 첫 번째 차의 운전석에 앉아 있는 걸 알아차렸다.

토리가 나를 보더니 선글라스를 내리고 상어 같은 미소를 지었다.

키란이 뒤쪽 문을 열었다.

"타시죠."

"우린 거래를 했어요. 그 계약이 지켜졌는지 알아야겠어요."

"당신은 내가 그저 당신을 속이려고 이 멀리까지 데려왔다고 생각하나요?"

"확인해야겠어요. 우리 부모님, 툰데, 페인티드 울프."

키란이 휴대폰을 나한테 내밀었다.

나는 부모님부터 확인했다. 당연히 키란의 휴대폰에는 수많은 해킹 도구가 설치되어 있었다. 해킹 도구들의 폴더가 끝이 없었다. 나는 나한테 필요한 것을 찾아 미국과 멕시코의 여권 데이터베이스로 들어갔다. 부모님은 그 데이터베이스에 없었다. 이민자 명단과 비행 금지 명단도 살펴봤다. 부모님의 데이터는 지워져 있었다.

"확인했나요?" 키란이 말했다. "난 약속을 지킵니다."

나는 카이, 툰데, 그리고 우리의 또 다른 자아들을 찾아봤다. 어떤 기록에도 나타나지 않았다. 그 어느 곳에도. 정부 데이터베이스, 로지 웹사이트, 이메일 계정, 쇼핑 기록이 싹 다 지워졌다. 카이의 영상들도 남김없이 사라졌다. 툰데가 포럼에 올린 글들도 모두.

온라인에 한해서는 우리 중 누구도 아예 존재하지 않았던 사람 같았다.

나는 휴대폰을 키란한테 돌려줬다.

"당신은 유령이에요." 키란이 말했다.

나는 차에 올라탔다.

18.3

차가 상대적으로 덜 붐비는 공항을 떠나 거리를 가득 메운 거대한 인파 속으로 내달렸다. 콜카타에 사는 사람들이 죄다 밖으로 나온 것 같았다. 도로도 엄청나게 붐볐다. 콩나물시루 같은 버스(어떤 승객들은 말 그대로 버스 밖에 매달려 있었다)가 오토바이, 릭샤, 구식 피아트들을 헤치고 달렸다.

내가 다른 세상에서 온 사람처럼 느껴졌다.

"서구인들은 이곳에서 종종 압도당하는 느낌을 받죠." 키란이 말했다.

"왜 그런지 알겠어요."

"당신이 여기 와서 기쁩니다." 키란이 창밖의 인파를 내다보며 말했다. "이곳을 점점 더 좋아하게 될 거예요. 세계에서 가장 맛있는 음식들, 가장 친절한 사람들. 하지만 그건 바깥세상의 애

콜카타 거리

기고, 당신은 두뇌 위원회와 함께 내 실험실에 있을 겁니다. 동료들, 친구들 사이에."

"난 내 친구들을 떠나왔어요. 내 친구들은 나이지리아에서 당신이 싼 똥을 치우고 있죠."

키란이 실망했다는 표정으로 나를 쳐다봤다.

"내가 나 자신을 증명해 보이지 않았나요?"

"글쎄요, 잘 모르겠네요."

키란이 웃었다.

"당신은 까다로운 사람이에요. 난 그게 좋아요. 당신은 디지털 세상에서나 현실에서나 얼마나 많은 사람이 내 방문을 두드리고, 나를 위해 무보수로 일할 영광(그들의 표현입니다)을 허락해달라고 간청하는지 믿지 못할 겁니다. 그 사람들은 내가 하는 일에 참여하기 위해 어떤 일이라도 기꺼이 할 겁니다. 그런데 당신은 판을 뒤집었어요. 내가 당신한테 나를 도와달라고 간청하게 만들었죠."

"난 다루기 힘든 사람이에요."

"그 이상이죠. 내가 아무나 채용하려고 그 먼 나이지리아까지 날아가고, 당신이 던진 온갖 모욕과 무례한 시선을 감수했다고 생각해요? 말도 안 되죠."

"나를 치켜세워준다고 내가 당신을 좋아하게 되진 않을 거예요."

"알고 있어요. 지니어스 게임에서 알아차렸죠. 당신이 아주, 아주 분명하게 밝혔으니까요. 렉스, 우리 친구인 이야보 장군이 툰데를 필요로 하는 것과 마찬가지로 난 당신이 필요해요. 당신은 더 중요한 뭔가의 열쇠예요. 당신은 아직 깨닫지 못했지만."

"내 그럴 줄 알았어요. 언제 또 당신이 아리송하게 나올지 궁금했는데."

키란이 다시 웃었다.

"남은 여행을 즐기세요. 거의 다 왔어요."

키란이 의자에 몸을 묻고 눈을 감았다.

나는 창으로 눈을 돌렸지만 시끌벅적한 바깥 풍경에 집중할 수가 없었다. 아키카 마을에서 카이와 춤췄던 밤의 추억에 집중하려 애썼지만 키란이 했던 말이 자꾸 슬금슬금 기어 나와서 기분을 잡쳤다.

내가 열쇠라는 말은 무슨 뜻일까?

아마 그냥 나를 자기편으로 끌어들이기 위한 심리전 같은 거겠지.

나한테 키란의 실험실까지 간 길을 설명해달라고 한다면 콜카타 지도 전체에 표시를 해야 할 것이다. 정말이지 그곳에는 직선 도로가 아예 없는 것처럼 느껴졌다. 도로에 나온 황소를 피해 모퉁이를 돌면서는 보도의 상인들을 거의 칠 뻔했다.

마침내 차가 멈췄을 때, 키란이 낮은 건물들 사이에 자리 잡은 정육면체 모양의 콘크리트 건물을 가리켰다. 극도로 미니멀리즘적인 그 건물은 버려진 창고처럼 보였다.

차에서 내리자 키란이 강철로 된 앞문으로 걸어갔다.

문에는 손잡이 없이 생체 인식 잠금장치가 있었다.

"해보세요."

키란이 잠금장치의 감지기를 가리켰다.

열쇠

수수께끼

심리전

나는 감지기에 손을 갖다 댔다.

철컥 소리가 나더니 문이 천천히 활짝 열렸다.

안으로 들어가니 살균 처리된 새하얀 로비가 나타났다. 컴퓨터 작업을 돕는 대가로 알데히드를 받았던 산타크루스 산업생명공학센터와 비슷했다. 그리고 흰색 데스크에 젊은 여자가 앉아 있었다. 황갈색 얼굴, 짙은 담갈색 눈동자에 머리를 여러 가닥으로 땋아 내렸고 아랫입술에는 피어싱을 했다.

여자가 나를 쳐다봤다.

"난 올리비아예요. 당신을 기다리고 있었어요."

우리 뒤의 문이 불길한 탕 소리를 내며 굳게 닫혔다.

18.4

나는 지니어스 게임에서 첨단 기술을 봤다고 생각했다.

그런데 이곳은 미래에서 온 카탈로그 속으로 걸어 들어가는 것 같았다.

올리비아가 문을 열고 말도 안 되는 온갖 첨단 장비들로 채워진 커다란 방으로 나를 안내했다. 그중 일부는 NASA가 어떤 대가를 치르고서라도 구하고 싶어 할 장비들이었고 일부는 내가 구석에서 발견한 계란 모양의 데스크톱 컴퓨터처럼 실험적인 장비들이었다.

"이곳은 마이단*이라고 불러요." 올리비아가 말했다. "온드스캔의 다섯 번째 블랙박스 실험실이죠."

"독창적인 이름이네요. 블랙박스라… 특급 기밀 같은?"

올리비아가 고개를 끄덕였다.

"자, 새 동료들을 만나러 가요."

우리가 실험실을 가로질러 뒤쪽으로 가는 동안 키란은 다른 곳으로 갔다.

나는 올리비아를 따라 나선형 계단을 내려가 두 번째 실험실로 들어갔다. 첫 번째 실험실이 티끌 하나 없이 깔끔한 전시실 같다면 이 두 번째 실험실은 작업 공간처럼 보였다.

그리고 사람들이 있었다.

그중 몇 명은 전에 본 적이 있었다.

그들은 키란이 보스턴 컬렉티브에서 채용한 영재들, 즉 새로운 세계에 대한 키란의 비전에 빠진 사람들이었다.

올리비아가 나를 소개했다.

"여러분, 이분은 렉스 우에르타예요. 새로 온 분이죠."

모든 사람이 고개를 들어 나를 보고 가볍게 손을 흔들거나 입 모양으로 인사했다.

이곳이 인도에 있는 키란의 두뇌 위원회였다.

키란이 전 세계에 이런 실험실을 몇 개나 숨겨놓았는지 궁금했다. 올리비아는 이곳이 다섯 번째 블랙박스 실험실이라고 했다. 내가 왜 하필이면 이곳에 왔는지 알아내야 한다. 차이가 뭘까? 내가 지치고 화가 나면서도 키란의 초대를 받아들인 건 우리가 우위를 차지해야 하기 때문이다.

---

*Maidan. 페르시아어로 '광장'이라는 뜻.

툰데와 카이는 지금 이야보 장군과 한창 신경전을 벌이고 있을 것이다. 나도 최대한 집중해야 한다. 키란과 함께하는 매 순간이 그의 작전을 알아내고 그의 완벽해 보이는 갑옷에서 틈을 발견할 기회다. 운이 좋다면 이 사람들 중 한 명이 나한테 통찰력을 줄 수 있을 것이다.

올리비아가 선명한 보라색 머리의 여자를 가리켰다.

"필라, 이분은 렉스예요."

필라가 밝은 핑크색 껌을 소리 내어 씹으며 나를 올려다보더니 다시 컴퓨터로 고개를 돌렸다. 나는 필라가 GPS 매핑 프로그램용 코드를 쓰고 있다는 걸 알아차렸다. 코드가 나타내는 위치는 전부 남아메리카에 있었다.

나는 머릿속에 입력해뒀다.

남아메리카에서 키란이 하는 일을 확인할 것.

다음 차례는 미구엘이었다. 지니어스 게임의 두뇌 위원회에서 그를 봤던 기억이 났다. 키가 작고 좀 심술궂은 남자였다. 내가 악수를 청했지만 그는 거절했다. 그는 지난 한 주 동안 그리 변하지 않은 것 같았다.

미구엘은 지능형 음성 제어 애플리케이션을 프로그래밍하고 있었다. 이 말은 컴퓨터가 인간의 말을 이해하도록 만드는 작업을 하고 있다는 걸 고급스럽게 표현한 것이다. 사람이 대화할 수 있는 기계.

두 번째 입력 사항.

키란은 어떤 종류의 컴퓨터와 대화가 필요할까?

마지막은 리아였다. 키가 크고 금발을 짧게 깎은 리아는 화장을 하지 않았고 목에는 타투를 했다. 황금나선 모양의 타투였다. 황금나선이 뭔지 모르는 사람도 아마 본 적은 있을 것이다. 달팽이 껍데기와 비슷하게 생긴 문양. 리아가 전담하는 일은 필기 인식 소프트웨어였다. 올리비아의 말에 따르면 리아는 두뇌 위원회에서 키란의 1등 '선지자'였다. 선지자라는 게 무슨 의미인지 모르겠지만 그리 좋은 느낌은 들지 않았다.

세 번째 입력 사항.

이 블랙박스 팀은 소통과 관련된 작업을 하고 있다. 왜일까?

키란이 숙소로 가는 계단 꼭대기에서 나를 기다리고 있었다.

"오른쪽으로 세 번째 문이 당신 방입니다. 샤워를 하고 옷 갈아입고 구내식당에서 같이 점심을 먹읍시다. 식당은 지하에 있습니다. 우린 오늘 치킨 테트라치니를 먹을 것 같군요. 우리 셰프인 자그디시가 요즘 이탈리아 요리에 꽂혔거든요. 배가 안 고프거나 그냥 낮잠을 자고 싶다고 해도 충분히 이해합니다. 그렇지 않다면 식당에서 뵙죠."

나는 2층으로 올라갔다.

이 건물의 다른 공간들과 마찬가지로 내 방도 티끌 하나 없이 깨끗했다. 퀸 사이즈의 침대, 책상, 독서용 의자가 있었고, 창밖으로는 낡은 가구들로 가득 찬 남루한 중고 가구점이 보였다.

나는 샤워를 하면서 땀과 때로 얼룩진 하루를 씻어냈다.

그리고 김이 서린 거울을 닦고 내 얼굴을 살펴봤다. 지난 며칠 동안 얼굴이 엉망이 되었다. 기진맥진하고 삭아 보였다. 하지만 그보다⋯ 슬퍼 보였다.

카이 때문이었다.

지니어스 게임에서 제로 아워 전에 함께 아침을 먹던 때로 생각이 떠내려갔다. 우리는 다음에 무슨 일이 일어날지 몰랐지만 함께 있어 마음이 편했다. 그때가 허리케인의 눈이었다.

카이와 함께 있던 그때, 그 순간으로 다시 돌아가고 싶었다.

나는 종이를 들고 침대에 앉아 인도로 날아오는 동안 작성한 코드에서 기억나는 부분을 전부 썼다. 코드의 약 89.9퍼센트가 정확히 기억났다. 가장 중요한 부분들. 나머지는 쉽게 메울 수 있다. 아마 더 낫게 수정할 수 있을 것이다.

그때 문 두드리는 소리가 들렸다.

"누구세요?"

"우린 지금 점심 먹으러 갑니다." 키란의 목소리였다. "팔찌를 잊지 말라고 한 번 더 알려주려고요. 팔찌는 이곳에서 규정 같은 겁니다. 점심 먹은 뒤에 올라와서 좀 봅시다."

"네, 그러죠."

옷장을 열어 보니 청바지 세 벌과 소매에 온드스캔 로고가 박힌 검은색 티셔츠 열 장이 있었다. 새 속옷과 양말이 든 상자도 있었다. 그리고 선반에는 '망설임 없이 세상을 바꾸자'라는 글귀가 박힌 고무 팔찌가 놓여 있었다.

당연하지….

나는 옷을 입고 거울에 슬쩍 내 모습을 비춰 본 뒤 방을 나섰다. 내 팔에서 온드스캔 로고를 보자 속이 상했다. 그래서 내가 첩보원이고 이건 그냥 비밀 임무라고 스스로를 달랬다.

하지만 도움이 되지 않았다.

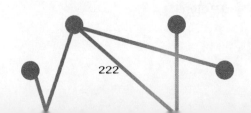

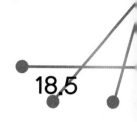

식당도 다른 곳들과 똑같았다. 살균이 되어 있고 따분했다.

두뇌 위원회 사람들 대부분이 식사를 하고 있었고, 키란의 말이 맞았다. 점심은 이탈리아 요리였다. 나는 접시를 들고 집게로 몇 번 파스타를 담은 뒤 눈에 안 띄는 구석에 앉았다. 벽을 등지고 앉아 새 동료들을 잘 볼 수 있는 자리였다.

보스턴의 두뇌 위원회에서 봤던 정신 사나운 직원들과 달리 이곳 사람들은 거의 혼수상태처럼 보였다. 어서 빨리 일하러 돌아가고 싶은 것처럼 아무 말 없이 허겁지겁 밥을 먹었다.

키란이 분명 보는 눈은 있다. 첫술을 뜨기 전까지는 내가 얼마나 배가 고픈지 몰랐다. 음식이 맛있어서 나는 두 번째 음식을 담으러 갔다.

밥을 먹는 동안 나는 페인티드 울프처럼 생각하려고 노력했다. 울프처럼 식당 안의 사람들을 관찰하며 그들의 옷과 몸짓과 표정을 읽었다. 쉽진 않았지만 유용할지도 모르는 몇 가지 단서를 찾아냈다.

미구엘은 분명 사람들과 사이가 나빴다. 그는 나처럼 혼자 앉아 있었고 밥을 먹는 동안 한 번도 고개를 들지 않았다. 심지어 숨도 안 쉬는 것 같았다.

올리비아, 필라, 토리와 함께 앉아 있는 리아가 가장 인기 있는 사람이었다. 네 사람이 딱히 대화에 몰두하진 않았지만 나는 올리비아와 필라가 리아를 떠받드는 걸 알 수 있었다. 두 사람은 리아의 말에 얌전히 귀를 기울였다. 키란의 1등 선지자라고 하는

데는 다 이유가 있었다.

내부 정보를 얻으려면 리아를 공략하는 게 가장 확실한 선택일 것이다.

점심을 먹은 뒤 나는 작업실을 지나 2층으로 올라갔다. 페인티드 울프처럼 정찰하면서 두뇌 위원회의 단말기들을 살폈다. 책상 위의 쪽지와 종이들도 놓치지 않았다.

내가 사람들 어깨 너머로 화면을 보며 정보를 모으는 동안 두뇌 위원회는 소통과 관련된 작업에 몰두하고 있었다. 그들은 자연언어, 패턴 인식, 학습 기법에 푹 빠져 있었다.

나는 머릿속에 잔뜩 입력했다.

지니어스 게임에 있던 양자컴퓨터는 굉장한 첨단 장비이고 지구상에서 가장 강력한 기계들 중 하나지만 본질적으로 보면 그냥 데이터만 운영한다. 키란이 이 블랙박스 실험실에서 하고 있는 일은 훨씬 더 동적이었다. 지금 두뇌 위원회 사람들이 파고들고 있는 기술들은 일련의 인공지능을 개발하기 위한 것이었다. 인공지능, 즉 AI가 최근 유행어가 되긴 했지만 사실 이 기술은 공상과학소설에만 등장하는 게 아니다.

우리는 매일 AI를 대한다.

온라인으로 뭔가를 구입하거나 전화로 주문할 때 당신은 AI와 상호작용하고 있다. 휴대폰의 개인 비서? 그녀도 AI다. 당신이 받는 ARS 전화? 당신이 즐기는 비디오게임? 그것들도 AI다.

아무튼 키란이 차세대 모바일 게임을 개발하고 있는 건 아닐 것이다.

키란의 방은 2층의 좁은 복도 끝에 있었다. 문이 반쯤 열려 있어서 크게 노크했지만 응답이 없었다. 나는 문을 열고 방 안을 살짝 봤다. 키란은 열린 창문 옆에 앉아 있었다. 무릎에는 노트북이 놓여 있었다. 키란은 정말로 편안해 보였다.

"들어오세요." 키란이 따뜻한 미소를 지었다. "컨디션은 어떤가요?"

"좋습니다."

나는 키란 맞은편의 빈백 의자에 앉았다.

"점심은 먹었어요?"

"네."

"괜찮았나요?"

"맛있었어요."

"잘됐군요." 키란은 정말로 기분이 좋아 보였다. "난 당신이 최고의 기량을 발휘하길 원하고 기대합니다. 몸을 잘 돌봐야 합니다. 몸이 약해지면 정신도 약해지거든요. 산책을 많이 하세요. 잘 먹고요. 여기서도 다섯 시간 이상 잠을 자긴 힘들 테니까요."

키란이 뒤로 기대앉아 손깍지를 꼈다. 꼭 세상에 대해 명상하는 종교인, 수도자 같아 보였다.

"내가 여기서 뭘 하길 원하죠?"

"워크어바웃 2.0을 지금보다 더 잘 작동하게 만드세요."

"그게 끝인가요? 그것 때문에 이 먼 길을 왔다고요?"

"렉스, 누가 역사를 쓰는지 알아요?"

"승자들이죠."

"맞아요." 키란이 고개를 끄덕였다. "단순화된 답이긴 하지만 사실이에요. 우리가 아는 세상은 이 세상을 만든 사람들의 작품

이죠. 난 우리가 하는 모든 일, 우리가 쓰거나 기록하는 모든 것이 다른 무언가에 대한 대응이라는 걸 발견했어요. 완전히 독창적인 창작물은 정말 드물어요. 설령 있다 해도."

"그럼 당신이 이곳에서 하고 있는 일이 그건가요? 역사를 쓰는 거요?"

"아닙니다."

"그렇군요…."

"이 일은," 키란이 건물 전체, 아니 콜카타 전체를 품기라도 하려는 듯 팔을 활짝 벌렸다. "이 일은 독창적인 창조 행위죠."

"그렇다면 당신이 하는 일은 무언가에 대한 대응이 아닌가요? 당신은 가난이나 전쟁에 대응하고 있지 않나요? 예전의 세계가 망가졌기 때문에 새 세상을 건설하고 있는 것 아닌가요?"

"당신은 나를 너무 이분법적으로 보는군요, 렉스. 실망이네요."

"솔직히 말해 당신이라는 사람이 헷갈려요."

키란이 웃었다.

"나와 내 노력들을 양파나 토르 네트워크처럼 생각해야 합니다. 층층이 겹쳐져 있죠. 내가 하는 모든 일은 더 큰 하나의 목표를 향합니다. 때론 내가 내 의도와 반대로 행동하는 것처럼 보일 겁니다. 때론 거짓말을 하고 속이는 것처럼 보이고요. 당신이 알고 있는 것들을 잊길 바랍니다, 렉스. 사람들이 당신한테 했던 말을 잊으세요. 난 이번에는 당신이 스스로 판단하길 바랍니다."

"스스로?"

"당신이 아직도 집착하고 있는 모든 것을 버려야 합니다. 난 보스턴에서도 이런 얘기를 했죠. 확실하게 얘기한 줄 알았습니다. 하지만 당신은 아직도 나를 믿지 않는군요. 내가 더 나아가야 할 것 같군요."

"들어보세요." 나는 몸을 앞으로 숙이며 최대한 진지한 표정을 지었다. "난 당신의 혁명에 동참하려고 여기 온 게 아니에요. 내겐 나 자신의 혁명이 있어요. 난 나와 친구들의 오명을 씻고 내 가족들을 되찾기 위해 여기 왔어요. 그게 다예요. 난 당신이 원하는 일을 할 겁니다. 당신의 프로젝트에 참여할 거고 불평하지 않을 거예요. 하지만 당신의 말을 맹목적으로 따르진 않을 겁니다. 됐죠?"

"좋아요."

키란이 일어섰다.

그가 문 쪽으로 걸어갔고 나도 일어섰다.

"규칙도 알려드려야겠군요."

"규칙이라… 물론이죠."

"이곳에서는 내가 당신한테 제공한 옷 같은 허가된 옷만 입어야 합니다. 온드스캔 복장 말입니다. 그리고 돈을 소지해선 안 됩니다. 돈을 갖고 있는 게 발견되면 뺏길 겁니다. 이메일이나 문자나 전화도 안 됩니다. 이 건물 안에서는 모든 소통이 차단됩니다. 전부 다."

"바깥에서도요?"

키란이 나를 방 밖으로 안내했다.

"당신 뒤를 쫓진 않을 겁니다. 하지만 알아두세요. 만약 당신이 카페에서 지나가는 사람의 휴대폰을 빌려 전화를 걸거나 문자를 보내면 내가 알게 될 겁니다. 여긴 내 도시예요, 렉스. 사방에 내 눈과 귀가 있습니다. 당신이 규칙을 어기면 우리 계약은 깨집니다. 당신이 숨을 고를 새도 없이 당신과 툰데, 페인티드 울프는 우르르 붙잡혀 지하 2층 감옥에 갇힐 겁니다."

그가 내 등을 토닥거렸다.

"탐험을 하세요. 이건 둘도 없는 기회입니다."

키란이 문을 닫을 때 나는 동의하는 수밖에 없었다.

정말이지 둘도 없는 기회였다.

내가 키란의 성질을 건드리면서 그가 이 먼 구석에 숨기고 있는 것들을 발견해 무너뜨릴 기회.

하지만 먼저 규칙을 깨야 했다.

카이한테 전화를 걸어야 했다.

코드

온드스캔

선지자

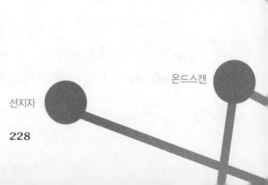

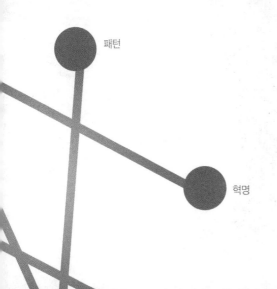

패턴

혁명

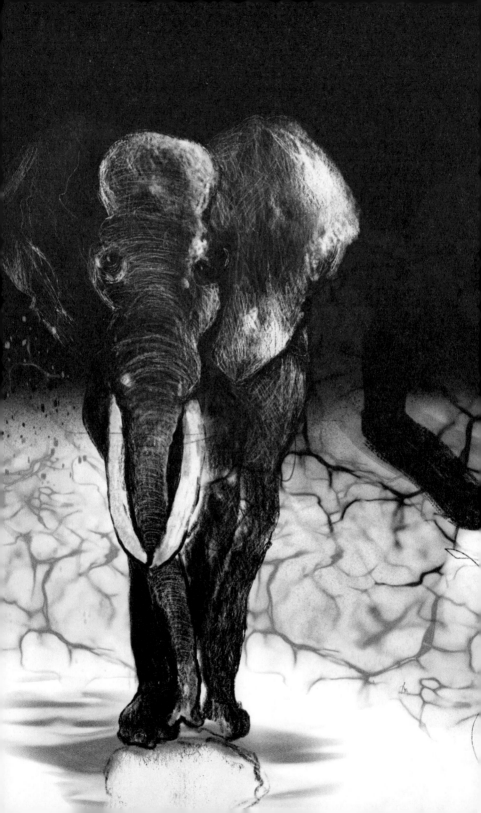

3부

결속의 끈

19. 툰데

고벽식 채굴기는 내가 전에 만든 어떤 기계와도 다를 것이다.

나는 이야보 장군이 세계가 아직 발명하지 못한 기술을 손에 넣었다고 생각하게 만들 뿐 아니라 우리 마을 사람들 대신 일을 해줄 무언가를 내놓아야 한다. 또 그 기계는 장군의 파트너들에게도 깊은 인상을 주어야 한다. 그들이 전설의 로듐 매장지로 달려가게 만들어야 한다.

다음 날 카이와 나는 작업장에서 대부분의 시간을 보냈다. 우리 가족을 만나러 갈 때만 가끔 위험을 무릅쓰고 밖으로 나갔다. 카이는 자기 아빠를 능숙하게 잘 피했다. 변장을 하건, 그냥 몸을 피하건 카이는 의도치 않게 아빠와 마주치는 일이 없도록 했다.

장군도 우리를 내버려두었다.

하지만 나야가 가끔 작업장에 와서 우리의 설계도를 보고 비웃었다. 나야는 우리가 뭘 만들고 있는지도 모르면서 그 기계를 폄

하했다. 누군가를 모욕하지 않으면 살 수 없는 사람인 것 같았다.

하루 종일 일에 매달려 보낸 첫날 저녁, 나야가 기분 나쁜 표정으로 작업장에 쳐들어왔다. 나야는 작업대의 종이들을 바닥으로 확 밀치고 앉을 자리를 마련하더니 우리 작업을 지켜봤다. 연결 부위를 용접하고 있던 나는 5분 동안 나야의 시선을 참은 뒤 작업을 멈추고 용접 마스크를 벗었다.

"무슨 일이죠, 나야?"

"이게 어떻게 작동할지 모르겠네요. 이것저것 다 말이 안 돼요. 이곳은 고물상 같아요. 게다가 첸이 머리가 뛰어나긴 하지만 여기서 가치 있는 일은 전혀 안 하고 있군요."

"첸은 엄청난 도움을 주고 있어요." 나는 카이가 사용하고 있는 가짜 이름을 잊어버리지 않은 데 기뻐하며 대답했다. "첸은 설계 과정에서 중요한 역할을 했어요. 그리고 내가 떠올린 수많은 아이디어들을 정리하도록 도왔죠. 첸이 없으면 난 일 못 해요."

"그건 그냥 당신이 하는 말이죠."

나야가 작업대에서 폴짝 뛰어내리더니 회로판을 집어 들고 카이의 코앞에 갖다 댔다.

"말해봐요. 이건 뭘 하는 거죠?"

"압력계를 제어합니다." 내가 대답했다.

"첸한테 물었어요!" 나야가 소리쳤다.

카이가 말했다. "툰데가 대답했네요. 압력계를 제어한다고. 그리고 당신 옆에 있는 것, 유압장치가 달린 그건 연삭기로 쓸 거예요."

"우리 아빠가 좀 당황하시겠네요. 아빠가 마을을 비운 동안

234

키란이 여기 왔고 다미안이 사라졌다는 말을 들으면 말이에요. 왜 다미안이 키란과 함께 떠났죠?"

나야가 나를 노려봤다.

사실을 말하자면 처음에는 나야가 누구를 말하는지 알아차리지 못했다. 당연히 다미안은 렉스가 사용하는 또 다른 자아였다. 서로 다른 역할들과 현실 사이를 계속 오가는 건 정말이지 힘든 일이었다. 내 어색한 침묵이 더 길어지기 전에 카이가 나서서 너무나 다행이었다.

"키란은 다미안이 가치 있는 자산이라고 생각해요."

"상당히 의심스럽네요. 왜 첸, 당신은 아니죠? 왜 당신은 남았죠?"

친구들, 나야의 말투가 나를 불안하게 만들었다. 만약 나야가 시선을 나한테 돌렸다면 나는 몸을 비비 꼬았을 거다. 하지만 카이는 돌덩이처럼 냉정했다. 전혀 흔들림이 없었다.

"당신이 상황을 잘못 판단하고 있는 것 같네요." 카이가 말했다. "당신 아빠는 키란의 사업 파트너예요, 그렇죠? 그들은 함께 결정을 내립니다. 분명 두 사람은 다미안이 키란과 함께 가서 그곳의 프로젝트에 참여하는 게 이익이 된다고 판단했을 겁니다."

나야는 그리 설득된 것 같지 않았다.

"당신들이 여기 왔을 때만 해도, 당신들에겐 지구 한 바퀴를 돌 만큼 긴 커리어가 있었어요. 당신들은 유명한 사람들이었죠. 그런데 오늘 아침 내가 당신 두 사람에 관해 확인했을 때 왜 아무것도 발견할 수 없었을까요? 지난 24시간 중 어느 시점에 당신들의 커리어가 깡그리 지워진 것 같네요. 이런 일이 벌어진 걸 알고 있죠?"

나야는 분명 깜짝 놀랐겠지만 나는 그 말을 들으니 기뻤다. 키란이 약속을 지켰다는 뜻이니까. 우리가 이제 자유롭게 돌아다 닐 수 있다는 뜻이니까. 내가 포럼에 올렸던 글이나 이메일이 전 부 사라진 게 안타깝지는 않았다. 나는 향수에 젖는 사람이 아니 다. 친구들, 이런 것들은 덧없다. 중요한 건 바로 지금이다!

나야가 물었다. "첸, 당신 정체가 뭐죠?"

"내가 말한 그대로예요." 카이가 대답했다. "우린 해커들의 공격을 받았어요. 전부터 공격 대상이었죠. 우리가 했던 투자들 중 일부에 불만을 품고 종종 우리를 공격하는 핵티비스트들이 있 어요. 그들은 우리와 협력하는 사람들에게도 불만이 있죠."

"우리 가족과 함께 일하는 것도 그 사람들한테 더 많은 공격 명분을 제공했겠군요."

카이가 웃었다. "분명 그럴 거예요."

하지만 나야는 의심을 풀지 않았다.

"당신은 그런 심각한 공격에도 너무나 태연하군요. 아무리 뒤져봐도 당신들에 관한 단 하나의 이메일이나 게시물이나 구매 내역이나 언급도 발견할 수 없었어요. 대부분의 사람이라면 화가 날 텐데요."

"우린 대부분의 사람이 아니니까요."

카이의 단호한 말투로 보아 나야의 입을 다물게 하는 데 성 공할 것 같았다. 재미난 구경거리였다.

"난 지난 8개월 동안만 해도 해커들한테 쉰세 번의 공격을 받 았어요. 내 프라이버시가 침해당할 때마다 전전긍긍하곤 했죠.

밤새 잠도 못 자고 문제를 해결하려고 애썼어요. 하지만 그럴 만한 가치가 없었어요. 난 상어와 함께 헤엄치고 있거든요, 나야. 우린 물릴 각오가 되어 있어요. 당신처럼… 예민한 사업 거래에 익숙한 사람이 이렇게 소심하다는 게 좀 충격적이네요."

나야가 카이의 얼굴 앞까지 바짝 다가갔다. 하지만 카이는 꿈쩍도 하지 않았다. 이 하이에나를 코앞에 두고도 조각상처럼 침착했다.

"난 첸, 당신이 누군지 알아낼 거예요. 그리고 그걸 알게 되는 날, 여기서 무슨 사기가 벌어지고 있는지 폭로할 거예요. 그때 당신이 얼마나 냉정할 수 있는지 한번 보죠."

열변을 끝낸 나야가 나를 가리켰다.

"우리 아빠는 토요일에 새 기계의 시연을 보고 싶어 해요. 그 때까지 기계를 준비시키지 않으면 당신은 광산으로 끌려 내려갈 거예요. 당신을 본보기로 삼아 처벌할 겁니다."

19.1

내가 얼마나 많은 일을 해야 하는지 알기 위해 나야의 위협이 필요하지는 않았다.

나야가 그걸 알았으면 좋았을 텐데!

크웬토가 아키카 마을을 혁명으로 몰아넣기까지 며칠밖에 남지 않았다. 내가 실패하면 카이와 카이의 아빠가 큰 위험에 빠질 뿐 아니라 우리 마을 전체가 폭력에 뒤흔들릴 것이다. 견딜 수 없는 비극이 벌어질 것이다.

심란했지만 카이가 내 옆에 있어서 그렇게 불안하거나 하지는 않았다.

대화가 끝나자마자 나는 고벽식 채굴기 작업에 착수했다. 이 기계는 실용적인 장비, 우리 마을 사람들을 돕는 도구가 되어야 한다. 할 수 있는 한 가장 진지한 마음가짐으로 임해야 한다.

아키카 마을에는 나를 도와 금속, 전선, 유리, 플라스틱, 폐전자제품들을 작업장까지 끌어 모아다 줄 주민 몇 명이 있었다. 쓸모없는 것들은 인정사정없이 버리고 사용 가능한 재료들은 적절히 정리해서 상태와 유용성 평가를 해야 했다.

몇 시간도 지나지 않아 3미터 높이로 재료들이 쌓였다.

많은 발명가들이 재료들을 되는 대로 놔두지만 나는 내 정리 기술에 대한 자부심이 크다. 나는 뭔가를 찾는 데 드는 시간이 특정 프로젝트에서 낭비되는 시간의 절반을 차지한다는 걸 발견했다. 그렇게 낭비되는 시간을 최소로 줄이는 게 중요했다.

자정 무렵, 작업장은 거대한 연장통처럼 되었다. 각각의 볼트와 용수철, 나사와 전선 다발이 미리 정해진 위치에 배치되었다. 나는 격자판까지 그려 각 칸에 번호를 매겼다. 체계화의 끝판왕! 게다가 내 마음도 똑같이 체계화되는 최고의 부수적 효과도 얻었다. 친구들, 나는 학자 같은 집중력을 되찾았다!

준비가 된 나는 손가락 마디를 딱딱 꺾은 뒤 일을 시작했다.

처음 몇 시간 동안에는 카이와 함께 생각해낸 도표들에 의지해 작업했다. 하지만 예술가가 나무토막 내부에서 형태를 발견하는 것처럼 나도 작업을 하면서 고벽식 채굴기의 구조를 발견했

238

다. 격자판의 예비 부품과 금속들이 구조를 알려줬다.

동이 틀 무렵 카이는 작업대들 중 하나에서 팔을 베고 잠이 들었고, 방 한가운데에는 멋진 금속 조립품이 놓였다. 저 기계가 장군한테 약속했던 일을 할 수 있을까? 분명 그 역할에 알맞아 보이긴 했다.

고벽식 채굴기의 중심부는 커다란 트럭 엔진이고 그 주위를 다양한 기어, 피스톤, 컨베이어 벨트, 파쇄 및 연삭 바퀴, 조종반이 어지럽게 둘러싸고 있었다.

뒤로 물러서서 이 괴물을 보고 내가 너무 지나친 건 아닌지 걱정이 되었다. 꼭 미친 사람이 극도의 흥분 속에서 만든 것 같았기 때문이다. 하지만 과시하는 데는 딱이었다. 장군은 더 크고 더 나은 걸 원했다.

내가 깨우자, 카이가 눈을 비비며 기계를 살펴봤다.

"설계하고 전혀 다르네."

19.2

카이가 일어나서 고벽식 채굴기를 여기저기 살펴봤다.

"네가 이걸 만들었다니 믿기지 않아. 완성된 거야?"

"거의."

"하룻밤 만에?"

"아직 아침 안 됐어. 하지만 작동시킬 순 있어."

"좋아." 카이가 손을 비비며 말했다. "해보자."

"구경할 사람을 불러야 할까?"

내 능력에 대해 왜 그렇게 자신감을 느꼈는지 모르겠다. 지나고 나서 보니 내가 제정신이 아니었거나 장군한테 보여주고 싶은 마음이 너무 간절해서 그랬던 것 같다. 나는 우리 마을 사람들이 하루 빨리 자유로워지길 원했고 단 하루도 더 기다리기가 싫었다.

"그냥 우리끼리 확인해보는 게 어때?" 카이가 말했다.

나는 카이한테 뒤로 물러서라고 손짓한 뒤 채굴기로 가서 스위치를 올렸다. 곧 기계가 윙윙거리며 켜졌다. 소리가 사자의 포효처럼 우렁찼다. 웅웅거리는 낮은 소리가 작업장 곳곳에 울렸다. 기계가 작동했다!

"굉장해, 툰데."

내가 이제 마지막 단계에 도달했다고 말하려는데 갑자기 엔진에서 소름끼치는 소리가 났다. 금속끼리 서로 부딪치며 끽끽거리고 펑 하고 폭발하는 소리가 났다. 기름과 먼지가 작업장 바닥에 흘러내렸다. 기계에서 연기가 뿜어져 나올 때 나는 눈을 감았다. 마지막으로 기괴하게 찌그러지는 소리가 나더니 기어들이 맞부딪쳐 삐걱거리고 엔진이 멈췄다가 꺼졌다.

채굴기가 망가져버렸다.

"다시 설계할 수 있을까?" 카이가 물었다. "내일 다시 만들 수 있을까?"

"걱정 마. 첫술에 배부를 순 없는 법이잖아."

나는 도구들을 집어 들기 시작했지만 갑자기 감당할 수 없는 분노에 사로잡혔다. 친구들, 내가 냉정을 잃는 건 아주 드문 일이다. 나는 내가 아주 침착하고 차분한 사람, 정말로 균형적인 성격의 소유자라고 생각한다. 하지만 침착성을 잃었을 때 그런 감정을 그냥 묻어두는 건 도움이 안 된다는 것도 알고 있었다.

"좀 쉬어야겠어."

나는 도구들을 도로 내려놓았다.

렌치 하나가 작업대에서 떨어졌다. 그 순간 나는 유지하고 있던 약간의 냉정마저 잃어버렸다. 렌치가 작업장 바닥에 쨍그랑 부딪치는 소리를 듣자 갑자기 피가 끓어오르는 것 같았다. 나는 렌치를 세차게 걷어차버렸다.

움찔하지는 않았지만 카이의 눈에는 걱정이 가득했다. 우리 모두 한계점에 이르렀다. 우리가 마을에 도착한 뒤 알게 된 것들을 생각하면 내가 한계점에 이르는 데 이렇게 오래 걸린 건 놀랄 일이었다.

"괜찮아? 넌 너무 심한 압박을 받고 있어. 게다가 이 모든 걸 혼자 떠맡았잖아."

"고마워. 그냥 생각할 시간이 좀 필요해."

"몇 시간 뒤에 여기서 다시 볼까?"

나는 그렇게 하자고 고개를 끄덕였다.

그런 뒤 밖으로 나가 달리기 시작했다.

19.3

때때로 벽에 부딪혔을 때 가장 좋은 방법은 잠시 동안 다른 방향으로 걸어보는 것이다.

공기는 시원하고 상쾌했다. 산들바람이 광산에서 풍기는 악취를 날려 보냈다. 아키카 마을 위의 하늘은 맑았고 별들이 눈부시게 빛났다.

산 가까이의 지평선에는 뇌우가 우르릉거리며 다가오고 있었다. 비가 내릴 것 같지는 않았다. 지금은 그럴 계절이 아니니까.

나는 마을을 벗어나 한때 강물이 흘렀던 좁은 계곡으로 내려갔다. 이 계곡은 아빠가 어릴 때 물이 말라버렸지만, 할아버지 때는 이곳에서 커다란 물고기를 잡았다고 한다. 할아버지는 그 물고기가 고양이처럼 수염이 나 있었다고 주장했다. 그 얘기가 진짜인지 모르겠지만 나는 한때 이상한 물고기가 헤엄쳤던 곳을 걸어가는 게 좋았다. 그 물고기를 시작으로 연달아 의문이 쏟아졌다. 왜 강이 말라붙었을까? 왜 탄탈럼이 우리 마을 아래에 묻혀 있을까? 하지만 그 모든 의문들은 한 가지 가장 중요한 질문으로 압축되었다.

고벽식 채굴기를 어떻게 작동시킬 것인가?

지니어스 게임 때가 생각났다. 렉스 없이 에피코를 만들던 일이 떠올랐다. 렉스가 그리웠다. 렉스가 잘 있는지 걱정이 되었고, 그러자 내 머리가 팍팍 돌아가지 않는 이유가 이것 때문이라는 걸 깨달았다.

머릿속이 뒤숭숭했다.

이런 심리 상태는 처음이었다. 지금까지 살면서 집중하는 데 어려움을 겪을 때마다 나는 금세 집중력을 다시 찾을 수 있었다. 집중이 안 될 만큼 감당하기 힘든 위기에 부딪혔을 때 어땠지?

내 실력이 무뎌진 걸까?

아니다. 그렇게 생각하고 싶지는 않았다. 이건 단지 하나의 단계일 뿐이다. 엄마는 나한테 항상 인생은 과정이라고 말씀하셨다. 한 걸음, 한 걸음 나아가야 한다. 다른 방법이 없다.

나는 계곡을 나와 여기저기 선인장이 있는 언덕으로 올라갔다. 꼭대기에 도착해 아래의 계곡을 내려다보는데 야행성 동물 몇 마리가 후다닥 나를 피해 달아났다. 낮에 이곳은 가젤들의 보금자리였다. 나는 가끔 이곳을 찾아와 가젤들이 떼 지어 돌아다니는 모습을 구경하면서 무리의 형태가 어떻게 바뀌는지 예측하곤 했다. 가젤들이 떼를 짓는 행위를 설명하는 데 수학적 공식이 있을지 궁금해하면서.

하지만 오늘은 조용했다.

텅 비어 있는 건 아니었다.

200미터쯤 떨어진 시어버터 나무 아래에서 모닥불이 타오르고 있었다.

누군가가 야영을 하고 있었다.

19.4

우리나라에서는 불을 다른 사람들과 나눠야 한다.

불은 음식과 비슷해서 불가에 혼자 앉아 있다는 건 슬픈 상황이다. 우리는 별빛 아래에서 고독한 삶을 꿈꾸는 카우보이가 아니다.

나는 계곡을 내려가 모닥불 쪽으로 가면서 불을 피운 사람이 이웃 마을에서 온 목동인지, 사자를 쫓고 있는 사냥꾼인지 궁금했다.

둘 다 아니었다.

그 사람은 웨레이 할머니였다.

내가 다가갔을 때 할머니는 잠들어 있었다. 나는 할머니를 놀라게 하고 싶지 않아서 모닥불 맞은편에 앉아 최대한 큰 소리로 헛기침을 했다. 아무 반응이 없었다.

"웨레이 할머니."

그래도 반응이 없었다.

모닥불 한가운데는 꼬챙이에 꿴 뱀 한 마리가 구워지고 있었는데, 불 위에 얼마나 오래 있었는지 새까맣게 탄 기다란 밧줄처럼 되어 있었다. 불꽃이 탁탁 튀었고, 할머니가 잠든 채로 콜록거리다 숨이 막히는 듯 헛기침을 했다.

"웨레이 할머니!"

할머니가 뭐라고 투덜거리더니 눈을 떴다. 할머니는 불가에 누군가 함께 있다는 걸 알고도 놀라지 않았다. 오히려 기지개를 켜고 하품을 했다.

"왜 여기 온 거야?" 할머니가 북서부에 사는 요루바족의 사투리로 물었다.

"저는 그냥 산책하러 나왔어요." 나는 영어로 대답했다. "모닥불이 보이길래 온 거예요."

"좋아. 하지만 내 뱀은 한 입도 안 줄 거야."

"전 괜찮아요."

할머니가 몸을 숙여 불에서 뱀을 꺼냈다. 막대에서 뱀을 빼내

자 새까매진 살이 손가락 사이에서 바스러졌다. 할머
니는 그나마 조금 남은 살을 뜯어 먹기 시작했다.

나는 할머니의 부족이 궁금했다.
할머니는 그 부족에서 마지막
남은 사람이지만 아키카 마
을의 모든 사람이 인정하
는 것보다 더 강하고 엄청
나게 똑똑했다. 이곳이 할
머니의 땅이었다. 이것이 할

머니의 삶의 방식이었다. 이 땅이 다른 모습으로 바뀐다 해도 할
머니의 살길은 여전히 이곳에 있을 것이다.

요루바족의 공예품

"난 널 알아." 할머니가 이 사이에 낀 뱀 뼈를 빼며 말했다.

"네. 몇 번 만났죠."

"아니, 내가 널 안다고."

"제가 미국에 갔던 얘기 들으셨어요?"

할머니가 웃었다.

"난 미국 얘긴 관심 없어. 거기서 일어난 일은 나한테 달에서 일어난 일이나 마찬가지야. 내 평생 둘 다 볼 일 없으니까."

"그건 모르죠. 정말 달에 가실지도 모르잖아요."

하지만 할머니는 농담할 기분이 아니었다.

"내가 널 아는 건 네 얼굴의 그 표정을 알기 때문이야. 넌 낙담했고 진이 다 빠졌어. 그래서 밤에 혼자 이렇게 헤매고 다니는 거지."

나는 아니라고 부인할 수가 없었다. 낙담이란 말은 좀 지나치긴 했지만.

"저한테 해주실 말씀이 있나요?"

"없어."

내가 일어서자 할머니가 말했다.

"하지만 우리 부족 사람들은 너한테 해줄 말이 있어."

19.5

웨레이 할머니가 손가락 마디를 꺾고 목청을 가다듬더니 이야기꾼 자세로 들어갔다.

－이야기꾼은 이야기를 시작할 때 조상들을 더듬어 기억하고 그들과 연결된다. 조상들은 이야기가 나오는 샘이다. 그 샘에서 할머니는 내 인생 전체를 바꿀 이야기를 길어 올렸다.

"과수원이 하나 있어." 할머니가 이야기를 시작했다. "그 과수원은 두 개의 험한 산 사이의 골짜기에 눈에 띄지 않게 숨어 있단다. 우리 부족의 어른들은 그 과수원 이야기를 들려주곤 하셨지. 어른들은 과수원이 베누에 주에 있다고 하셨지만 틀린 말이었어. 그곳은 대부분의 사람들이 아는 것보다 아키카 마을과 더 가까워."

사실 나도 전에 이 이야기를 들은 적이 있었다. 두 집 건너에 살던 이웃집 노인은 그 이야기가 전설이라고 했는데 웨레이 할머니는 그렇게 생각하지 않는 것 같았다.

"과수원까지 가기는 쉽지 않아. 융단독사나 아프리카살모사 같은 독사들이 나오는 사막을 걸어가야 하거든."

나는 할머니가 먹어치운 뱀의 뼈들을 내려다봤다.

"산속 골짜기까지 가는 데 꼬박 하루 밤낮이 걸려. 밤이 되어도 바오밥나무 아래에서 잠들고 싶은 생각은 안 들어. 왜냐고? 달빛을 받으면 바오밥나무들이 살아나거든. 걸어 다니는 나무한테 밟히면 몸이 으스러져버릴 수 있어. 산속 골짜기를 발견하면 헤치고 나아가야 해. 물론 산을 올라가는 것도 힘들지."

"그렇겠죠."

"과수원을 발견하면 아름다운 풍경으로 보답을 받을 거야. 땅에서 맑은 시냇물이 솟고 강둑에는 상상할 수 있는 가장 놀라운 과일나무들이 모여 있어. 즙이 뚝뚝 흐르는 망고, 큼지막한 아틸리, 맛있는 암바렐라."

말만 들어도 입에 침이 고였다.

"하지만 어떤 과일도 갖고 나가면 안 돼." 할머니가 극적인 효과를 더하려고 몸을 불 위로 기울이며 말을 이었다. "씨앗 하나라도 갖고 나가려 하면 절대 과수원을 떠날 수 없게 돼. 어디로 가든 출구가 멀어지거든."

"이 이야기를 들은 적 있어요. 하지만 할머니가 이야기해주는 버전이 제일 재밌네요."

"우리 부족의 추장과 동생이 과수원이 있는 골짜기를 발견했어. 두 사람은 과수원이 어디에 있는지 비밀로 했어. 하지만 어느 날 그곳의 마법 과일들을 몰래 들고 오기로 결심하고 큰 자루를 들고 마을을 나섰지. 그 뒤 두 사람의 모습을 다시는 보지 못했어. 그런 일이 있은 직후 우리 부족 사람들은 실의에 빠졌어. 추장과 그의 동생을 잃었으니까. 싸움이 벌어졌지. 가족들끼리 등을 돌렸고 심지어 동물들도 신경이 곤두서 있었어. 사냥꾼 다섯 명이 고향을 떠나 바다 옆의 큰 도시로 갔어. 나머지 사람들도 그들을 따랐지. 내가 마지막으로 떠났어. 아주 오래전 이야기야⋯."

할머니가 그때를 돌아보며 잠깐 말을 멈췄다. 모닥불이 치직거리며 타는 소리만 들렸다.

"부족 사람들을 찾아내는 데 몇 주가 걸렸어. 몇 주 동안 콘크리트 바닥을 돌아다니다 보니 가짜 돌의 기분 나쁜 감촉에 발이 쓰라렸고 내 정신을 의심하게 됐어. 헛것이 보이고 들렸지. 내가 찾은 부족 사람들은 전부 똑같았어. 그들은 길을 잃은 유령이었어. 도시의 빌딩과 거리가 그들을 삼켜버렸어. 그들은 더 이상 어른들이 가르쳤던 노래를 부르지 않았어. 더 이상 조상들의 춤을 알지 못했어."

웨레이 할머니의 가슴 아픈 이야기는 이렇게 끝났다.

나는 잠시 말없이 앉아 있다가 할머니와 눈을 맞추며 고개를 끄덕했다.

"할머니가 아실지 모르겠지만 할머니는 지금 막 아키카 마을의 역사 전체를 바꿨어요."

"어떻게?"

"저한테 고벽식 채굴기를 어떻게 손보면 될지 알려주셨거든요."

20. 카이

툰데가 나간 뒤 나는 작업장에서 내가 할 수 있는 일을 하려고 애썼다. 하지만 실제로는 고벽식 채굴기를 어떻게 발표할지 전략을 세우는 데 대부분의 시간을 보냈다.

나는 툰데가 고벽식 채굴기를 만들 수 있다는 건 조금도 의심하지 않았다. 하지만 우리가 약속했던 것보다 훨씬 일을 잘하는 기계를 만들어야 했다. 사람들은 사업에서 판매의 성패가 프레젠테이션에 달려 있다고 말한다. 툰데는 기계가 의도했던 일을 하게 만들 것이고, 나는 그 기계가 어느 모로 보나 판을 뒤집을 결정적 패처럼 보이게 만들 것이다.

첫 테스트에서 툰데가 낙심하긴 했지만 이 기계는 놀라웠다. 기계가 한 일 때문이라기보다 기계가 존재한다는 사실만으로도 그랬다. 우리의 계획이 구체화된 걸 보니 기운이 났다. 이야보 장군한테 보여줄 실재하는 무언가, 우리 의욕을 북돋아줄 구체적인 무언가를 만든 거니까.

나는 기계 조각들을 치우고 작업장 바닥을 다시 정리하기 시작했다. 툰데가 어딜 갔건 돌아왔을 때 작업 준비가 되어 있게 하고 싶었다.

설계도 테이블을 치우고 있는데 문이 삐걱 열렸다.

"툰데, 내가 다 치우려고…."

"카이."

툰데가 아니었다.

고개를 돌려 작업장 입구에 서 있는 사람을 보자 심장이 멎는 것 같았다. 아빠였다. 아빠는 바지와 재킷 차림이었다. 하지만 셔츠 맨 윗단추가 풀려 있고 넥타이는 재킷 주머니에 쑤셔 넣어져 있었다. 내가 본 가장 헝클어진 아빠의 모습이었다. 나처럼 잠을 자지 못한 듯 아빠의 눈 밑에 다크서클이 짙었다.

"네?"

나는 본능적으로 아빠가 착각을 한 것처럼 대응했다.

"너라는 거 알아. 여기 도착했을 때 너를 봤어… 아빠는 딸을 알아보는 법이야. 단지 믿기지 않았을 뿐이지. 우린 집에서 수천 킬로미터 떨어진 먼 마을에 와 있으니까."

아주 오랜만에 처음으로 뭐라고 말해야 할지 아무 생각이 나지 않았다.

나는 선글라스를 벗었다.

"네가 페인티드 울프야? 해커?"

"기자라고 하는 편이 더 맞아요."

아빠가 큰 한숨을 내쉬었다.

"그래서 네가 여기에 온…."

"이야보 장군이 이 마을을 파괴하고 있어요. 아빠가 안다는 거 알아요. 아빠도 그렇게 말했잖아요. 저는 장군을 막으려고 친구들과 함께 왔어요."

"어떻게?" 아빠는 몹시 화가 난 표정이었다. "어떻게 여기 온 거야? 넌 링링하고 쑤저우로 휴가 가 있어야 하잖아. 게다가 내 딸이 당국이 찾고 있는 악명 높은 블로거라니. 수십 년 동안 감옥 신세를 져야 할 수도 있어. 난 도무지 이해를 못 하겠구나…."

혼란스러워하는 아빠의 모습을 보니 마음이 아팠다. 만약 내가 페인티드 울프가 아니었다면 이 순간의 감당할 수 없는 감정에 무너졌을 수도 있다. 하지만 결의만 더 강해졌다. 나는 문제를 발견하면 논리적으로 대응한다. 아빠를 우리 편으로 끌어들여야 했다. 아빠의 불안한 마음을 덜어주기 위해, 그리고 아빠가 내 정체를 노출시키지 않도록.

나는 아빠한테 다가가서 옆에 앉았다.

"전 여기서 가짜 이름을 써요. 첸 장이란 이름이죠. 전 영리한 사업 투자가 행세를 하고 있어요. 제 파트너 렉스, 장군은 다미안인 줄 알지만, 렉스는 키란과 함께 인도에 갔어요. 우린 여기에 도착하기 전에 계획을 세웠어요. 하지만 장군이 이 마을에 한 짓을 보는 순간 그 계획은 쓸모없어졌어요. 지금은 상황이 훨씬 더 복잡해졌어요…."

아빠가 곰곰이 생각에 잠겼다. 불안하고 길게 느껴지는 순간이 지나갔다.

"무슨 말을 해야 할지 모르겠구나, 카이."

"제가 이러는 건 옳은 일 때문이란 걸 이해해주셨으면 해요.

아빠는 옳고 그름을 이해하도록 저를 키우셨어요. 부정부패를 보면 비판하라고 가르치셨고요."

"변장하고 건물을 기어올라야 한다는 뜻은 아니었다."

"전 변화를 일으키고 있어요, 아빠. 제가 폭로한 사람들은 감옥에 갈 거예요. 그 사람들이 맺으려 했던 거래들은 깨졌고요. 언론이 뭐라고 하건 제가 하는 일은 우리가 사는 세상을 더 나은 곳으로 만들고 있어요."

"그건 의심하지 않아."

"그럼 뭐가…."

"네가 그 일을 하는 방식이 문제야."

아빠가 손을 뻗어 내 어깨에 올렸다. 아빠의 손이 닿자 금방 마음이 진정되었다. 가슴이 북받쳐 올랐지만 나는 눈물을 참으며 눈을 감았다.

"너무 위험해. 죽을 수도 있어. 더 나쁜 일이 벌어질 수도 있고."

"불명예 같은 거요? 제가 우리 가족 얼굴에 먹칠할까 봐 걱정되세요?"

"아니야…." 아빠가 잠깐 멈췄다가 말을 이었다. "음, 처음엔 그렇게 생각했어. 몹시 화가 났었지. 내 경력과 목표를 망칠까 봐 걱정됐어. 내가 했던 일은 너와 네 엄마를 위해서였어. 하지만… 아니기도 해. 내가 여기 아프리카에 온 건 너나 네 엄마를 위해서가 아니야. 내 탐욕 때문에 왔지. 권력욕 때문에. 난 내 마음이나 머리가 아니라 나쁜 야망에 이끌렸어… 난 무슨 수를 써서라도 널 도울 거다. 하지만 장군이 나를 궁지로 몰까 봐 두렵구나."

"그럼 아빠도 저처럼 장군을 막아야 해요."

"그래." 아빠의 눈빛이 흔들렸다. "그게 맞을 것 같구나."

나는 몸을 앞으로 숙였고 우리는 서로 껴안았다. 감동, 스트레스, 두려움. 나는 그 모든 것들을 눈물과 함께 쏟아냈다. 걷잡을 수 없는 감정을 누르느라 아빠 몸이 떨리는 게 느껴졌다.

우리는 그렇게 잠깐 앉아 있다가 포옹을 풀었다.

"그럼, 이제 뭘 하지?"

"툰데가 마을 사람들을 돕기 위해 고벽식 채굴기를 만들고 있어요. 우린 그 기계가 장군한테 깊은 인상을 줘서 우리가 투자할 가치가 있는 사람들이란 걸 증명하고 싶어요. 장군이 로듐에 대해 얘기했죠?"

"그래."

"로듐은 없어요. 음, 어쩌면 있을 수도 있겠지만 우린 여기서 로듐 부스러기도 발견하지 못했어요. 우린 GPS 데이터를 조작해 장군이 베냉으로 가는 국경을 건너게 할 생각이에요. 장군이 국경을 건너면 유엔군이 그를 체포하게 될 거예요."

아빠가 헛기침을 하더니 일어섰다. 그리고 고벽식 채굴기로 가서 기계를 살펴본 뒤 나를 보며 물었다.

"이 기계가 네가 장군한테 말했던 일을 정말로 할 수 있니?"

"아직은 아니에요. 하지만 그럴 거예요."

아빠가 고개를 끄덕였다.

"음, 그럼 우린 할 일이 아주 많구나."

그러고는 여태껏 내가 본 가장 다정한 미소를 지었다.

20.1

몇 분 뒤 작업장 문이 벌컥 열렸다.

툰데가 쉴 새 없이 지껄이며 총알같이 달려 들어왔다. 산이 니, 숨겨진 정원이니 횡설수설하면서.

"그게 열쇠야! 내가 완전 잘못 설계하고 있었어."

"음, 툰데…."

툰데가 새로운 깨달음에 잔뜩 흥분한 눈으로 올려다봤다. 그 러더니 선글라스를 쓰고 있지 않은 나를 보고 당황한 것 같았다.

내가 건너편의 아빠를 고갯짓으로 가리키자, 툰데가 입을 딱 벌리며 뒤로 물러섰다.

"괜찮아. 아빤 우리 편이야."

"우리 편이라고?"

"난 너희들을 도울 거다." 아빠가 말했다. "카이가 너희 계획 에 대해 말해줬단다. 이 기계는 아주 인상적이지만 장군과 내가 여기에 투자하게 하려면 도움이 필요할 거야."

툰데가 아빠한테 걸어가 손을 내밀었다.

"따님을 아주 자랑스러워하셔야 해요. 카이가 없었다면 전 집 에 오지 못했을 거예요. 카이는 여러 번 저를 구해줬고 이제 저를 도와 우리 마을을 되찾을 거예요. 페인티드 울프는 1조 명에 한 명 있을까 말까 한 천재예요."

아빠가 나를 봤다. "나도 안다."

"좋아요." 나는 다시 선글라스를 쓰면서 말했다. "그런데 툰 데, 들어오면서 뭐라고 말한 거야?"

"난 깨달음을 얻었어." 툰데가 말했다. "새벽에 산책 나갔다가 마을 북쪽의 계곡에서 웨레이 할머니를 만났어. 앉아서 얘기를 나눴는데 할머니가 이야기 하나를 들려주셨어…."

"잠깐, 웨레이 할머니라고?"

"모두들 미쳤다고 생각하는 할머니지."

"알아. 하지만…."

"최고의 아이디어는 기존 관념의 틀 밖에서 나오는 법이야. 웨레이 할머니가 전설의 과수원 이야기를 해주셨는데 그 과수원은 비밀의 골짜기에 숨어 있어. 그 골짜기에 가서 풍요로운 과일들을 가져오려 하면 다시는 누구도 그 사람을 볼 수 없게 돼. 내 말은, 골짜기가 마법에 걸려 있고 과일은 유혹이란 거야. 어떤 면에서는 에덴동산과 비슷한 것 같지만 여긴… 내 말 이해 못 하고 있구나, 그렇지?"

"노력하고 있어. 하지만 그냥 네 생각이 뭔지 말해줘."

"내 설계는 작동하는 부분들이 드러나 있어. 누구나 모든 걸 볼 수 있지."

"응? 난 그게 포인트라고 생각하는데. 기계가 작동하는 걸 사람들이 보도록 해야 해."

툰데가 웃었다.

"나도 딱 그렇게 생각했어!"

"그런데 그게 잘못됐다고?"

"아주 잘못됐지. 마법의 과일이 열리는 골짜기 이야기는 굉장히 현명해. 사람들이 이 이야기를 몇 백 년 동안 해온 이유는 중요한 두 가지가 담겨 있기 때문이야. 도덕적 교훈과 미스터리. 하지만 도덕적 교훈을 이 기계에 담을 순 없어. 그럼 우스꽝스러울 거야."

"그렇겠지."

"우린 두 번째를 놓치고 있어. 미스터리가 없는 거지! 난 내가 설계한 걸 모든 사람한테 보여주려는 데 급급해서 원칙을 무시하고 대충 해치웠어. 이 기계가 제대로 작동하지 않은 이유는 내가 모든 걸 훤히 보이게 만들려고 공학 부분을 약화시켰기 때문이야. 관객들한테 너무 많은 걸 보여주려고 한 거지. 우리에겐 더 많은 미스터리가 필요해! 작동 원리를 알 수 없는 요소들을 설계에 넣어야 해. 그럼 기계의 움직이는 부분들을 더 효과적으로 강화할 수 있을 뿐 아니라 우리한테 필요한 미스터리도 생길 거야. 마술사라면 다 아는 것처럼 관객들은 보이는 부분이 적을수록 더 많은 걸 믿는 법이지."

나는 잠시 고벽식 채굴기를 훑어봤다. 이 채굴기는 너무 많은 움직이는 부품들과 너무 많은 복잡한 부분들로 이뤄져 있지만 나는 어느 부분에서 툰데의 말이 옳은지 금방 알 수 있었다. 이건 우리가 원하는 차세대 기계처럼 보이지 않았다. 완벽하게 작동하는 게 다는 아니다. 사람들이 얼이 빠져서 쳐다볼 무언가가 있어야 한다. 투자자라면 누구도 퇴짜 놓지 못할 무언가가.

"그럼, 뭘 해야 하지?"

"블랙박스, 그러니까 작업을 숨길 금속 상자들을 안에 설치할 거야. 관객들이 안에서 무슨 일이 벌어지고 있는지 궁금하게 만들 공간들. 장군을 낚으려면 기계에 미스터리를 넣어야 해."

21. 렉스

다음 날 아침, 나는 좀 몽롱한 기분으로 잠에서 깼다.

오랫동안 샤워를 하고 과일을 좀 먹고 나니 정신이 들었다. 그래서 일곱 시쯤 실험실로 내려갔다.

벌써 세 명이 일을 하고 있었다. 그들이 나를 올려다봤지만 아무 표정 없이 그냥 하던 일로 돌아갔다.

나는 내 자리에 앉아 모니터에 비친 내 모습을 몇 초 동안 바라봤다. 실험실의 병원 같은 느낌이 마음에 들지 않았다. 게다가 두뇌 위원회 사람들은 손님을 환영하는 법을 모르는 것 같았다. 몇 주 전에 키란이 우리를 지하 감옥에 가두겠다고 협박했는데 이곳이 꼭 감방처럼 느껴졌다.

이런 생각이 머리에서 떠나지 않아 코딩을 시작할 수 없었다.

그래서 일어나 밖으로 나가는 길을 찾아봤다. 산책을 나가고 싶다는 말에 키란은 흔쾌히 허락했다.

중요한 건 이 건물이 일종의 미로라는 것이다.

왔던 길을 되밟아보려 애썼지만 금세 길을 잃어버렸다.

나는 온통 똑같아 보이는 구불구불한 복도 몇 개를 헤맸다. 벽과 천장에는 흰색 살균 페인트가 칠해져 있고 바닥에는 타일이 깔려 있었다. 그리고 천장의 유리 입방체 안에 들어 있는 LED 전등은 초세속적인 자연광을 뿜어내고 있었다.

그러다가 있는지도 몰랐던 유리 통로로 들어갔다.

거리 위 2층 높이에 있는 통로였는데, 내 아래로 수레를 밀며 지나가는 사람들과 위를 올려다보는 상인들이 보였다. 처음엔 나를 보는 줄 알고 손을 흔들었지만 반응이 없었다. 유리가 밖에서는 거울처럼 보인다는 걸 깨닫는 데는 몇 초의 시간이 걸렸다. 사람들은 자기 모습을 보고 있었던 것이다.

나는 통로 반대편에서 나선형 계단을 내려가 얼룩 하나 없이 하얀 차고처럼 보이는 곳으로 들어갔다. 한가운데에는 작은 까만색 차가 세워져 있었다. 키란이 시내를 다닐 때 타는 차가 아닌가 싶었다. 실험적으로 보이는 차였다.

"걔는 베커예요."

누군가의 목소리가 들렸다.

돌아보니 내 뒤에 리아가 서 있었다.

"새로 온 분이죠?"

"난 렉스예요."

"난 리아예요." 리아가 미소를 지었다. "우에르타 맞죠? 키란이 당신 얘기를 했어요. 키란은 다른 사람에 관해 거의 얘기하지 않는데 말이죠. 그러니 당신은 특별한 사람이 분명해요."

"난 그냥 키란의 심기를 건드린 것 같은데요."

"키란을 화나게 해서 관심을 끈 거군요? 거기까진 생각 못 했네요." 리아가 차를 가리켰다. "이건 차세대 자율주행 전기차예요. 키란은 이 차가 미래 기술이 될 거라고 확신해요. 난 이 차의 카메라 시스템 작업을 했죠. 내 입으로 말하긴 좀 그렇지만 꽤 자랑스러워요."

차고에는 리아와 나밖에 없었다.

리아한테 몇 가지 질문을 할 절호의 기회였다.

"이곳은 정확히 어떻게 돌아가는 거예요? 정해진 근무 시간이 있나요?"

"아니요. 자유롭게 왔다 갔다 해도 돼요. 미구엘은 이틀에 한 번씩 오후 두 시에 나가 도시를 돌아다니죠."

"무슨 작업을 하고 있는 거죠? 일종의 인공…."

"아니요. 우린 당신 프로그램을 다음 단계로 발전시키고 있어요."

"워크어바웃 말인가요? 그건 이미 완성됐다고 생각하는데요."

리아가 다시 미소를 지었다.

"키란은 진정으로 완성되는 건 없다고 말해요. 계속 노력해야 한다는 거죠. 우린 거대한 무언가의 한 부분을 작업하고 있어요. 당신이 설계한 프로그램은 그 무언가의 뼈대 같은 거예요. 다른 나라에는 근육과 살 부분을 작업하는 블랙박스 실험실들이 있죠. 좀 괴상하게 들리겠지만… 우린 신경계 부분을 작업하고 있어요."

"그게 뭔데요? 프랑켄슈타인?"

"라마 프로그램을 만드는 데 결정적인 부분이죠."

"난 라마가 무슨 일을 하는지조차 몰라요. 하지만 키란은 내가 워크어바웃을 라마의 핵심이 되도록 업그레이드하길 원하죠. 키란이 당신을 설득하느라 엄청나게 애썼나요?"

"아니요." 리아가 싱긋 웃었다. "전혀요."

"멋지군요."

기분 좋은 미소를 가진 따뜻한 사람이지만 리아 역시 두뇌위원회의 다른 사람들처럼 키란한테 정신 못 차리긴 마찬가지인 것 같았다. 모두들 이마에 '우린 키란을 믿어요'라는 타투라도 새겨야 할 판이었다.

이번 '방문'이 내가 생각했던 것보다 더 힘들 것 같았다.

내가 할 수 있는 유일한 선택은 내가 이 상황을 통제하는 것이다.

카이가 나이지리아에서 그 방법을 보여줬다. 카이는 장군과의 판을 뒤집어 그가 우리한테 기계를 만들어달라고 부탁하게 했다. 나도 인도에서 그런 재기를 발휘해야 한다는 걸 깨달았다. 키란은 내 프로그램을 자기 프로그램에 접목하려고 나를 지구 반대편으로 끌고 왔다. 나는 그 판을 뒤집을 것이다. 워크어바웃 2.0은 워크어바웃 1.0의 소유가 될 것이다.

리아가 나를 실험실에 데려다준 뒤 어딘가로 사라졌다.

나는 내 자리에 돌아오자마자 컴퓨터를 켜고 익숙한 워크어바웃의 바다 속으로 뛰어들었다.

내가 가꿨지만 몇 년 동안 돌보지 않고 내버려둔 정원을 걷는 것 같았다. 낯선 코드 라인들이 나타났다. 내가 고생해서 작성했던 라인들이 거의 없어지거나 완전히 삭제되기도 했다.

나는 키란이 마이단에서 일어나는 모든 일을 모니터링한다는 걸 알고 있었다.

키란은 몰래카메라 없이도 내가 키보드에 입력하는 모든 것을 기록하고 있을 것이다. 그걸 피할 방법을 찾아야 한다.

답은 쉬웠다. 나는 컴퓨터를 오프라인으로 전환한 뒤 하드디스크를 재구성했다. 한 시간쯤 걸렸던 것 같다. 그 뒤 컴퓨터의 속도가 더 빨라지고 스파이웨어에서 자유로워졌다.

이 상태가 오래가지는 않을 것이다.

내가 마이단의 네트워크에 다시 접속하는 순간 스파이웨어가 잠입할 것이다.

그래서 나는 필요한 일을 그전에 전부 했다.

방에서 종이에 써뒀던 코드를 입력했다.

키란의 사람들이 내 프로그램을 라마의 토대로 사용한다면 라마에 들어갈 나만의 방법이 생길 것이다.

21.1

라마의 코드 중 일부가 꽤 흥미롭다는 걸 인정하지 않는다면 거짓말일 것이다.

라마는 영리했다.

사실 영리한 것 이상이었다.

라마가 다른 누군가의 손에 있다면 판을 뒤집는 결정적 패가

263

될지도 모른다.

코드를 살펴보면서 나는 사람들이 왜 그렇게 라마에 열광하게 됐는지 알 수 있었다. 라마는 새로운 인터넷, 공짜로 전 세계와 소통할 수 있는 새로운 방법을 제공했다. 그리고 완전히 민주화되어 있었다. 사람들은 보통 토르 네트워크*, 즉 다크 웹을 비밀로 유지하는 분산 네트워크에 관해 이야기한다. 하지만 라마는 정반대였다. 사용자와 함께 유기적으로 성장하는 아주 투명한 인터넷이었다.

그런데 한 가지가 거슬렸다. 라마는 최종 사용자**를 염두에 두고 설계되었고 아무것도 추적하지 않는 아주 간단한 인터페이스로 되어 있는 반면 그 기반이 되는 모체는 앞뒤가 맞지 않았다.

라마는 사람들을 연결하도록 설계되었는데, 인공지능과 관련된 학습 알고리즘인 자체의 '인지 구조'를 가지고 있었다. 그런데 이 인공지능은 우리가 매일 사용하는 인공지능과 달랐다. 하나의 인공지능이 아니었다. 수백 개의 작고 간단한 인공지능의 집합이었다. 아직 활성화되지는 않았지만, 만약 활성화되면 각 인공지능이 다음 인공지능에게 특정한 정보 흐름을 공급해 일종의 집단의식을 형성할 게 분명했다.

그 모든 게 한 두뇌 집단이 몇 년 동안 가지고 놀 만한 무언가처럼 보였다. 정확히 말하면 두뇌 위원회가 개발할 무언가. 나

---

*Tor Network. 토르는 'The Onion Router'의 약칭으로, 전 세계에서 자발적으로 제공되는 가상 컴퓨터와 네트워크를 여러 차례 경유하면서 사용자의 인터넷 접속 흔적을 추적할 수 없게 하는 서비스다. 토르 네트워크는 토르 브라우저를 통해서만 접근 가능하다.
**End User. 컴퓨터를 이용하여 문제 해결이나 업무 처리에 종사하는 사람.

는 하루가 어떻게 지나갔는지 모를 정도로 강한 흥미를 느꼈다. 먹는 것도 잊고 화면에서 한 번도 눈을 떼지 않았다.

마침내 고개를 들었을 때 밖은 어두웠고 다른 사람들은 나가고 없었다. 리아도 없었다. 실험실에 나 혼자였다.

나는 다리에 쥐가 나서 리아의 말을 테스트해보기로 했다. 리아는 내가 자유롭게 나가서 느긋하게 도시를 돌아다녀도 된다고 했다. 나는 방에 가서 후드티와 영양 바 하나를 집어 들고 현관으로 향했다.

문은 잠겨 있지 않았다. 문 위의 벽에 붙은 카메라를 보니 빨간 불빛이 반짝거리고 있었다. 지금 카메라가 나를 기록, 추적하고 있다는 뜻이었다.

문을 밀어봤다. 경보가 울리지 않았다. 아무 일도 일어나지 않았다.

"좋아." 나는 카메라 마이크에 잡히길 바라며 큰 소리로 말했다. "밖에 나가도 된다 해서 나왔는데 아무 수상한 낌새도 없네. 그냥 다리 좀 풀고 몇 시간 동안 도시 구경 하러 나가는 거야. 좀 이따가 돌아올게."

카메라는 그저 인형 눈처럼 나를 응시할 뿐이었다.

나는 문을 열고 밖으로 나갔다.

실험실을 벗어나 밖으로 발을 내디디니 얼떨떨했다. 낮이라서 숨 막힐 듯 더운 줄 알았는데 이 도시는 밤에도 서늘해지지 않았다. 그냥 찜통 같았다.

어디로 갈지 감이 오지 않았다.

그저 마이단에서 최대한 멀어지고 싶을 뿐이었다.

콜카타 어딘가에 아프리카까지 쭉 이어진 비밀의 길이 숨겨져 있다는 괴상한 상상을 했다. 가장 친한 친구와 사랑하는 여자한테 나를 다시 데려다줄 마법의 도로.

나는 분명 제정신이 아니었다.

21.2

다른 사람들 눈에는 내가 미친 사람처럼 보였을 거다.

내 머릿속에서는 지니어스 게임에서 카이를 처음 만났을 때부터 그 애와 함께했던 모든 순간의 영상 슬라이드 쇼가 재생되고 있었다.

나는 계속 걸었다.

방향감각 없이 무작정.

그러다 교차로에 도착해서 걸음을 멈추고 모든 방향을 살펴본 뒤 가장 흥미로워 보이는 쪽으로 방향을 틀었다. 나는 사실 도시의 그 무엇도 눈여겨보지 않았다. 주위에서 벌어지고 있는 소란을 알아차리기엔 너무 내 생각들에 사로잡혀 있었다.

돌아가는 길을 찾아야 한다는 걸 깨달았을 때는 이미 한밤중이었다. 하지만 지금 내가 어디에 있는지 도통 알 수가 없었고, 택시나 릭샤를 탄다 해도 운전사한테 어디로 가자고 말해야 할지 난감했다.

어딘지 모르는 건물에 숨겨진 비밀 실험실로 가자고?

나는 꽃집 맞은편 모퉁이에 서서 내 위치가 어딘지 가늠하려

콜카타의 전형적인 릭샤

애썼다. 하지만 소용없었다.

그때 공중전화가 눈에 띄었다.

전화기를 해킹하는 건 누워서 떡 먹기다. 전화기 해킹은 전화를 거는 데 필요한 동전을 넣었다고 전화기를 속이는 것이다. 이런 해킹은 몇 초면 충분하다.

나는 길을 건너 전화기에서 몇 발 떨어진 곳에 섰다.

키란이 정말로 사방에 스파이를 심어놓았을까?

나는 단순히 길을 잃은 정도가 아니었다. 그런데도 누군가가 나를 따라 다니는 게 가능할까?

그럴 리 없어. 이 도시를 보라고! 그냥 전화기를 집어 들어…

나는 전화기로 손을 뻗다가 멈췄다.

카이한테 전화해서 잘 지내는지 알고 싶은 마음이 간절했다. "여보세요"라는 카이 목소리만이라도 들을 수 있다면 얼마나 행복할까.

하지만 먼저 부모님께 전화를 걸어야 한다.

부모님께 내가 잘 지낸다고 알려야 한다.

키란은 그냥 너한테 겁준 거야. 키란은 널 보지 못해.

나는 지켜보는 사람이 없다는 걸 확인하려고 주위를 두리번거렸다. 거리는 거의 비어 있었다. 서성거리고 있는 몇몇 사람도 딱히 나를 보고 있진 않았다. 옥상이나 전신주에 눈에 띄는 카메라도 없었다.

재빨리 전화를 걸면 눈치채지 못하겠다 싶었다.

키란은 슈퍼맨이 아니야. 키란은 지금 널 볼 수 없어.

나는 전화기로 손을 뻗었지만 너무 위험하다는 걸 깨달았다.

그때 몇 미터 떨어진 곳에서 빗자루를 들고 있는 젊은 남자가 눈에 띄었다. 그는 빗자루에 몸을 의지하고 생각에 잠긴 채 담배를 피우고 있었다. 전화를 쓰려면 창의력을 발휘해야 한다. 이 남자를 사회공학적으로 이용해야 한다.

나는 남자한테 다가갔다.

"안녕하세요. 혹시 휴대폰 있으세요?"

남자가 고개를 끄덕였다.

"난, 그러니까," 나는 페인티드 울프라면 이런 일을 어떻게 해낼지 생각해내려 애썼다. "난 전자회사에 다니는 미국인이에요. 온드스캔 아세요? 인터넷 브라우저로 유명한."

나는 내 셔츠에 있는 온드스캔 로고를 가리켰다.

"네. 그 회사 알아요."

"잘됐군요. 음, 우린 새로운 앱을 선보이려고 콜카타 거리에 나왔어요. 보안 앱인데 그걸 당신 휴대폰에 깔면 아무도 당신의 통화나 온라인 통신을 해킹할 수 없을 겁니다."

"돈이 드나요?"

"아니요, 완전 공짜예요. 지금 테스트 이벤트 중인데 앱을 깔면 2주 내에 선생님께 전화해서 몇 가지 비공식적인 질문을 할 겁니다. 설문조사에 응해주시면 앱은 공짜입니다. 이벤트 기간은 한정돼 있어요. 오늘 밤 자정에 만료되죠."

남자가 호주머니에서 휴대폰을 꺼내 나한테 내밀었다.

"감사합니다. 몇 분이면 설치됩니다."

그의 전화기는 4년 전에 나온 노키아 스마트폰이었다.

나는 설정으로 들어가 일부 보안 코드를 다시 작성했다. 고대 유물 같은 전화기였고, 솔직히 말하자면 그의 휴대폰을 해킹으로부터 안전하게 만들어줌으로써 내가 호의를 베푼 셈이었다.

2분이면 뚝딱 해치울 일이지만 나는 문제가 생긴 척했다.

"문제를 해결하려면 상사한테 빨리 전화를 해봐야 해요."

남자가 고개를 끄덕였다.

나는 멕시코에 있는 삼촌 집의 전화번호를 눌렀다.

벨이 세 번 울리더니 누군가 전화를 받았다.

"여보세요?"

잡음 사이로 엄마의 목소리가 울렸다.

엄마가 비명을 지르더니 곧바로 울음을 터트렸다.

"난 잘 있어요, 엄마." 나는 돌아서서 남자가 스페인어를 모르길 기도하며 말했다. "난 지금 인도에 있어요. 엄마를 집으로 돌려보낼 계획이 있어요."

"인도라고?"

"설명하려면 아주 힘들어요."

"당장 설명해줘." 엄마가 울음을 참으며 말했다. "뉴욕에서 무슨 일이 일어났던 거야? 뉴스에 너에 관한 끔찍한 얘기가 많이 나왔어."

"어떤 말도 사실이 아니에요, 엄마. 맹세해요."

"그런데 왜 도망치고 있는 거야?"

"지금은 그래야 해요. 보스턴에서 말씀드렸잖아요. 우리가 하지 않은 일을 가지고 누명을 썼다고. 엄마, 아빠의 삶을 망가뜨리고 강제 추방당하게 할 뜻은 전혀 없었어요. 난 그냥 형을 찾고 싶었어요…."

"찾았어?" 엄마의 목소리가 갈라졌다.

"아직은 아니에요."

엄마가 다시 조용히 울기 시작했다.

"하지만 거의 찾을 뻔했어요. 형이 살던 아파트를 발견했거든요. 며칠 차이로 형을 놓친 게 분명해요."

"아파트를 찾았다고?"

"네."

엄마가 전화기를 떨어뜨리는 소리가 났다.

나는 남자를 돌아보며 1분만 더 기다려달라는 시늉을 했다.

남자는 짜증이 난 것 같았다.

그때 아빠가 전화를 받았다.

"렉스니?"

아빠 목소리를 듣자 눈물이 나왔다.

"렉스, 너야?"

"네, 아빠. 난 잘 있어요. 지금 문제를 해결하는 중이에요. 두 분은 캘리포니아의 우리 집으로 돌아가겠다고 신청하세요. 제가 사람을 시켜 해결…."

갑자기 전화가 끊어졌다.

휴대폰을 보니 꺼져 있었다. 배터리가 다 닳은 것이다.

나는 돌아서서 휴대폰을 남자한테 돌려줬다.

"방금 전에 배터리가 나갔어요. 하지만 모든 게 제대로 됐어요. 홈 화면에선 앱이 안 보이지만 백그라운드에서 돌아가고 있어요. 아까 말한 것처럼 확인을 위해 2주 내에 전화드리겠습니다."

남자가 어깨를 으쓱하더니 휴대폰을 호주머니에 집어넣었다.

솔직히 말해 키란이 나를 추적했을까 봐 심히 걱정이 되었다.

거리의 소음이 귀로 밀려드는 순간 나는 다시금 피해망상에 젖었다.

넌 지금 엄청난 위험을 무릅쓴 거야, 렉스.

결과가 궁금했다. 키란의 두뇌 위원회 멤버들 중에도 규칙 위반으로 아웃 당한 사람이 있을까?

키란이 내 생명 유지장치를 떼버린다는 게 당국에 전화를 한다는 뜻일까?

아니면 그 이상일까?

"렉스?"

카랑카랑하고 단조로운 목소리였다.

바로 내 뒤에서 들렸다.

21.4

휙 돌아보니 왼쪽에 어떤 여자애가 서 있었다.

"난 전화를 걸지 않았어요. 맹세해요. 난 그냥…."

그러다 말을 멈췄다.

여자애는 맨발에 빨간색 사리를 입었고 머리를 뒤로 질끈 올려 묶었다. 열세 살쯤 되어 보였다.

"렉스 맞죠?"

"키란한테 내가 전화를 걸었다고 말하지 마세요. 그냥 테스트한 거예요."

"난 신두타이예요." 여자애가 손을 내밀며 말했다. "걱정 마세요. 나 역시 전화 규칙 때문에 피해망상에 시달렸으니까요. 키란은 현실적으로 그 규칙을 실행할 방법이 없어요. 그냥 심리 통제 방법들 중 하나일 뿐이죠. 당신은 안전해요."

우리는 악수를 했다.

"내가 아는 분인가요?"

신두타이가 고개를 저었다.

"난 두뇌 위원회 소속이었어요. 난 과잉기억증후군이에요. 사람들이 사진처럼 정확하다고 말하는 기억력의 소유자죠. 현재 나만큼 기억력이 좋은 사람은 전 세계에 27명뿐이에요."

"와우."

"대부분의 사람들이 그렇게 반응해요."

"왜 두뇌위원회에서 나온 거죠?"

"난 키란을 믿지 않아요. 키란은 나랑 부모님께 많은 약속을 했어요. 그중 대부분을 지켰지만, 난 그가 한 입으로 두 말 하는 사람이란 걸 금방 알아차렸어요. 키란은 자기가 세상을 치유하고 있다는 둥 떠들어대지만, 난 그렇지 않다는 걸 눈치챘어요. 그래서 떠났죠."

잠깐만, 뭔가 수상쩍은데.

"어떻게 나를 발견한 거죠?"

"실험실에서부터 당신을 따라왔어요. 난 키란이 절대 성공하지 못하길 바라는 누군가와 일하고 있어요. 우린 중요하다고 생각되는 정보를 가지고 있어요. 당신은 워크어바웃 2.0에 대한 백도어* 프로그램을 작성했어요. 그런데 실수를 저질렀죠."

나는 키란이 꼭 내 뒤에 서 있을 것 같아 휙 뒤를 돌아봤다.

거리는 텅 비어 있었다.

"그걸 어떻게 알죠?"

---

*Backdoor. 정상적인 인증 절차를 거치지 않고, 컴퓨터와 암호 시스템 등에 접근할 수 있도록 하는 방법.

"우린 당신을 주시하고 있었거든요. 당신은 음향용 코드에 백도어 프로그램을 숨겨놨어요. 잘못된 코드 라인에 집어넣은 거죠. 매일 밤 자정에 컴퓨터 보안 시스템이 제자리에서 벗어난 코드가 있는지 자동으로 찾아다녀요. 보안 시스템은 당신의 백도어 프로그램을 발견하고 삭제할 겁니다. 당신은 그 프로그램을 진폭 라인으로 옮겨야 해요. 아시겠죠?"

"네."

머리가 10초 안에 터질 것만 같았다….

"그런데 왜 내가 당신을 믿어야 하죠? 처음 보는 사람인데. 이런 상황 역시 키란의 미친 심리 게임 중 하나일 수 있잖아요. 나를 기겁하게 만들."

"당신은 나를 믿어야만 해요. 우린 당신이 목표를 달성하길 원하고 당신이 이곳에서 벗어나도록 돕고 싶어요. 하지만 할 일이 더 있어요."

"어떤 일요?"

"백도어 프로그램은 좋은 출발이에요. 하지만 당신이 그 프로그램에 추가해야 하는 한 가지가 더 있어요. 외부 사이트에서 시스템 전체의 작동을 중지시키는 프로그램인 킬 스위치를 집어넣었으면 좋겠어요."

"그건 숨기기 힘들 거예요."

"우린 당신이 할 수 있다는 걸 알아요."

"잠깐, 잠깐만요. 당신이 두뇌 위원회에 있을 때 직접 하지 그랬어요?"

"난 어떻게 하는지 몰랐어요."

"당신이 함께 일하고 있는 사람도?"

신두타이가 고개를 끄덕였다.

"우린 당신을 기다리고 있었어요."

맙소사, 불길한 느낌이 들었다.

신두타이가 고개를 돌려 거리 맞은편에 있던 바이저 헬멧을 쓴 남자한테 손짓했다.

남자가 지저분한 오토바이에 올라타더니 시동을 걸고 달려와 내 앞에 멈춰 섰다.

"이 사람이 당신을 마이단에 데려다줄 거예요. 하지만 먼저…."

신두타이가 봉투 하나를 내밀었다. 그 안에는 엽서가 들어 있었다.

엽서 앞면은 인도 사원의 사진이었다.

뒷면에는 아주 또박또박 손으로 쓴 짧은 문장이 있었다. 손 글씨가 이상하게 낯이 익었다. 내 글씨와도 좀 비슷하고 형의 글씨와도 약간 비슷했다.

바보 같은 생각 마, 넌 지금 논리보다 희망을 앞세우고 있어.

메시지는 상당히 단순했다.

만날 때가 되었다. 내일 밤에 만나자.

자정에 사이언스시티의 식물원으로 와서

공원 남쪽 입구 바로 안쪽의 벤치에서 기다릴 것.

거기서 보자.

"누가 보낸 건가요?"

"내 공모자죠." 신두타이가 말했다. "내일 봐요."

오토바이를 탄 사내가 다시 시동을 걸었다. 좀 짜증이 난 것 같았다.

나는 뒷자리에 올라탔다.

타자마자 오토바이가 부르릉거리며 차들 사이로 내달렸다. 나는 거리로 굴러 떨어지지 않도록 운전자를 꽉 붙잡아야 했다. 그가 입은 가죽 코트는 두툼한 패딩이 들어가 있었고 배기가스 같은 악취를 풍겼다. 부츠는 진흙투성이였다.

그는 미치광이처럼 오토바이를 몰았다. 신호등을 무시하고 모든 교차로를 쏜살같이 통과했다.

교통 법규라는 건 들어본 적도 없는 게 분명했다.

어릴 때 형과 함께 오토바이를 타고 돌아다니던 이후로 오토바이를 탄 건 처음이었다. 광란의 질주를 시작한 지 몇 분 지나자 긴장이 풀리기 시작했다. 차들 사이를 누비는 기분이 그때와는 완전히 다르지만 편안하고 친숙하게 느껴졌다. 형의 아파트가 떠올랐다. 우린 정말 만날 뻔했는데.

한 시간 뒤, 나는 마이단 앞에 서 있었다.

오토바이가 어둠 속으로 쌩하고 사라졌다.

마이단의 앞문이 열리더니 리아가 튀어나왔다.

"저 사람은 누구예요?" 리아가 물었다.

"모르겠어요."

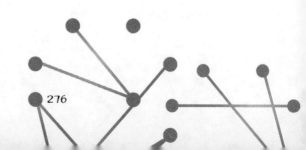

22. 툰데

친구들, 우리는 채굴기를 기록적인 시간 내에 완성했다.

맹렬히 일에 매달려서 에러 없이 다섯 번 기계를 가동시킨 뒤 내가 검인 도장을 쾅쾅 찍었다. 다음번에 이 기계가 켜지는 건 장군이 지켜보는 날이 될 것이다.

잘될 것 같다는 생각이 혈관을 타고 흘렀다. 이제 우리에겐 잠입 스파이가 있기 때문에 이 채굴기의 첫 공개가 실패로 돌아갈 리는 없을 것처럼 느껴졌다.

내가 카이 아빠와 작업하는 동안, 카이는 이야보 장군이 어디에 있는지 알아보려고 마을로 돌아갔다.

얼마 후, 카이가 반갑지 않은 소식을 들고 돌아왔다.

"크웬토가 오고 있어."

"크웬토가 도착할 때까지 얼마나 시간이 있을까?"

"2분쯤."

"좋아." 나는 손가락 마디를 꺾으며 말했다. "할 수 있어."

"더 심각한 문제는," 카이가 자기 아빠를 보며 말했다. "장군이 시연 날짜를 옮겼다는 거야. 장군은 로듐 매장지에 가고 싶어 안달이 나 있어. 아까 마을에서 나야하고 마주쳤는데 나한테 달려오더니 우리가 오늘 밤에 시연을 준비해야 한대. 그리고 장군이 찾고 있어요, 아빠."

나는 당황해서 허둥대야 했지만 그러지 않았다. 분명 카이가 나한테 영향을 미치고 있었다. 나는 깊이 숨을 들이마신 뒤 천천히 내쉬었다.

"좋아. 내가 크웬토하고 얘기할게. 장 선생님은 뒷문으로 나가세요. 카이, 우린 몇 가지 일만 마무리하면 돼."

"너, 정말 괜찮아?" 카이가 약간 놀라며 물었다.

"아니. 하지만 괜찮아질 거야."

카이 아빠가 뒷문으로 몰래 빠져나가는 동안 나는 작업장 밖의 환한 햇살 속으로 나갔다.

크웬토가 마을 사람 몇 명과 함께 도착했다. 나는 그들이 광산에서 모여 있던 사람들이라는 걸 알아봤다. 크웬토의 수하들이었다.

"툰데," 크웬토가 말했다. "마을 사람들이 불안해하고 있어. 어제 네가 하루 종일 이 헛간에 박혀 있는 동안 우린 밥도 못 얻어먹고 혹사당했어. 몇 명은 기절까지 했고. 기계는 준비됐어?"

"준비됐어. 오늘 밤 이야보 장군한테 시연할 거야."

크웬토가 자기 측근들을 돌아봤다.

"그래, 성공할 것 같아? 장난쳐놓고 어둠을 틈타 달아나면 안 돼."

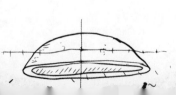

"그럴 일은 절대 없어."

친구들이여, 나는 크웬토의 말에 화가 나서 피가 거꾸로 솟는 기분이었다. 그래서 나보다 키가 50센티미터나 더 큰 크웬토한테 다가가 내 얼굴을 최대한 들이댔다.

"난 우리 마을과 마을 사람들을 사랑해. 어디다 대고 그런 말을 해?"

크웬토도 나한테 바짝 얼굴을 들이댔다.

"내가 여기 왔을 때 중국 남자가 나가는 걸 봤어. 왜지?"

나는 카이를 흘깃 본 뒤 고개를 돌려 크웬토를 마주 봤다.

"형은 이 기계를 어떻게 만드는지 알아?"

크웬토는 고개를 저었지만 물러서지는 않았다.

"난 밤낮으로 일했어. 이 기계를 작동시키려고 잠도 안 잤어. 나한테는 동전 한 푼 안 떨어지는 일이지만, 우리 마을 사람들의 운명이 달려 있으니까! 내가 실패하면 우리 마을이 장군한테 넘어가니까!"

"그건 내가 막아낼 거야." 크웬토가 내뱉었다.

"그랬다간 형은 죽을 거야."

긴장된 순간이 흐른 뒤 나는 다시 입을 열었다.

"난 형이 뛰어난 전사라는 걸 잘 알아. 그 점에 대해선 형을 믿어. 그리고 난 엔지니어야. 난 물건을 만들어. 내가 형을 믿듯이 형도 내가 그 일을 해낼 거라고 믿어야 해."

크웬토가 내 말을 생각해보더니 뒤로 물러섰다.

"내가 지켜볼 거란 것만 알아둬."

"당연하지."

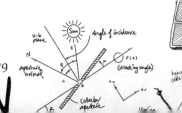

279

크웬토가 측근들한테 신호를 보내자 다들 돌아서서 작업장을 떠났다.

그들이 가는 모습을 지켜보면서, 우리가 하마터면 모든 걸 잃어버릴 뻔했다는 걸 깨달았다.

만약 내가 준비가 되어 있지 않았더라면 저 사람들은 바로 저녁에 장군을 끌어내리려고 폭동을 일으켰을 것이다.

그리고 분명 졌을 것이다. 우리 모두가 졌을 것이다.

22.1

카이와 내가 고벽식 채굴기의 시연을 준비하고 있는 동안 이상한 일이 일어났다.

부지런히 채굴기를 윤이 나게 닦고 작업장을 치우고 있는데, 맞은편 들판에 서 있는 나야가 보였다. 나야는 전화 통화를 하고 있었는데, 평소보다 훨씬 더 활기차 보였다.

"나야가 누구랑 통화하는 걸까?"

내가 묻자, 카이가 고개를 저었다.

"그냥 누군가의 삶을 불행하게 만들고 있는 중이겠지. 나야가 여기서 우릴 빤히 지켜보지 않아서 다행이야. 정말 짜증나는 여자야."

"수행원이 따라오지 않았어. 그게 이상해."

"내 생각에 나야는 툰데 널 좋아하는 것 같아."

"뭐라고?"

280

나는 내 목소리가 작업장에 얼마나 크게 울리는지도 깨닫지 못하고 고함을 질렀다.

"진짜야. 나야가 시도 때도 없이 여길 불쑥 찾아오는 건 그래서일 거야."

"말도 안 돼."

그때 창밖으로 들판을 가로질러 가는 나야가 보였다. 나야는 눈에 띄지 않게 움직이려는 것 같았다. 아무도 자기가 나무들 사이로 사라지는 걸 보지 못하길 바라는 것처럼.

카이도 뭔가 이상하다는 걸 알아차렸다.

"뭔가 특이한 일이 일어나고 있어. 나야한테 가봐야 할 것 같아."

우리는 나야한테 들키지 않도록 조용히 작업장을 빠져나가 나야 근처로 갔다. 그리고 나무 뒤에 숨어서 휴대폰에 대고 소리 지르는 나야를 지켜봤다. 어찌나 쩌렁쩌렁 소리 지르던지, 몇 미터나 떨어져 있는데도 무슨 말을 하고 있는지 다 들렸다.

"그걸론 안 돼! 아빠가 걔들을 쫓아내게 해야 해. 오늘 밤 걔들이 성공하면 걔들이 모든 걸 망쳐놓을 거야! 지금 아니면 기회가 없어."

더 가까이 다가가 보니, 나야는 사람들이 '대포폰'이라고 부르는 휴대폰으로 통화하고 있었다. 통화 후에 쉽게 버릴 수 있는 저렴한 선불 휴대폰 말이다. 대포폰은 범죄자들이 사용하고 대부분 추적이 안 된다. 나야가 갑자기 대포폰을 쓰는 게 수상쩍었다.

"안 돼! 아빠는 이 일에 미쳐 있어. 진짜야…."

카이와 내가 풀숲 속에서 갑자기 나타나자, 나야가 눈이 휘

$$1.44 \times 10^6 C \times \frac{1F}{96,485C} = 14.9F$$

$$14.9F \times \frac{1 \text{ mole } e}{1F} = 14.9 \text{ mole } e$$

둥그레져서 하던 말을 멈췄다.

그러더니 전화를 끊었다.

"당신들 지금 여기서 뭐 하는 거예요?" 나야가 불같이 화를 내며 소리쳤다. "일은 안 하고 내 뒤를 몰래 따라다니는 걸 알면 우리 아빠가 엄청 못마땅해하실 텐데."

"딸이 자기를 속이고 있다는 걸 알면 어떨까요?" 카이가 물었다.

"당신이 뭘 안다고 그래….."

"우리가 아는 게 있는 것 같은데요." 내가 끼어들었다. "당신은 누굴 위해 일하고 있죠?"

나야가 코웃음을 치더니 우리를 밀치고 지나가려 했다.

하지만 우리는 나야 앞을 막아섰다.

"누구하고 통화했는지 말해요. 안 그러면 당신 아빠한테 말할 거예요."

"그러시든가." 나야가 내뱉었다.

"그 휴대폰이 안전하다고 생각한다면 착각이에요. 난 그걸 해킹할 수 있거든요. 사실 방금 당신의 통화 내용을 녹음했어요."

카이가 그렇게 말하고 선글라스를 내려 옆쪽에 장착된 카메라 렌즈를 가리켰다.

"당신이 아빠를 미쳤다고 말했던 것 같은데요." 내가 말했다.

나야는 패배에 익숙하지 않은 사람이었다. 그녀는 지지 않으려고 온몸으로 기를 썼다.

하지만 우리는 그녀를 함정에 빠트렸고 그녀도 그걸 알았다.

Tes Res ll

n	1	0x0
Ouɪ	10011	0x 3

나야가 대포폰을 땅에 던지고 발뒤꿈치로 마구 밟아 산산조 각 내는 동안 침묵이 흘렀다. 휴대폰 화면이 깨지고 플라스틱 케 이스가 떨어져 나갔다. 하지만 그런 상태의 휴대폰도 얼마든지 되살릴 수 있다.

"당신들은 내 작전을 망쳤어."

"작전이라고요?" 내가 물었다. "누구와의 작전이죠?"

"터미널."

22.2

터미널이란 단어를 듣자 망치로 한 대 얻어맞은 것 같은 느낌 이었다.

숨이 턱 막혀 현기증이 났다. 친구들, 우리 이야기의 이 마지 막 반전은 나를 어마어마한 충격에 빠트리기에 충분했다.

"장군의 딸이 터미널을 위해 일한다고요?"

카이도 경악했다.

"우리 아빠는 괴물이에요." 나야가 말했다.

"그건 나야 당신도 마찬가지죠."

"아빠의 마음에 들기 위해 그런 거예요. 아빠는 어떤 일도 나 하고 함께하려 한 적이 없어요. 다섯 살 때 나를 유럽의 기숙학교 에 보내버렸죠. 지난 13년 동안 집에 머문 건 몇 주밖에 안 돼요. 아빠가 나를 만나러 온 적은 한 번도 없고요. 심지어 카드 한 장 안 보냈죠."

"그래서 이게 아빠한테 복수하는 방법인가요?"

"이건 내 문제가 아니에요. 더 큰 목표와 관련돼 있어요. 우리 아빠는 전 세계에서 나쁜 짓을 저지르고 있는 수많은 사람들 중 일부일 뿐이에요. 터미널은 나를 찾아내서 내가 그들을 도울 수 있다고 말했어요. 내겐 다른 누구도 상대가 안 되는 영향력이 있어요. 우린 장군을 무릎 꿇리고 파트너들을 폭로할 거예요. 그 뒷일은 세상이 할 거고요."

나야를 믿어야 할지 확신이 서지 않았다.

"그럼 우린 공동의 목표를 가진 건가요?"

내가 묻자, 나야가 고개를 저었다.

"당신들은 자기가 아주 똑똑하다고 생각하죠. 하지만 당신들은 방해꾼이에요. 난 당신들이 등장하기 전에 내가 원하는 걸 거의 얻을 뻔했어요. 당신들은 너무 어설퍼요. 가짜 여권과 조작된 이력서로도 난 당신들이 뭔가를 숨기고 있다는 걸 알았어요. 아빠를 설득하려 애썼지만 아빠는 섬세한 사람이 아니에요. 내가 조각들을 이어붙이는 데는 그리 오랜 시간이 걸리지 않았어요. 당신들은 로지고, 터미널은 당신들에 관한 모든 걸 알고 있어요. 당신들은 영웅이 되려고 빨빨거리는 애들일 뿐이에요. 이 게임에서 큰 상처를 입을 거고, 내가 당신들이라면 지금 짐을 싸서 떠날 거예요."

"그런 일은 없을 거예요." 카이가 말했다.

"맞아요." 내가 거들었다. "우린 교착 상태에 빠진 것 같네요. 우린 같은 걸 원하지만 그걸 얻는 방법이 서로 달라요. 나야, 당신 계획은 뭔가요?"

"우리 아빠를 멈추게 할 유일한 방법은 파멸시키는 거예요."

"터미널의 진정한 신봉자처럼 말하네요." 카이가 빈정거렸다.

"당신은 우리 아빠가 원하는 걸 주는 게 도움이 될 거라 생각해요?"

나는 우리의 더 큰 계획을 드러내고 싶지 않아서 그냥 고개를 끄덕였다.

"그렇게 하면 아무것도 바뀌지 않을 거예요." 나야가 말을 이었다. "아빠는 탐욕스러운 사람이니까요. 자, 그럼 이렇게 하는 게 어때요? 난 당신들 정체를 폭로하지 않고 당신들은 나를 돕는 거죠. 터미널은 아마 당신들을 받아들일 거예요."

"그래서 계획이 뭔데요?" 내가 물었다.

나는 나야한테 점점 더 화가 났다. 나야는 우리 마을에서, 우리 마을 사람들 사이에서, 우리 모두의 목숨을 걸고 게임을 하고 있었다. 정말 싫었다.

나야가 내 심각한 표정을 보고 한숨을 내쉬었다. 그러더니 자기가 아키카 마을에서 뭘 하고 있는지 말해줬다.

"우리 아빠는 카운터블래스트라고 불리는 신용 사기를 공모하고 있어요. 러시아의 해커 조직들이 생각해낼 수 있는 그 어떤 것도 넘어서는 악성 소프트웨어 라이브러리에 접근해서요. 아주 뛰어난 프로그래머 팀이라도 그걸 구축하는 데 10년은 걸릴 거예요. 아빠는 전자기기들을 돌리고 있는 막사 안의 축구 가방에 그걸 보관해놨어요. 상상할 수 있는 가장 정교한 프로그램들이 들어 있는 하드디스크 열두 개를요. 아빠는 교활해요. 그 가방 안에 낡은 운동화 말고 다른 게 들어 있을 거라고 의심할 사람은 없으니까요. 터미널은 그걸 원해요. 카운터블래스트를 빼앗아 좋은 일에 사용하고 싶어 해요."

"좋은 일요?"

그런 일이 가능하다는 게 믿기지 않았다.

"그 데이터를 얻는 건 크리스마스 날 아침에 일어나 트리에서 핵폭탄 선물을 발견한 거나 마찬가지죠."

"그냥 당신이 그걸 빼내지 그래요?" 카이가 물었다.

"우리 아빠 아시잖아요. 아빠는 사람을 믿지 않아요. 그 데이터를 아주 신중하게 보관해요. 난 아빠 눈에 들기 위해 아빠를 숭배하는 딸인 척해야 했어요. 이번 주에 그 데이터를 입수해 여길 뜨려고 했는데, 내가 일을 너무 잘하는 바람에 아빠가 당신들을 감시하는 일을 시켰죠. 난 당신들이 떠나기 전까지는 그 데이터를 갖고 떠날 수 없어요."

"들어봐요." 카이가 말했다. "우린 서로를 도울 수 있어요. 장군이 우리를 믿도록 당신이 계속 확신을 주면 우린 하루 뒤에 떠날게요. 그리고 그전에 최대한 당신을 도울게요."

나야가 눈을 가늘게 떴다.

"왜 내가 당신들을 믿어야 하죠?"

"당신 입으로 벌써 말했잖아요. 우리가 일을 복잡하게 만들었어요. 우리의 등장이 당신한테 상황을 더 어렵게 만들었죠. 툰데와 내 입장에서는 당신이 입을 닫아줘야 하고, 당신은 우리의 협력이 필요해요. 내키지 않더라도."

카이가 손을 내밀었다.

나야가 카이의 손을 잡았고 두 사람은 악수를 했다.

그런 뒤 나야가 나를 봤다.

"기계가 돌아가긴 하죠?"

"돌아가기만 하겠어요?"

23. 카이

나는 아빠와 함께 광산으로 걸어갔다.

여러 시간이 걸리긴 했지만 우리는 크웬토와 그의 수하들의 도움을 받아 고벽식 채굴기를 가까스로 작업장 밖으로 꺼내 트럭에 실었다. 트럭이 천천히 움직여서 아빠와 나는 트럭과 나란히 걸어갔다.

해가 막 지고 있었다. 하늘이 밝은 오렌지색으로 물들었고 떠다니는 구름 몇 점은 꼭 불이 붙은 것 같았다. 정말 마법 같은 시간이었다.

"엄마한테 말하실 거예요?"

"네 엄마가 심장마비를 일으키라고?"

"엄마가 나중에 알게 되는 것보단 나을 수 있어요. 아빠, 사실 전 여전히 할 일이 많아요. 이번 일이 성공해서 이야보 장군이 잡혀 간다 해도, 내 친구 렉스가 지금 인도에 있거든요. 그 애를 돌아오게 해야 해요."

"그 키 큰 미국 애?"

"네. 렉스도 우리 팀이에요."

"키란이 그 애에 관해 많이 얘기하더구나." 아빠가 가시덤불을 넘어가며 말했다. "키란은 렉스한테서 자기 자신이 보인다고 했어. 키란은 원대한 비전을 갖고 있지만, 솔직히 말해 난 그중 아주 작은 부분밖에 보지 못했어."

"그런데 왜 키란과 함께 일하신 건가요?"

"가장 낮은 곳에 달린 가지라도 나무에 붙어 있는 게 행복한 법이지. 나도 모르겠다. 난 우리가 더 좋은 아파트와 더 좋은 차를 얻을 방법을 찾고 있었어. 네가 가고 싶은 대학에도 보내주고 싶었고."

"장학금을 받으면 되잖아요."

우리는 말없이 걸었고, 우리 옆에서 트럭 바퀴들이 삐걱거리며 땅 위를 굴러갔다.

저 멀리 들판에는 마을 영웅의 작품을 보고 싶은 마을 사람들과 군인들이 벌써부터 모여 있었다.

"엄마는 이해하실 거예요. 한동안은 화가 나겠지만 가라앉을 거예요. 엄마가 사실을 알면 걱정을 덜 하실 것 같아요."

"난 어떡하고?"

"네? 아빠가 왜요?"

아빠가 걸음을 늦췄다.

"엄마한테 나에 관해 말할 거야? 난 네 엄마와 너를 실망시켰어. 키란, 장군과 손잡은 게 너무 부끄러워. 지난 몇 달 동안 이 일에서 빠져나오고 싶었지만 난 너무 깊이 발을 담그고 있었어.

모든 걸 잃지 않고는 발을 뺄 수 없는 지점에 이른 거지."

"아빠가 벗어나도록 제가 도울게요."

"장군의 권력을 뺏는다 해도 키란은 더 강해질 거야. 키란은 내가 이 일에서 손을 떼게 놔두지 않을 거야. 그걸 모욕이라 생각하고 복수심을 품겠지. 난 그가 끔찍한 일들을 하는 걸 봤거든."

"그런 일은 일어나지 않을 거예요. 우리가 해결할 방법을 찾을게요. 아빠가 저랑 툰데를 도운 걸로 이미 시작이에요."

아빠가 손을 뻗어 내 손을 꽉 잡았다.

들판에 도착하기 직전, 아빠가 재킷 주머니에서 봉투 하나를 꺼내 나한테 내밀었다.

"장군이 베냉으로 가는 국경을 건너고 유엔군에 체포된다 해도 현장에 증거가 없으면 처벌을 피할 가능성이 있어. 내가 그 증거를 제공할 수 있을 것 같구나."

"어떻게요?"

"내가 가진 걸 전부 넘길 거야."

"아빠…" 갑자기 몹시 걱정이 되었다. "이 일에 연루되면 안돼요."

"우리에겐 선택의 여지가 없어. 그렇지 않니? 탈출하는 유일한 방법은 과거를 청산하는 거야. 장군을 폭로하려면 나를 폭로해야 해. 클라우드 계정에 모든 게 저장돼 있고, 내가 가진 파일뿐 아니라 내가 접근할 수 있는 장군의 파일들도 전부 다운로드할 생각이야. 장군은 다른 계획들과 관련된 데이터도 그곳에 보관하고 있는데, 신용 사기 데이터뿐 아니라 악성 프로그램도 있더구나. 내가 그 자료들을 전부 다운로드해서 당국에 넘기면 내

오명을 씻는 데 큰 도움이 되겠지."

나는 고개를 끄덕였다.

"이제 가보셔야 해요. 장군이나 그 부하들이 아빠가 저랑 함께 있는 걸 보면 의심할 수도 있어요."

"아." 아빠가 미소를 지었다. "넌 이런 일에 전문가구나."

23.1

툰데는 자기 부모님 곁에 서 있었다.

그 뒤에는 흰색 천이 고벽식 채굴기를 덮고 있었다.

상당히 극적인 광경이었다. 사람들이 가려진 채굴기를 요리조리 살펴보며 서성거리고 있는 것만 봐도 성공이라는 걸 알 수 있었다.

10분 뒤, 장군의 차가 도착했다. 우리를 공항에서 태워다 준 운전사가 모는 또 다른 까만색 차였다.

나야가 먼저 차에서 내렸다. 그리고 툰데와 나를 흘깃 쳐다봤다. 아무도 눈치채지 못할 만큼 짧은 순간이었지만, 나야의 의도는 분명했다. 우리한테 자기가 지켜보고 있다는 걸 알리고 싶은 것이다.

장군의 딸이 아니라 터미널의 일원으로서.

오늘 시연이 성공하면 나야는 한시바삐 우리를 떠나보내려 할 것이다.

이윽고 장군이 리무진에서 내렸다. 장군은 화려하게 장식된

군복을 입고 있었다. 양쪽 어깨에는 금색 술을 늘어뜨렸고 가슴에는 주렁주렁 매단 훈장들이 반짝였다. 그리고 아빠가 충실한 파트너 역할을 연기하며 장군의 뒤를 따라왔다.

"그래, 당신이 보기엔 어떻소?"

장군이 다가오면서 나한테 물었다.

"아주 흥미로워… 보이네요."

"상당히 독창적이군요." 아빠가 큰 소리로 끼어들었다. "하지만 이 기계가 실제로 작동할지 어떨지는 직접 봐야 알겠죠."

"음," 장군이 말했다. "그래서 우리가 여기에 온 거잖소."

군인들이 채굴기 옆에 접이식 의자 세 개를 놓았다.

나는 의자에 앉아 무릎 위에 두 손을 포개면서 툰데를 건너다봤다. 나는 실망할 준비가 된 사람처럼 행동해야 했다. 하지만 쉽지 않았다. 모든 것이 내 반응에 달려 있었고, 아키카 마을 사람들 전부가 쳐다보는 가운데 아빠 옆에 앉아서 소용돌이치는 감정을 감춰야 했다.

"저는 지금껏 만들어진 것들 중 가장 훌륭한 고벽식 채굴기를 내놓겠다고 약속드렸습니다." 툰데가 시연을 시작했다. "다행히 그 이상의 성공을 거두었다고 보고할 수 있어서 기쁩니다."

"사람들이 듣고 싶어 하는 말이군." 장군이 말했다.

툰데가 마술사처럼 기계에서 흰 천을 휙 잡아당겼다.

사람들이 채굴기를 보고 헉 소리를 내며 숨을 내쉬었다.

설명하기 힘들지만 내가 할 수 있는 가장 적절한 비교를 해보자면 툰데가 만든 채굴기는 도로 포장 기계와 비슷했다. 길이는 7미터 정도였고 일련의 평평한 컨베이어 벨트가 한 버킷에서 다른 버킷으로 이어졌다. 또 유체 탱크들과 몇 킬로미터에 달하는 케이블과 전선으로 이뤄져 있었다.

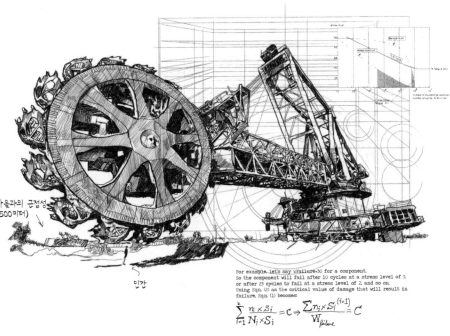

For example, let's say WFailure=50 for a component.
So the component will fail after 10 cycles at a stress level of 5,
or after 25 cycles to fail at a stress level of 2, and so on.
Using Eqn. (2) as the critical value of damage that will result in
failure, Eqn. (1) becomes

$$\sum_{i=1}^{k} \frac{n_i \times S_i}{N_i \times S_i} = C \Rightarrow \frac{\sum n_i \times S_i^{(j=1)}}{W_{failure}} = C$$

툰데의 고벽식 채굴기 시스템

"설명드릴 건 별로 없습니다." 툰데가 다시 설명을 시작했다. "이야보 장군님은 제게 100명분의 일을 할 기계를 만들라고 하셨습니다. 저는 그렇게 했고 이제 여러분께 이 기계가 어떻게 작동하는지 보여드리겠습니다."

그러고는 채굴기의 전원을 켜기 전에 크웬토를 봤다.

크웬토는 이를 갈고 있었다.

—— 나는 잔뜩 긴장된 분위기를 느끼면서 너무 감동받지 않은 척 하려고 애썼다. 툰데는 마을 사람들을 구하기 위해 이 채굴기를 꼭 작동시켜야 한다. 크웰토가 많은 사람들의 목숨을 앗아갈 거사를 일으킬지는 이 기계에 달려 있다. 나야는 우리가 떠날 수 있도록 이 기계가 작동하길 원한다. 나는 장군이 국경을 건너게 하고 아빠가 안전해질 수 있도록 기계가 작동하길 간절히 원한다.

모든 것이 바로 이 순간에 달려 있었다.

"자. 시작합니다." 툰데가 낮은 목소리로 속삭였다.

툰데가 버튼들을 연이어 누르자 채굴기가 켜지며 엔진의 회전 속도가 올라갔다. 야자유로 돌아가는 기계라서 엔진 소리가 상당히 컸다. 몇 번의 역화가 일어나고 까만 연기가 뿜어져 나오더니 이윽고 기계가 순조롭게 돌아가기 시작했다.

그러자 툰데가 운전석으로 올라가 광산의 가장 가까운 벽으로 트랙터처럼 몰고 갔다. 스위치를 움직이자 채굴기 앞에 달린 거대한 프로펠러가 요란한 소리를 내며 돌아갔다. 채굴기가 다음에 무엇을 할지 보려고 사람들이 가까이 모여들었다.

우리가 기계의 움직임을 볼 수 있는 얼마 안 되는 부분들에서 광석이 컨베이어 벨트를 타고 오다가 압착되어 가열된 뒤 기계 뒤에 달린 원통 속으로 사라졌다.

채굴기는 너무나 잘 작동되고 있었다!

채굴기가 우르릉거리며 일을 시작한 지 5분 뒤에 툰데가 스위치를 끄고 기계 끝에 달린 원통으로 걸어갔다. 툰데가 죔쇠를 풀자 툰데만큼이나 큰 원통이 앞으로 휙 기울며 내용물을 우리 앞의 땅으로 쏟아냈다. 원통에는 탄탈럼이 넘치게 담겨 있었다.

사람들이 환호성을 질렀다.

"이야보 장군님, 장 선생님, 첸 장." 툰데가 다가오며 말했다. "이건 시연용 기계임을 다시 한 번 말씀드립니다. 적절한 도구들과 더 높은 수준의 기계 가공 기술을 이용한다면 훨씬 더 정교한 기계를 만들 수 있습니다."

"당신 생각은 어떻소?" 장군이 흡족해하며 나한테 물었다.

"이 기계는 잘 만들어졌습니다." 나는 채굴기로 다가가 꼼꼼히 살피며 말을 이었다. "난 툰데가 이 기계를 만드는 걸 지켜봤습니다. 주어진 시간을 감안하면 이 기계는 공학 기술의 눈부신 위업입니다."

"이 기계 자체로 충분히 인상적이지 않소?" 장군이 일어나며 다시 물었다.

나는 고개를 끄덕였다.

"장군님이 함께 일할 만한 사업 파트너라는 확신이 듭니다. 내일 아침에 장군님을 로듐 매장지로 안내하겠습니다. 툰데의 천재성과 장군님의 지휘가 있으면 우린 아주 큰 성공을 거둘 것 같네요."

장군이 박수를 치자 마을 사람들도 따라서 박수를 치기 시작했다.

크웬토가 툰데한테 가서 어깨를 꾹 눌렀고 두 사람은 조용히 잠시 얘기를 나눴다. 그런 뒤 툰데가 나한테 은밀하게 미소를 보냈다. 나는 속으로는 기뻐서 펄쩍 뛰고 싶었지만, 간신히 감정을 억눌렀다.

장군이 나한테 걸어와 악수를 청했다.

"우린 훌륭한 파트너가 될 것 같소. 당신이 키란을 믿지 않고 직접 나를 찾아와 기쁘오. 키란한테 엄청난 부와 마법 같은 기술이 있다는 걸 알지만 내겐 훨씬 더 놀라운 뭔가가 있지. 난 사람들이 내가 원하는 일을 하게 만드는 방법을 알거든."

나는 전적으로 동의한다는 듯 고개를 끄덕였다. 하지만 지금 당신이 누구를 상대하고 있는지 아느냐고 묻고 싶었다.

장군은 나이지리아에서 권력자이지만 키란은 꼭두각시 조종의 달인이었다. 우리 모두는 서로를 속이며 위험한 진실 게임을 벌이고 있었다.

"멋지군요."

24. 렉스

자정을 5분 앞두고 신두타이가 일러준 길 잃은 코드들을 찾았다.
다행히 두뇌 위원회의 누구도 나한테 관심을 기울이지 않았다.
나는 땀을 뻘뻘 흘리며 작업에 몰두했다.

단 한 줄의 코드가 내 임무 전체를 날려버릴 수 있으니까.

신두타이가 말한 대로 컴퓨터 보안 시스템이 자동 싹쓸이 프로그램을 돌리기 15초 전에 그 코드를 진폭 라인으로 옮겼다.

정말 간발의 차이였다.

나는 의자에 등을 기대고 길게 큰 숨을 내쉬었다.

올리비아가 나를 흘깃 보더니 고개를 절레절레 저었다. 내가 아마추어처럼 보였던 게 틀림없다.

"여기 사람들은 잠을 자긴 하나요?"

내가 일어서며 물었지만 아무 대답도 없었다.

내 방으로 올라가 잠을 청했지만 도무지 죽지 않는 아드레날린 때문에 잠을 못 이루고 뒤척거렸다. 나는 천장을 쳐다보면서 생각이 떠돌게 놔두었다. 멀리까지 떠돌지는 못했다. 카이의 얼굴이 눈앞에 계속 나타났다.

네 시간 뒤 기진맥진해진 나는 자는 걸 포기하고 두뇌 위원회 멤버들과 아침을 먹으려고 아래층으로 내려갔다.

아침 메뉴는 신선한 과일, 빵, 견과류, 치즈, 달걀이었다. 대부분 조용히 밥을 먹었다. 정말로 정신이 딴 데 팔린 사람들의 식사였다.

키란은 없었다. 올리비아한테 물어보니, 키란은 밥 먹으러 내려오는 일이 설사 있다 해도 아주 드물다고 했다.

"키란은 공기만 먹고 사는 사람인가 봐요?"

농담 반, 진담 반으로 말했지만 올리비아는 내 말에 한 번 픽 웃지도 않았다.

키란은 분명 집중력 도사들을 뽑았다. 대의에 너무 빠져 있어서인지, 아니면 그냥 이런 집중력이 그들의 초능력인지 모르겠지만 이 사람들은 하루 24시간 일주일 내내 몰두하고 있었다. 문제는 일에 빠져 있는 사람들 곁에 있는 건 약간 지루하다는 거였다.

음, 약간 정도가 아니다.

내가 두뇌 위원회 사람들한테 말을 걸려는 노력을 하지 않는다면 그중 누구도 내 존재조차 알아차리지 못할 것이다.

시스템의 킬 스위치를 만들어서 이곳을 떠나야 해.

백도어 프로그램이 작성하기도 쉽고 시스템에 쉽게 접근하도록 해주겠지만 그 프로그램은 가동되면 추적될 수 있다. 내가 시스템을 정지시키려면 몇 분이 걸릴 것이다. 하지만 킬 스위치는 작동하는 데 10억분의 몇 초면 된다.

신두타이가 하고 있는 일이 뭔지 잘 모르겠지만, 나는 내가 어떤 킬 스위치를 코딩하건 작동하기 어렵게 만들고 싶었다. 내 뒤를 미행한 누군지도 모르는 여자애한테 잠재적으로 위험한 프로그램을 넘기고 싶지 않았다. 이건 신두타이 못지않게 내게도 중요할 것이다.

하지만 신두타이가 했던 말 중 하나는 맞다. 킬 스위치를 숨기는 건 어려울 것이다. 나는 컴퓨터를 오프라인으로 전환하고 아무도 나한테 주목하지 않게 하면서 최대한 화면을 가려야 했다. 키란은 언제나 나의 일거수일투족을 감시하고 있을 것이다. 키란이 아니라면 두뇌 위원회가 그렇게 하고 있을 것이다.

나는 스파이가 되려고 인도에 왔다. 내 게임의 수준을 카이 스타일로 높여야 한다.

워크어바웃 2.0으로 들어가는 백도어 프로그램을 만들었지만 킬 스위치를 추가하면 카이가 마음에 들어 할 것이다. 카이와 직접 얘기하고 싶고 나이지리아의 상황이 어떻게 돌아가고 있는지 궁금해 죽을 지경이었다. 단 1, 2분이라도 최근 소식을 알고 싶었다.

신두타이가 한 말이 사실이라면 나는 공중전화도 사용할 수 있다.

예전에 작성했던 수많은 코드들을 들춰보다가 킬 스위치로 페인티드 울프 역할을 해야 한다는 걸 깨달았다. 이 프로그램을 키란이 보지 않을 곳에 숨겨야 하는데, 다른 무언가로 키란의 주의를 끌면 도움이 될 것이다. 나는 키란이 필사적으로 풀고 싶어 하는 코드 세 줄 중 두 줄을 해독하기로 결정했다. 그러면 키란은 라마를 현실로 만드는 데 더 가까이 다가가겠지만 내가 추가하고 있는 새로운 문제에서 관심을 돌릴 것이다.

하지만 손가락이 키보드 위를 바삐 달리는 동안 내가 불장난을 하고 있다는 불길한 느낌이 들었다. 우리는 장군이 원하는 것을 주는 문제로 고심했고 그래서 교란기에 결함을 집어넣었다. 그런데 지금 내가 하고 있는 일은 다르다. 킬 스위치를 집어넣기 위해 나는 키란한테 딱 그가 원하는 것을 주고 있다. 만약 키란이 코드의 세 번째 줄을 해독했는데 내가 킬 스위치를 제때 활성화시키지 못하면 우리는 커다란 어려움을 겪을 수 있다.

내가 감수해야 하는 위험이었다.

나는 손가락에 감각이 없어질 때까지 작업에 매달렸다. 킬 스위치를 완성해서 무작위의 연산 코드에 안전하게 끼워 넣었을 때는 밤 열한 시가 다 되어 있었다. 내 컴퓨터를 온라인에 연결시키자마자 나는 알았다. 내가 잠겨 있던 코드 라인들 중 두 줄을 해독해준 걸 키란이 봤다. 키란은 아마 전율을 느꼈을 것이다.

자리에서 일어나 보니 방이 텅 비어 있었다. 두뇌 위원회는 늦게까지 일하지는 않는 모양이었다.

아무도 없다는 건 내가 거의 눈에 띄지 않고 나갈 수 있다는 의미였다.

잘된 일이었다. 나는 수수께끼 같은 만남에 나가야 하니까.

24.1

지도에서 사이언스시티를 찾는 건 어렵지 않았다.

하지만 그곳까지 가는 건 완전히 다른 문제였다.

택시나 오토바이나 전철은 불가능했다. 내겐 돈이 없으니까.

결국 걸어갈 수밖에 없는데 가는 데 몇 시간, 돌아오는 데 몇 시간이 걸릴 것이다.

내겐 그만큼의 시간이 없었다.

대안이 필요했고, 그때 베커가 떠올랐다.

이 끝내주는 차세대 전기차가 차고에서 먼지를 뒤집어쓰고 있었다. 내가 아는 한 아무도 베커를 사용한 적이 없었다. 나는 베커를 몰래 탈 수 있을 뿐 아니라 거리로 나갔다가 긁힌 자국 하나 없이 제자리에 돌려놓을 수 있다고 확신했다. 사실 운전을 해본 적은 없었다. 하지만 뭐 어려워봤자 얼마나 어렵겠어?

나는 차고로 살금살금 내려갔다.

그런데 문을 여니 리아가 미소를 지으며 서 있었다.

"안녕하세요." 리아가 인사했다.

하필이면 리아가, 하필이면 이 시간에! 운도 없지!

"아… 어떻게, 음, 요즘 어때요?"

"완전 잘 지내죠. 마이단에서의 하루하루는 정말 멋져요."

나는 리아를 차고에서 내보낼 방법을 급히 떠올리기 시작했다. 시간이 째깍째깍 흘러가고 있었다. 지도를 보면 식물원까지 차로 45분쯤 걸릴 것이다. 서둘러야 한다.

나는 카이가 되어 내가 리아에 대해 알고 있는 것들을 생각해봤다. 리아는 이곳을 좋아한다. 자기가 하고 있는 일을 좋아한다. 그리고 무엇보다 키란을 경이로운 존재로 숭배한다. 나는 그 사실을 파고들기로 했다.

"이 차가 마지막으로 사용된 게 언제였나요?"

리아가 잠깐 생각하더니 대답했다.

"몇 달 전이었어요. 자율주행 프로그램에 문제가 생겼거든요. 시동이 계속 꺼지더라고요."

빙고. 이건 내 전공이지.

"내가 잠깐 봐도 될까요?"

"아, 괜찮아요. 이 차는 키란한테 소중하거든요. 키란의 전부죠. 키란은 그냥…."

"워크어바웃을 만든 사람이 잠깐 보는 건 키란도 괜찮을걸요. 확실해요. 게다가 키란은 어떤 일을 시키려고 나를 데려왔거든요. 인심 써서 이 일을 덤으로 해줄게요. 깜짝 선물이 될 수 있어요. 키란이 좋아할 거예요."

키란을 감동시킨다는 생각에 리아의 얼굴이 환해졌다.

"그럴까요?"

"물론이죠. 우리가 문제를 발견하고 고친다면 키란이 얼마나 신날지 생각해봐요."

그런데 리아가 갑자기 얼굴을 찌푸렸다.

"모르겠어요. 당신은 여기 온 지 얼마 안 됐고 키란이 당신한테 이 차를 보여준 적도 없잖아요. 좀 기다리는 게 좋겠어요…."

리아를 차고에서 내보내고 차에 타야 해. 당장!

"키란이 아직 나한테 베커를 안 보여준 건 이 차가 작동하지 않기 때문이에요. 안 그래요? 그러니까 내가 손봐줄게요. 내 전문이 프로그래밍이거든요."

리아가 다시 곰곰이 생각에 잠겼다.

똑딱… 똑딱… 똑딱… 서둘러, 렉스.

"키란도 좋아할 거예요. 두고 봐요."

이 말이 먹혔다. 리아가 나한테 차 열쇠를 건넸다.

휴. 됐다.

나는 운전석에 올라타서 문제를 찾는 척 계기판의 터치스크린을 내렸다. 차의 소프트웨어가 인상적이었다. 단순성이 딱 키란다웠다. 하지만 나는 곧 몇 가지 코딩 실수를 발견했다.

"여기 이것들을 봐요."

리아가 건너다봤지만 내가 본 것을 보지 못하는 게 분명했다. 대부분 사소한 오류들이었다. 하지만 그 오류들이 전부 합쳐져서 문제의 원인이 되었다. 나는 딱 3분 만에 작업을 끝냈다.

하지만 똑딱… 똑딱… 똑딱….

계기판의 시계가 시간이 30분밖에 없다고 알려줬다.

"차를 좀 몰아봐야겠어요. 확실히 작동하는지 확인하려면."

리아가 얼굴을 찌푸렸다.

"글쎄요. 키란 허락 없이 그것까지는…."

아, 안 돼. 또 시작이군.

"거의 다 됐어요. 잠깐 확인만 하면 돼요."

"음, 진짜로 잠깐만 몰아야 해요."

"당연하죠. 그사이 혹시 무슨 일이 있으면 무선으로 알려줘요. 그럼 곧바로 잽싸게 돌아올게요."

리아가 고개를 끄덕였다.

나는 시동 버튼을 눌렀다.

엔진이 부르릉거리기 시작했다. 부르릉 소리가 어찌나 작고 부드러운지 마치 장난감 자동차의 엔진 같았다.

나는 잔뜩 흥분했다. 운전을 해본 적은 없지만, 사실 자율주행차는 비교적 간단한 기계다. 목적지를 차에 알려주고 출발만 하면 된다. 목적지까지 차가 모든 일을 스스로 한다.

리아가 창문을 톡톡 두드렸다.

"어떻게 무선 연락을 하죠?"

"네?"

"무선으로 연락하라고 했잖아요."

"아, 그냥 차로 무전을 보내면 돼요. 코드를 살펴보다가 인터넷 프로토콜로 돌아가는 무전기를 봤어요. 번호는 설명서에 있어요. 걱정 마세요. 눈 깜짝할 사이에 돌아올 테니까."

나는 리아한테 살짝 미소를 지어 보이고 차창을 올렸다.

터치스크린에서 주행 버튼을 누르자 차가 후진 기어로 바뀌더니 스르르 뒤로 움직였다. 차고 문이 열렸고 몇 초 뒤 나는 거

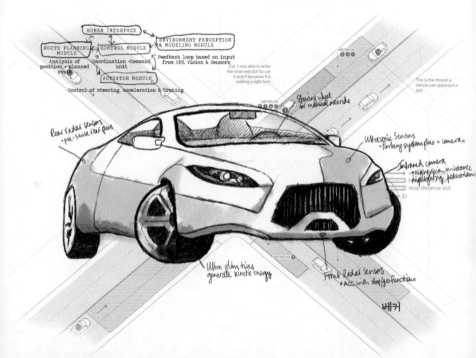

리에 있었다. 나는 신이 나서 손가락 마디를 꺾고 내비게이션에
목적지를 입력했다.

그리고 차고 문이 닫힐 때 리아한테 손을 흔들어준 뒤 출발
했다.

베커는 내가 예상한 것보다 훨씬 조심스러웠다. 속도 제한을
지키면서 최대한 천천히 방향을 바꾸었다. 답답해서 베커의 제어
장치를 빼앗아 속도를 더 올리고 싶을 정도였다.

늦은 시간이지만 도로는 꽉 막혀 있었다. 사람들, 승용차, 버
스, 수레, 오토바이, 자전거가 온통 뒤엉켜 있었다. 하지만 베커
는 놀랍도록 쉽게 그 사이를 헤치고 나아갔다.

여전히 괴로울 정도로 느리게.

24.2

밤 11시 48분에 식물원 앞에 도착했다.

식물원은 문을 닫았지만 사람들이 그 앞에서 서성거리고 있
었다.

내가 내리자 차문이 자동으로 잠겼다.

나는 입구를 찾아 식물원 주위를 성큼성큼 걸었다. 뒤쪽에
문이 있었는데 단순한 번호자물쇠로 잠겨 있었다. 번호를 푸는
건 식은 죽 먹기였다. 방법은 말할 수 없지만 다섯 단계 만에 풀
수 있었다.

자물쇠가 열렸고, 나는 식물원 안으로 들어갔다.

야자수들이 늘어선 넓은 길을 따라 내려가는 동안 거리의 차 소리가 사라졌다. 덤불 속에서 귀뚜라미들이 목청껏 울어댔고 공기가 후덥지근해서 답답한 느낌이 들었다.

나는 약속 시간 10초 전에 벤치를 발견했다.

그런데 자정이 됐는데도 아무도 나타나지 않았다.

12시 5분에도 나타나지 않았다.

12시 10분에도.

15분에도. 20분에도. 30분에도.

너무 당황스러웠다.

혹시 키란의 계략인 건 아닐까? 만약 이게 키란이 나한테 복수하거나 자신이 인류의 발전을 위해 일하고 있다고 나를 설득시키려는 지나치게 복잡한 계획들 중 하나라면? 아니, 어쩌면 그냥 내 기를 꺾어놓기 위한 것일지도 모른다.

아무튼 이제 돌아가야 한다. 내가 사라졌었다는 걸 알면 키란이 어떤 조치를 취할지 모른다.

나는 5분 더 기다렸다가 일어나서 기지개를 켜고 어둠 속에서 누구라도 내 쪽으로 걸어오길 간절히 바라며 주위를 둘러봤다.

젠장, 왜 그렇게 희망에 부풀었던 거야….

어쩌면 수수께끼의 후원자한테 문제가 생겼을 가능성도 있다. 혹시 사고라도 난 걸까?

그런 생각을 하며 나는 문 쪽으로 걸음을 옮겼다.

그런데 그때 목소리가 들렸다.

너무나 또렷하고 너무나 친숙한.

"렉스…."

테오 형이 어둠 속에서 걸어 나왔다.

형은 손에 바이저 헬멧을 들고 패딩이 들어간 가죽 재킷을 입고 있었다. 형이 바로 그 오토바이 운전자였다.

그래서 그렇게 친숙하게 느껴졌구나!

하지만 형은 예전과 많이 달라 보였다. 머리를 길게 길러서 대충 하나로 묶었다. 10대 시절의 어설픈 구석이 사라졌고 비쩍 말랐던 몸도 제법 살이 붙었다.

나는 형을 껴안아야 할지, 때려야 할지 모른 채 멍하니 서 있었다.

형이 팔을 벌렸다.

말이 필요 없었다. 우리는 그냥 껴안았다.

진짜 형이었다. 형이 여기에 있었다.

드디어….

모든 것이 이 순간으로 이어졌다. 형에 대해 고민하던 2년의 시간, 엄마와 아빠가 마치 전쟁을 겪는 것처럼 급작스레 늙으며 무너지는 모습을 지켜보던 2년의 시간, 내 인생 전체가 형의 최후의 운명에 집중되어 있던 2년의 시간.

"젠장, 왜 그때 형이라고 말 안 했어?"

"네가 아직 준비되지 않았다고 생각했거든."

도저히 참을 수가 없었다. 나는 주먹으로 형의 얼굴을 쳤다.

형이 입술을 잡고 비틀거리면서 물러섰다.

"형은 맞아도 싸."

형을 때린 게 후회돼서 마음이 아렸지만 후회는 금방 지나갔다. 분노를 표출하고 나니 편해졌다. 세상에, 형을 만나니 정말정말 좋았다.

"날 어떻게 찾은 거야?"

"널 계속 주시하고 있었어, 렉스. 난 지니어스 게임이 끝난 뒤 키란을 쫓아 여기로 왔어. 네가 내 아파트를 발견해 내가 남긴 빵 부스러기를 따라 오길 바랐고, 네가 여기 나타났을 때 이제 때가 됐다고 생각했지."

"워크어바웃 2.0 수정은 어떻게 된 거야? 코드 숨기는 거 말이야."

"넌 생각하면서 큰 소리로 말하잖아." 형이 내가 목에 걸고 있던 자기 USB를 가리켰다. "거기엔 추적기 말고도 작은 마이크가 달려 있어. 내 실험실에서 스티키 드라이브들을 가져갔지?"

"그 이상을 했지. 그 젤 디스크들의 모든 데이터를 다운로드했어. 정말 말도 안 되는 기술이야. 그건…."

"잘했어." 형이 내 말을 끊었다. "그것들은 지금 어디 있어?"

"나이지리아에, 내 친구 툰데한테 있어. 데이터를 검토할 시간은 없었지만 어쨌든 안전하게 보관하고 있어. 내 생각에 형은 바이오 컴퓨터를 만든 것 같은데, 그렇지?"

"맞아."

"그 실험실은 꽤 고급스러웠어. 키란이 아니라면 누가 돈을 댄 거지?"

형이 잠깐 생각하더니 대답했다.

"터미널. 하지만 지금은 그들과 한패가 아니야."

"그럼 형은 그냥 그들의 돈을 받아서…."

"그 문제는 나중에 얘기하자. 우린 여기서 나가야 해. 도시 반대편에 내 거처가 있어. 거기 가서 내 물건들을 챙긴 뒤 베이징으로 가는 비행기를 타자. 여섯 시에 출발하는 비행기가 있어…."

"난 베이징에 못 가. 난 나이지리아로 돌아가야 해. 내 친구들이 거기 있거든. 미안해. 하지만 걔들은 도움이 필요해."

형은 실망한 기색이 역력했다.

"넌 좋은 친구구나. 항상 그랬지. 하지만 나도 네 도움이 필요해. 베이징 외곽의 한 아파트에 유기체 컴퓨터의 프로토타입*이 있어. 네가 그 프로그램을 작성해줘야 해. 그것도 빨리. 키란을 막을 수 있는 유일한 방법이니까. 네 여권과 비행기 표를 준비해놨어…."

"왜 그렇게 급해? 유기체 컴퓨터는 아직 컴퓨팅 능력이 정확히 알려지지도 않았잖아. 키란은 양자컴퓨터를 돌리고 있어…."

그제야 나는 알아차렸다.

키란이 마이단에서 하고 있는 일은 전부 기계 지능과 관련된 작업이었다.

두뇌 위원회가 워크어바웃 2.0에 추가하고 있는 모든 코드는 통신과 시각 시스템과 관련되어 있었다.

키란은 딥러닝 프로그램을 만들고 있었다. 그리고….

"유기체 컴퓨터는 키란이 건드릴 수 없는 컴퓨터야."

---

*Prototype. 새로운 컴퓨터 시스템이나 소프트웨어의 성능, 구현 가능성, 운용 가능성을 평가하거나 검증하기 위한 시제품.

생각들이 일관된 무언가로 합쳐지면서 저절로 말이 나왔다.

"일단 라마를 온라인에 올리면 키란이 침범할 수 없는 기계들 사이에 에어 갭이 없어질 거야. 워크어바웃 2.0은 단순한 2세대 인터넷이 아니라, 우리 모두를 석기시대로 돌아가게 할 디지털 혁명의 기반 구조야. 키란은 라마를 운영할 딥러닝 프로그램을 구축하고 있어. 라마가 가동되면 네트워크에 연결된 지구상의 모든 기기에 연결될 거야. 딱 하나만 빼고."

"내 유기체 컴퓨터지."

"키란을 막아야 해."

"우리가 막을 거야. 같이. 가자."

나는 고개를 저으며 일어섰다.

마음이 뒤죽박죽이었다. 마침내 형을 찾았지만 툰데와 카이를 버릴 수는 없었다. 두 친구가 나 없이도 그 일을 해낼 수 있다는 걸 알지만 돌아가서 그걸 확인해야 했다.

"미안해. 난 친구들을 먼저 도와야 해."

형이 잠깐 생각하다가 일어나서 말했다.

"거래를 하는 게 어때? 내가 너 대신 나이지리아에 갈게."

"형이?"

무슨 말인지 이해가 가지 않았다. 터무니없는 동시에 멋진 생각 같기도 했다. 형은 분명 카이와 툰데를 도울 수 있을 것이다. 그리고 키란이 중국에서 뭘 개발하고 있건 내가 그걸 해독할 수 있을 것이다. 나는 진심으로 형을 믿고 싶었다. 하지만⋯ 믿어도 될지 확신이 서지 않았다.

"내가 나이지리아에 가서 네 친구들을 도울게. 렉스 넌 중국

에 가서 나를 도와줘. 아프리카의 일이 전부 해결되면 우리 모두 중국에 가서 너를 만날게. 기껏해야 며칠이면 될 거야. 지금 난 진지해. 나 믿지?"

"난… 난 모르겠어."

"난 네 형이야."

"우리를 버리고 떠났잖아."

형이 울컥했다가 이내 꾹 참았다.

"맞아. 난 너랑 엄마, 아빠한테 상처를 줬어. 심하게 상처를 줬지. 그럴 생각은 아니었어… 그냥 상황이 감당할 수 없게 돌아 갔어… 곧 전부 설명할게. 하지만 지금 당장은 나를 도와줬으면 해. 부탁이야…."

형은 어릴 때처럼 애원하는 표정이었다. 함께 밖으로 나가 장난질이나 치자면서 식탁 너머로 보내던 표정. 세상에, 그 표정이 얼마나 그리웠던지.

"좋아." 나는 형한테 악수를 청했다. "하지만 아침까지 기다 릴 순 없어."

"지금 공항에 가자. 분명 비행기가 있을 거야. 아, 여깄네."

형이 나한테 대포폰 하나를 건넸다.

"거기에 번호 몇 개를 입력해놨어. 네 친구들한테도 대포폰 하나를 주고 나도 하나 가질 거야. 그럼 우린 떨어져 있어도 함께 모든 걸 조율할 수 있어."

"다시는 연락이 끊기지 않게."

형이 미소를 지으며 고개를 끄덕였다.

"당연하지."

식물원 출구로 걸어가면서 나는 강한 형제애를 느꼈다. 형을 다시 만나 나란히 걸으니 너무 좋았다.

거리로 나가니 형의 오토바이 옆에서 신두타이가 기다리고 있었다.

신두타이가 나한테 살짝 손을 흔들었다.

"훌륭한 조력자를 찾아냈구나." 내가 말했다.

"키란이 놓아준 최고의 두뇌지." 형이 말했다.

나는 신두타이와 악수했다.

"고마워요."

"행운을 빌어요, 렉스. 도움이 더 필요하면 언제든 연락하세요. 난 휴대폰도, 컴퓨터도 없지만 당신이 콜카타에 있는 한 얼마든지 접촉 가능하니까."

형이 헬멧을 쓰는 동안 나는 오토바이 뒤에 올라탔다.

"형한테 할 얘기가 엄청나게 많아. 너무 많은 일이 일어났어."

"알아. 알고 있어, 동생아."

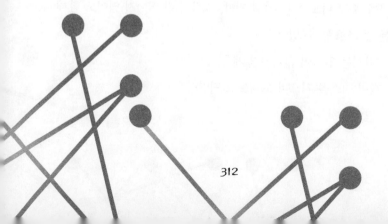

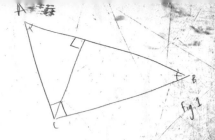

25. 툰데

새벽이 다가올 때까지 우리 둘 다 잠을 이루지 못했다.

우리는 놀라운 성과를 거뒀지만 아직 극복해야 할 마지막 장애물이 남아 있었다. 친구들, 우리는 이야보 장군이 자기도 모르는 사이에 국경을 넘게 해야 했다. 그런 쾌거를 이루려면 렉스가 교란기에 짜 넣은 새로운 설정을 활성화시켜야 했다. 타이밍을 맞추기가 굉장히 어려울 뿐 아니라, 무엇보다 교란기에 접근하려면 장군의 막사에 몰래 들어가야 했다.

하지만 카이는 태연해 보였다.

"우린 전에도 거기 들어갔어. 또 들어갈 수 있을 거야."

"그땐 너랑 렉스가 들어갔지. 난 스파이 짓은 서툴러."

"지금이 가장 좋은 학습 기회야."

친구들, 거짓말이 아니라 진짜로 나는 이 대담한 임무에 살짝 흥분을 느꼈다. 우리는 보스턴과 뉴욕에서 당국을 따돌렸고 일련의 복잡한 속임수를 써서 비행기에 탔다. 분명 나도 막사에

$A^2 + B^2 = C^2, \ C = A\sqrt{A^2 + B}$
$C^2 - A^2 = B^2, \ C^2 - B^2 = A^2$

들어갈 수 있을 것 같았다.

마을을 지나가는데 순찰 중인 군인이 아무도 없어서 다행이었다. 다들 자고 있는 걸까? 이유가 뭐든 우리 계획에 좋은 징조라는 생각이 들었다.

막사 가까이 다가가면서 우리는 장군한테 로듐 매장지의 위치를 알려주기 전에 장비를 점검하러 온 척하기로 했다. 그리고 장군한테 우리가 고벽식 채굴기로 우리 자신을 증명했으니 이제 장군도 자신이 가치 있는 파트너라는 걸 증명해야 한다고 제안하기로 했다.

위험한 제안이었다. 하지만 카이는 모험심을 빼면 시체인 사람이다.

막사 앞에는 군인 세 명이 서 있었다. 그중 젊은 군인이 카이를 알아보고 고개를 꾸벅 숙였다.

"죄송합니다. 이야보 장군님이 오늘은 아무도 들여보내지 말라고 지시하셨습니다. 당장 마을로 돌아가시기 바랍니다."

"딱 내가 듣고 싶은 말이네요." 카이가 말했다. "좋아요."

젊은 군인이 약간 혼란스러워하며 동료들을 쳐다봤다.

"광산에서 우리가 시연하는 걸 보셨나요? 우린 첨단 기술을 개발했고 장군님이 그중 일부를 이 막사에 두셨어요. 오늘은 아주 중요한 날이고, 모든 게 적절히 보호되고 있는지 확인하고 싶군요."

"보시다시피 잘 보호되고 있습니다."

"하지만 직접 확인하고 싶어요."

군인이 고개를 젓더니 허리춤의 권총에 손을 갖다 댔다.

314

"내가 장군님께 전화를 걸길 원하나요?"

카이는 이 군인과 밀당을 하고 있는 게 아니었다. 하지만 군인도 고분고분하지 않았다. 점점 더 걱정이 되었다. 막사 안에 들어가지 못하면 모든 계획이 물거품이 될 것이다. 그렇게 되면 우리한테 어떤 운명이 닥칠지 생각하니 몸이 떨렸다. 우리 마을, 우리 가족, 내 인생… 그 순간 우리 모두의 목숨이 위험에 처해 있었다.

내가 대화에 끼어들려고 입을 여는데, 누군가가 김이 나는 커피 잔을 들고 눈을 비비며 막사 밖으로 나왔다.

"무슨 일입니까?"

장 선생이었다. 여러 날 잠을 못 잔 사람처럼 상당히 짜증이 난 모습이었지만 카이를 보자 표정이 누그러졌다.

젊은 군인이 옆으로 물러섰다.

"장 선생님, 이 사람들이 막사 안으로 들어가겠다고 합니다. 하지만…."

"왜 그러시죠?" 장 선생이 나한테 물었다.

"우리 장비가 제대로 작동하고 있는지 확인하고 싶어서요. 오늘은 우리한테 아주 중요한 날이거든요."

"네, 그렇죠." 장 선생이 고개를 끄덕였다. "좋습니다. 들어오세요."

군인들이 당황한 사이, 우리는 장 선생과 함께 막사 안으로 들어갔다. 안으로 들어가자마자 카이가 자기 아빠를 껴안았다.

장 선생이 내 어깨에 손을 올리고 꾹 눌렀다.

"내가 어떻게 도울까?"

아, 나는 기뻐서 어쩔 줄 몰랐다! 막사 한가운데에서 춤이라도 추고 싶었지만 자제하기로 했다.

우리에겐 아직 할 일이 많았다.

카이가 교란기에 관해 묻자 장 선생이 막사의 한 귀퉁이를 가리켰다. 내가 교란기를 켜서 프로그래밍을 바꾸는 동안, 카이와 장 선생은 우리가 시스템을 제어할 수 있도록 장 선생의 휴대폰을 설정했다. 장 선생은 카이한테 내일 차로 이동하는 중에 무전 신호를 보내라고 했다.

"신호를 뭘로 할까?" 장 선생이 물었다.

"워크어바웃… 어때요?" 카이가 제안했다.

2분 뒤 우리는 작업을 끝마쳤다.

"아직 두 가지 문제가 남아 있어요." 카이가 말했다. "첫째, 교란기를 장군의 차 뒤쪽에 실어야 한다는 거예요. 교란기가 작동하려면 우리 근처에 있어야 해요."

"그건 내가 처리하마."

카이가 아빠 뺨에 입을 맞췄다.

"그리고 두 번째는?"

"장군의 카운터블래스트 데이터가 전부 담긴 하드디스크가 축구 가방에 숨겨져 있다고 나야가 말해줬어요. 이 막사 어딘가에, 구석 같은 곳에 처박혀 있을 거예요."

나는 구석의 외투 더미 아래에서 축구 가방을 찾아냈다. 가방은 교묘하게 숨겨져 있었다. 딱 나야의 말대로 아무것도 아닌 것처럼 던져놓았다. 부자가 채권자를 피하기 위해 떠돌이 일꾼 차림을 하는 것처럼 말이다.

$$m \frac{|f(t+h)-f(t)|}{h} = kX_t(1-X_t)\,df \quad \lim_{} f(t+h)-f(t)$$

316

이제 우리는 교란기와 하드디스크를 확보했다. 마침내 장군을 무릎 꿇리고 우리 마을 사람들에게 자유를 주는 데 필요한 모든 것을 갖추었다.

친구들, 기쁜 나머지 나는 몸이 부르르 떨렸다.

25.1

우리 집에 돌아온 카이와 나는 지도를 아주 주의 깊게 연구했다.

우리는 베냉의 한 시골 지역을 발견했다. 국경 너머 3킬로미터도 안 되는 지점이었다.

정확한 장소가 정해지자 장 선생이 위성전화로 뉴욕의 지인한테 연락했다. 이 지인은 외교계에 인맥이 있어서 장 선생을 유엔의 한 관료와 연결시켜줬고, 이 관료는 베냉에 있는 경찰과 유엔군에 당장 경보를 보냈다.

그들은 아침 11시에 거기 가 있겠다고 했다.

우리는 세 시간 뒤, 아침 10시가 막 지났을 때 출발했다. 장군이 간밤에 진탕 먹고 즐기느라 아침에 좀 저기압이어서 출발하는 데 시간이 오래 걸렸다. 장군은 잔치판을 너무 자주 벌였고, 속이 좋지 않은지 평소보다 훨씬 더 심술궂었다.

부디 어제의 잔치가 장군의 마지막 잔치이길!

우리는 군용차에 올라탔다. 카이, 나야, 나는 맨 앞의 차에 탔다. 장군은 장 선생과 함께 리무진에 타서 우리 뒤를 따라왔고 군인들과 마을 사람들은 트럭과 단포를 타고 그 뒤를 따랐다.

몹시 험한 길을 따라 16킬로미터쯤 갔을 때 나는 카이한테 몸을 기울이고 속삭였다.

"지금 교란기를 켜야 해."

카이가 고개를 끄덕이더니 손을 뻗어 운전사의 어깨를 톡톡 쳤다.

"기사님, 장군님 차에 무전을 보내주시겠어요?"

운전사가 무전기를 집어 들고 통화 버튼을 눌렀다.

"왜?" 지지직거리는 잡음 사이로 목소리가 들렸다.

"첸 장이에요." 카이가 말했다. "차를 멈추고 잠시 다리 좀 펴고 싶어요."

침묵이 흐르더니 목소리가 들렸다.

"좋소. 단 1분만이오."

카이가 나를 돌아보고 고개를 끄덕였다.

운전사가 천천히 차를 세웠다. 운전사가 차에서 내릴 때 장군의 차가 우리 옆에 멈춰 섰고 호위 차량이 그 뒤에 멈췄다.

카이가 문을 열고 나가서 다리를 쭉쭉 펴며 차 주위를 걸어 다녔다. 장군이 유리창을 내리고 그런 카이를 지켜봤다.

"난 괜찮아요." 카이가 장군한테 말했다. "지난 며칠 동안 일하느라 꼼짝없이 작업실에 갇혀 있었거든요. 잠시 스트레칭 좀 할게요."

"너무 오래 끌지만 마시오."

그사이 나는 장군 옆에 앉아 있는 장 선생과 눈을 맞췄다. 장 선생이 고개를 끄덕였다. 교란기가 켜진 것이다. 준비 완료!

카이가 뒷좌석에 다시 올라타자 나야가 우리를 노려봤다.

"당신들, 굉장히 수상해요."

"그냥 건강에 신경 쓰는 거예요." 카이가 웃으며 대답했다.

25. 2

베냉 국경으로 다가가는 동안 카이가 위성전화를 보여달라고 부탁했다.

"현재 우리의 GPS 좌표를 불러올 수 있나요?"

운전사가 자기 휴대폰을 들어 GPS 정보를 보여줬다.

교란기가 작동하고 있었다!

"다 왔어요." 카이가 나야한테 말했다. "5킬로미터만 더 가면 돼요."

나야가 자기 아빠한테 무전을 보냈고, 장군은 별 말 없이 정보를 받아들였다. 몸이 안 좋은 게 분명했다. 말꼬리를 물고 늘어지는 게 장군의 특기인데 말이다.

우리나라의 황야에는 베냉과의 국경을 알려주는 표지판이 전혀 없다. 우리는 보이지 않는 국경을 건너 정확한 장소에 도착할 때까지 바퀴 자국이 잔뜩 난 먼지투성이 길을 따라갔다.

점점 더 걱정이 되었다. 나는 유엔 당국이 요란스럽게 등장할지, 아니면 쥐도 새도 모르게 덮칠지 궁금했다. 분명 후자이길 바랐다. 우리가 원치 않는 최악의 상황은 그들이 무력 과시를 하거나 바리케이드로 길을 막아서 뜻하지 않게 우리 계획을 노출시키는 것이었다.

그러다 우리 앞에 쭉 펼쳐진 흙길을 보자 두 번째 걱정이 불쑥 떠올랐다. 유엔군이나 당국이 저 건너편에서 우리를 기다리고 있지 않으면 어떡하지?

카이가 내 얼굴에서 걱정을 읽고 나를 보며 조용히 말했다.

"괜찮아. 잘될 거야."

조마조마한 8분의 시간이 흐른 뒤 우리는 베냉으로 들어가는 국경을 건넜다. 차 안의 누구도 눈치채지 못한 것 같았다. 그런데 오르막을 오르면서 운전사가 속도를 줄였다.

멀리 길 한가운데에서 손을 흔들며 서 있는 사람이 보였다.

"누구죠?" 운전사가 물었다.

나는 놀라서 말이 안 나왔다. 변장한 렉스일지 모른다는 느낌을 잠깐 받았지만 그럴 리가 없었다. 렉스는 지금 인도에 가 있으니까. 그리고 그 사람은 내 친구보다 키가 컸다. 분명 민간인 복장을 한 유엔 평화유지군일 것이다.

"우리 채굴 전문가예요." 카이가 운전사한테 말했다. "그냥 가세요."

나야가 장군한테 무전을 보냈다.

"길 한복판에서 어떤 사람이 우리한테 손짓하고 있어요. 첸장과 함께 일하는 사람이라고 하네요."

"경계 태세." 장군이 대답했다.

장군의 지시에 따라 운전사가 권총을 꺼낸 뒤 쉽게 집을 수 있도록 무릎 위에 놓았다. 정지 신호를 보내고 있는 사람이 누구건, 나는 장군 쪽 사람들이 아주 신중하게 행동하길 빌었다.

차가 그 사람 옆에 섰을 때 보니 젊은 남자였다. 키가 크고 까만색 긴 머리를 하나로 묶었다. 서구인들이 '비즈니스 캐주얼'이라고 부르는 차림이었는데 꽤 말쑥해 보였다. 내가 모르는 사람이었고 카이의 표정을 보니 카이도 모르는 것 같았다.

남자가 창으로 몸을 숙이고 미국식 억양으로 말했다.

"기사님, 여기서 차를 돌려 내리막길을 따라가세요. 언덕 아래, 숲 옆에 찾는 곳이 있습니다."

운전사가 차를 돌렸고 우리는 젊은 남자가 가리킨 험한 길을 계속 내려갔다.

"여기가 어디야?"

장군이 무전으로 묻자, 나야가 GPS 좌표를 보고 대답했다.

"베냉 국경에서 동쪽으로 2.5킬로미터 떨어진 곳이에요."

장군은 아무 말이 없었다.

차가 감귤나무 숲 옆의 길 끝으로 덜컹거리며 달려갔다. 그곳에 막사 하나가 세워져 있었다.

카이가 그곳을 가리키며 나야한테 말했다.

"저기예요. 저 안에 샴페인과 간단한 전채 요리가 준비돼 있어요."

우리 모두 차에서 내려 막사로 들어갔다. 안으로 들어가면서 나는 장 선생이 휴대폰으로 교란기와 GPS 수정 프로그램을 정지시키는 걸 봤다. 간단한 조작으로 교란기가 작동을 멈추고 정상적인 GPS 신호가 복구되었다.

막사 안 풍경은 내 예상과 달랐다. 긴 테이블 앞에 우아한 신사복을 입은 남자가 앉아 있고, 독특한 파란색 유엔군 헬멧을 쓴 무장한 병사들이 그 주위를 둘러싸고 있었다.

우리가 들어가자 남자가 일어났다.

"이야보 장군님, 난 루카스 기가바 박사입니다."

"이게 뭐야?" 장군이 격분해서 소리쳤다.

"당신을 전범죄로 체포하겠습니다."

기가바 박사가 말하자 평화유지군 병사들이 달려들어 장군의 팔을 잡았다.

믿기지 않는 광경이었다. 감격해서 까무러칠 지경이었다!

친구들, 시간이 천천히 흘러가는 것처럼 느껴지고 가슴이 두근거리고 머릿속은 수많은 서로 다른 생각들로 복잡했다. 내가 보고 있는 광경이 도저히 믿기지 않았다. 내가 감히 꿈조차 꾸지 못했던 순간이었다.

"하지만 당신들에겐 사법권이 없소! 여긴 나이지리아요."

장군이 고함을 지르자, 기가바 박사가 차분히 말했다.

"아니요. 여긴 베냉입니다."

박사가 휴대폰을 들어 올려 현재 우리가 있는 곳의 지도를 보여줬다. 지도는 우리가 베냉 영토에 있다는 사실을 분명히 알려줬다.

친구들, 나는 마구 박수를 치고 소리를 질렀다! 심지어 살짝 춤까지 췄다. 나만의 은밀한 축하 파티였다.

카이가 나를 보고 활짝 웃었다.

이야보 장군의 손목에 수갑이 채워질 때 평화유지군 병사들이 장군의 군인들에게도 다가가 무장을 해제시켰다. 밖에서 다른 군인들도 체포되는 과정에서 소동이 벌어졌다.

장군은 총 한 방 쏴보지도 못한 채 패배했다.

정말 신나는 날이었다.

하지만 내 악몽이 끝나고 또 다른 악몽이 시작되고 있었다.

"기다려요. 뭐 하는 거예요?"

급히 돌아보니 카이가 자기 아빠한테 달려가고 있었다.

평화유지군 병사들이 장 선생을 에워싸고 수갑을 채우고 있었다.

26. 카이

"그분은 우리 편이에요."

내가 소리쳤지만 유엔군 병사들은 내 말을 무시하고 아빠를 체포했다.

"카이…" 아빠가 말했다. "난 괜찮을 거야. 너무 심하게 항의하면…."

아빠의 표정을 보니 벌써 운명이라고 체념한 것 같았다. 그 모습을 보니 마음이 아팠다. 아빠는 자신이 한 일에 대해 스스로를 단죄하고 있었다. 하지만 나는 아빠의 오명을 씻기 위해 싸우겠다고 아빠를 안심시켰다. 나는 내가 할 수 있다는 걸 알고 있었다.

"그분을 체포하면 안 돼요. 그분은 이야보 장군이 저지른 범죄에 대한 증거를 가지고 있어요."

"이 사람은 지명수배자예요. 장군과 한패입니다. 그 증거란 게 어디 있죠?"

"밖에 있습니다." 아빠가 말했다. "축구 가방 안에 데이터가 들어 있어요."

나는 막사 밖으로 뛰어나갔다.

스트레스와 격앙된 감정들로 롤러코스터를 타는 것 같은 아침이었다. 장군이 몰락하는 모습을 보고 너무 기뻤지만 장군과 함께 아빠도 체포될 줄은 꿈에도 예상하지 못했다.

일단 장군의 데이터가 들어 있는 축구 가방을 손에 넣어야 했다.

하지만… 유감스럽게도 그 가방을 찾는 사람은 나뿐만이 아니었다.

차에 가보니 트렁크가 이미 열려 있고 나야가 오토바이를 타고 멀리 달아나고 있었다. 나야의 어깨에는 축구 가방이 매달려 있었다.

나는 있는 힘껏 고함을 지르다가 오토바이를 따라 달리기 시작했다. 내가 아무리 빨리 달려도 나야가 금방 국경에 도착하리라는 걸 알고 있었다. 유엔 평화유지군이 추격에 합류하기 한참 전에. 그래도 나는 계속 달렸다. 가슴이 타는 것 같고 발이 돌부리에 걸렸지만 아랑곳하지 않았다.

야트막한 언덕 꼭대기에 도착해 보니 멀리 속도를 내며 달리는 오토바이가 보였다.

나야가 사라졌다. 그리고 아빠가 감당하기 힘든 일에 휘말린 사업가일 뿐이라는 증거도 나야와 함께 사라졌다. 더 나쁜 건 장군이 그동안 비축한 악성 소프트웨어와 신용 사기 데이터가 전부 터미널의 손에 들어갔다는 사실이었다.

"카이."

돌아보니 렉스가 보낸 친구가 서 있었다.

"렉스가 당신에 관해 엄청나게 많은 놀라운 일들을 얘기해줬어요." 젊은 남자가 말했다. "만나서 정말 영광입니다."

"우린 저 여자를 쫓아가야 해요. 그냥 거기 서 있지 말고요."

렉스의 친구가 멀리 시선을 던지더니 고개를 저었다.

"벌써 국경을 넘었을 거예요."

"당신이 렉스의 친구인 줄 알았는데!"

내가 고함을 지르자 남자가 싱긋 웃었다.

"난 렉스의 형, 테오예요."

하지만 나는 그 순간에는 분노밖에 느끼지 못했다. 말하기 좀 부끄럽지만 나는 테오의 얼굴을 쳤다.

"아야!" 테오가 비명을 질렀다. "맙소사, 당신과 렉스는 판박이군요."

"무슨 뜻이에요?"

내가 주먹을 흔들며 묻자, 테오가 뺨을 문지르며 눈을 찡그렸다.

"난 스무 서간 전에 렉스와 헤어졌어요. 렉스는 지금 중국에 있어요. 나한테 당신과 툰데의 여권, 비행기 표가 있으니까 렉스를 만나러 갈 수 있어요. 우린 거기서 할 일이 많아요."

"우리 아빠를 돌아오게 한 뒤에요."

나는 막사로 다시 달려갔다. 아직 나야를 잡는 걸 포기할 준비가 되어 있지 않았다. 내가 할 수 있는 일이 아무것도 없다는 걸 알면서도 말이다.

막사에 도착하기 직전, 유엔군 병사들이 아빠를 밖으로 데리고 나왔다. 기가바 박사는 그들과 나란히 걸으며 휴대폰으로 통화하고 있었다.

유엔 평화유지군

"제발," 나는 기가바 박사한테 사정했다. "이분을 풀어주세요."

"유감스럽지만 그렇게는 안 됩니다."

"이분을 어디로 데려가는 거죠?"

기가바 박사가 내 얼굴을 잠깐 바라봤다.

"이야보 장군은 헤이그로 데려가 재판을 받게 할 겁니다. 그

327

리고 중국 정부와의 합의에 따라 장 선생은 베이징으로 보내질 겁니다."

아빠는 수갑을 찬 채로 이야보 장군 뒤에서 끌려갔고 나는 그 옆을 따라가면서 계속 기가바 박사한테 간청했다. 하지만 기가바 박사는 그저 나를 약간 동정하는 정도였다. 그의 머릿속에서 아빠는 체포하러 온 악당들 중 한 명일 뿐이었다.

"카이," 아빠가 유엔군 트럭 뒷좌석에 타면서 말했다. "그 데이터를 얻으려면 하드디스크를 손에 넣거나 클라우드에 들어갈 방법을 찾아봐."

"패스워드가 있나요?"

"넌 이미 알고 있어." 문이 닫히기 바로 전에 아빠가 말했다. "네 이름이야. 네 친구들과 엄마를 잘 돌봐줘."

문이 닫히자 트럭이 쌩하고 떠났다.

이야보 장군은 두 번째 트럭에 태워졌다. 군인들이 장군을 트럭 안에 밀어 넣을 때 장군은 고래고래 소리 지르고 침을 뱉으며 나를 노려봤다. 하지만 장군이 뭐라고 말하기도 전에 그의 면전에서 차문이 쾅 하고 닫혔다.

나는 차들이 일으킨 흙먼지가 다 걷힐 때까지 그들이 떠나는 모습을 지켜봤다.

툰데가 테오와 함께 다가왔지만 나는 너무 속이 상해서 아무 소리도 들리지 않았다.

"우린 너희 마을로 돌아가야 해." 나는 툰데한테 말했다. "나야가 우리 아빠가 모은 정보를 갖고 도망쳤어. 서두르면 나야를 따라잡을 수 있어."

"나야는 아키카 마을로 돌아가지 않을 거야." 툰데가 말했다.

"그래도 시도는 해봐야지!" 나는 테오를 보며 말했다. "운전할 수 있죠?"

테오가 철사를 이용해 장군의 차에 시동을 걸었고, 5분 뒤 우리는 나이지리아로 가는 도로를 달리고 있었다.

마을로 돌아가는 길에 나는 안절부절못했다. 속도를 높이라고 계속 테오를 다그쳤지만 그러기엔 도로 사정이 좋지 않았다.

나야가 아직 아키카 마을에 있길 바란 건 순진해빠진 생각이었던 것 같다. 마을로 들어갈 때 나는 처음 만난 젊은 남자한테 나야를 봤는지 물었다. 그는 나야가 오토바이를 몰고 그냥 마을을 통과했다고 대답했다.

"나야가 어느 쪽으로 갔는지 아세요?"

남자가 멀리 동쪽을 가리켰다.

"카이," 툰데가 말했다. "여기서 3킬로미터만 더 가면 길이 갈라져. 거기서부터 열두 번도 더 갈라지고. 우리가 아무리 빨리 차를 몰아도 나야를 따라잡을 방법은 없어. 미안해, 친구. 우린 그 정보를 손에 넣을 다른 방법을 생각해내야 해."

나는 눈을 감았고 툰데가 내 손을 꽉 쥐었다.

"괜찮을 거야." 툰데가 말했다.

아키카 마을까지 가는 동안 나는 냉정을 되찾았다.

차가 멈추자 사람들이 차 주위로 모여들었다. 툰데의 마을 사람들 대부분이 나온 것 같았다.

우리는 차에서 내렸고 툰데가 차 위로 올라갔다. 사람들의 주목을 끌기 위해 툰데가 크게 휘파람을 불자, 모두들 불안해하며 조용히 툰데를 쳐다봤다.

—"장군은 사라졌습니다!" 툰데가 소리쳤다. "다시는 돌아오지 않을 겁니다."

차를 둘러싸고 있던 사람들이 환호성을 터트렸다.

나야가 도망쳤다는 참담한 사실에도 불구하고 아키카 마을 사람들의 기쁜 얼굴을 보니 너무 흐뭇했다. 이 사람들 앞에 놓인 길은 험난할 것이다. 마을이 짓밟혔고 원래의 풍경이 사라졌다. 하지만 그 순간만은 오직 행복만이 가득 찬 분위기였다.

우리가 실제로 이 일을 해냈다는 게 믿기지 않았다. 지구 반대편으로 와서 불과 2주전까지만 해도 통할 거라곤 상상도 못했던 속임수를 성공시켰다. 하지만 통했다. 그러면 됐다.

툰데가 차에서 내려와 기쁨에 들뜬 사람들 사이를 헤치고 나와 테오한테 왔다. 그리고 언제나처럼 활짝 웃으며 나와 테오를 차례로 껴안았다.

"우리가 해냈어, 친구들! 우리가 정말로 해냈다고! 그럼 이제 뭘 하지?"

"툰데 넌 여기 있어야 해." 내가 말했다. "가족들과 시간을 보내. 이제 넌 휴식을 즐길 자격이 있어. 오랫동안 제대로 자지도 못했잖아."

"안 자도 돼. 난 렉스를 찾아야 해."

툰데가 테오를 봤고 테오가 고개를 끄덕였다.

"정말이야?"

"당연하지. 우린 로지잖아, 안 그래?"

"좋아. 그럼 짐을 챙기자. 우린 중국으로 갈 거야."

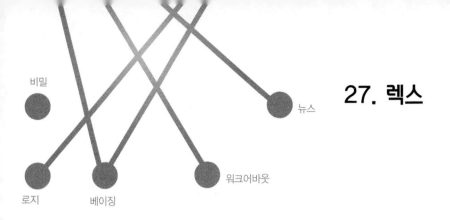

비밀

로지   베이징   워커어바웃   뉴스

베이징까지 가는 길은 대단히 복잡했지만 다행히 별 문제는 없었다.

비행기를 한 번 갈아탔고 그사이에 네 시간 동안 대기했다. 나는 운 좋게 카드 소지자와 특별우대권 소지자 전용 여행자 클럽에 슬쩍 들어갈 수 있었다. 그곳에는 괜찮은 뷔페가 차려져 있었고 커다란 텔레비전 몇 대가 놓여 있었다.

텔레비전에서 중국 뉴스가 나오고 있었는데, 내가 그 소식을 알게 된 건 그때였다. 나이지리아에서 거둔 성공 말이다. 사막의 막사에서 이야보 장군이 유엔군 트럭으로 끌려가는 장면이 나왔다. 믿기지가 않았다.

내가 벌떡 일어나 환성을 지르자 주위 사람들이 깜짝 놀라서 쳐다봤다. 나는 다시 자리에 앉아 눈에 띄지 않게 조심했다.

텔레비전에서 기자가 하는 말을 알아듣진 못해도 상황을 다 파악할 수 있었다. 이야보 장군은 헤이그로 끌려가 재판을 받을 것이다. 뉴스가 반복해서 나올 때 혹시 툰데나 카이를 볼 수 있지 않을까 해서 눈여겨 살폈다. 하지만 보이지 않았다.

그래도 우리 계획이 성공했다는 걸 알고 나니 날아갈 것 같은 기분이었다.

10분 전에 나는 형이 준 대포폰으로 문자를 받았다.

간단한 메시지였다.

> 네 친구들과 함께 있어. 모두 잘 있어.

다행이었다.

휴, 얼마나 마음이 홀가분하던지. 문자를 읽은 뒤 나는 몸을 파묻다시피 소파에 기댔다.

그다음에 온 문자는 더 반가웠다. 카이가 보낸 문자였다.

> 우리가 해냈어! 너무 보고 싶어! :)

테오 형과 카이한테 문자를 보내려 했지만 전송되지 않았다. 하지만 그리 걱정하지 않았다. 형이 알아서 잘할 거라고 믿었다. 음, 형이 못 하면 분명 카이가 할 것이다.

형과 친구들이 탄 비행기가 도착하기까지 두 시간이 남았다.

잠깐 주위 사람들을 바라보다가 인도와 키란에게로 생각이 흘러갔다.

키란이 뭘 하고 있는지 궁금했다. 나는 식물원 밖에 베커를 세워놓고 떠났을 뿐 아니라 작별 인사도 없이 사라졌다. 리아한테 미안했다. 내가 리아를 곤경에 빠트렸다. 하지만 리아는 괜찮을 것이다. 리아 같은 진정한 추종자는 언제든 키란의 옆에 있을 자리를 찾을 것이다.

키란이 다시 나를 잡으러 다닐까?

내가 워크어바웃 2.0에 프로그램들을 숨겨놨다는 걸 눈치챘을까?

키란은 바보가 아니야. 당연히 네가 한 짓을 알아채지.

하지만 나는 프로그램들을 철저히 숨겨놓았다. 키란이 그걸 찾아내는 데는 오랜 시간이 걸릴 것이다. 라마가 활성화되기 전에 키란이 그걸 찾을 것 같지는 않았다. 음, 내 희망 사항이긴 하지만.

내 속임수와 상관없이 나는 언젠가 키란을 다시 만나게 될 것이다.

그게 언제냐가 문제일 뿐.

카이, 툰데와 형이 탄 비행기가 도착했을 때, 나는 화장실 근처의 쓰레기통에서 발견한 꽃다발을 들고 입국장 앞에서 기다렸다. 꽃다발의 상태는 놀라울 정도로 좋았다. 꽃들이 활짝 폈고 향이 진동했다.

카이가 나를 보자마자 달려왔고 우리는 꼭 껴안았다.

나는 로맨틱한 영화에서처럼 카이를 번쩍 들어 올렸다. 하지만 비틀거리며 뒤로 물러나다가 어떤 사람의 짐 위로 넘어졌다.

테오 형이 그 꼴을 보고 웃었지만 툰데가 나를 일어서게 도와줬다.

나는 카이한테 꽃을 줬다. 하지만 카이는 뭔가 고민이 있는 것 같았다.

"뉴스에서 봤어. 다 잘됐지?"

"장군은 헤이그로 이송됐어. 하지만 터미널이 장군의 데이터를 훔쳤고 우리 아빠가 체포됐어. 터미널을 막고 아빠를 돌아오게 해야 해."

"아빠? 터미널?"

나는 말문이 턱 막혔다.

"나야가," 툰데가 말했다. "증거를 가져갔어."

장군의 딸이? 말도 안 돼.

"내 아파트까지 한 시간밖에 안 걸려." 테오 형이 끼어들었다. "클라우드 데이터에 접근하는 데 필요한 컴퓨터가 여러 대 있어."

"그리고 키란은요?" 카이가 물었다. "키란은 어떻게 막죠?"

"우린 키란이 벌인 게임에서 반드시 승리할 거야." 형이 대답했다.

"맘에 드는 대답이야."

나는 카이의 어깨에 팔을 두른 뒤 툰데를 바짝 끌어당겼다.

"이제 뭘 해야 하지?"

형이 머리를 쓸어내리며 헛기침을 하고는 유리창 너머에 어른거리는 베이징의 스카이라인을 내다봤다.

"진짜, 진짜로 미친 짓."

맙소사, 또 시작이군….

"네가 달아나버려서 키란은 잔뜩 화가 났을 거야. 너희들을 맹렬히 추적하겠지."

"기대되는군."

"아니요."

카이가 짓궂은 미소를 지으며 끼어들었다.

"이번엔 로지가 키란을 잡으러 갈 거예요."

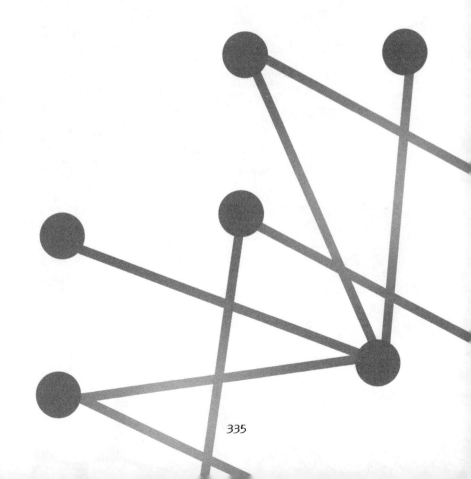